テロリストの家

中山七里

Nakayama Shichiri

双葉社

目次

テロリストの家

装幀　坂野公一（welle design）
装画　龍神貴之

一　見知らぬ同僚

1

葛飾区柴又三丁目、午後十時。良観寺から西へ百メートルほど進んだ場所に対象者の住むアパートがあった。

幣原勇一郎は、外からは見えないほど運転席に深く沈んでいた。まだ九月に入ったばかりで車内には熱気が籠もっている。もちろんエンジンは切ってあるのでエアコンの涼風など望むべくもない。首筋から噴き出す汗が鎖骨のくぼみに溜まっている。

この辺りは都内にあって下町情緒を留め、格安のアパートが点在している。対象者の住んでいるのもその一つで、今どき鉄板の階段が設えられている。目当ては二階なので、人の行き来が音で判断できるのが楽だった。

もっとも部屋の中には秘聴器（盗聴器）が仕掛けられているので、殊更耳を澄ます必要もない。

そろそろ腹ごしらえをしておくか。

幣原は助手席のバッグに手を伸ばすと、中からラップに包んだ握り飯を取り出した。張り込みの度に同じ店を使えば、店員に顔を憶えられてしまう。コンビニ弁当では容器の処分にひと手間かかる。家で作った握り飯を持参するのが一番効率的だった。

午後十時十五分、ようやく対象者が姿を現した。

アブドーラ・ウスマーン、イラクのナジャフ出身の三十二歳。日本には就労ビザで入国している。夜目にも浅黒い肌と彫りの深い顔が確認できる。

アブドーラはこちらに気づく様子もなくアパートの階段を上がっていく。幣原は耳に神経を集中させて、室内の音を拾う。

ドアを開ける音。

足音が近づいてくる。秘聴器はコンセントに仕込んであるので、テーブルに近づいた証拠だ。下調べで部屋の間取りと家具の配置は分かっている。だから物音で部屋の主がどこをどう移動しているのかも分かる。

テーブルの上にあるのはアブドーラ所有のパソコンだ。彼が四カ月前、秋葉原(あきはばら)の免税店で購入した中古品で二世代前の型落ち品、値段は一万九千八百円。メーカー名も型番も幣原たちは承知している。

今、アブドーラがパソコンを起動させた。やがて流れてきたのはイスラム圏の音楽だ。充分に理解できない日本語の横溢(おういつ)するテレビ番組を流すより、こちらの方が落ち着くのだろう。

幣原は、これも助手席に置いたモニターの電源を入れる。ディスプレイの光が洩(も)れないように深いフードが被せてあるので、車内を照らし出すことはない。

画面に映ったのはパソコンのディスプレイに見入るアブドーラの後ろ姿だ。ちょうどパソコン画面が確認できるよう、CCDカメラの画角を調整してある。

ネットを介して何者かと通信しているのなら相手のアドレスも判明する。そうしてくれれば願ったり叶ったりなのだが、アブドーラは警戒しているのか一切通信するような素振りは見せない。もしや本人は盗撮と盗聴に気づいているのではないか。

何度か怖れた可能性は依然解消されないままだ。盗み見られている生活を継続するようなしたたかな人間はそうそういるものではないが、肌の色も言語も文化も思想も違う相手だ。幣原たちには想像もつかないほど強靱な精神力を備えているのかもしれない。

だが一方、アブドーラの生活は起床から就寝まで、絶えず幣原たちのチームが監視を続けている。通勤途中、勤務中、休憩時間、そのいずれにおいてもアブドーラが怪しい人物と接触した形跡は認められない。現状、アブドーラが自宅以外で連絡を取っているとは考え難かった。

アブドーラは動画サイトを見ながらコンビニ弁当を突き始める。こうして観察しているとイラク人だろうが日本人だろうが、時間の潰し方には大差ないのだと妙な感慨を覚える。

やがて幣原の腕時計は深夜零時を指した。交替の時間だ。幣原は無線の通話ボタンを押す。

「警視11から遊撃本部、現場周辺。対象に動きなし。訪問者なし」

すぐに無機質な声が返ってきた。

『遊撃本部了解。時間だ。22と交替せよ。もう現着しているはずだ』

振り返ると、向こう側から見慣れたセダンがそろそろと近づき、一度だけパッシングをした。

「警視11から遊撃本部。特命終了、これより帰庁します」

『ご苦労様でした』

幣原はイグニッションを回し、そろそろとクルマを移動させる。セダンは今まで幣原が停めていた場所に滑り込む。後は彼が明日の午前八時まで張り込んでくれる手筈になっている。

幣原は霞(かすみ)が関(せき)二丁目の警視庁本部庁舎へ向かう。公安部外事第三課。そこが幣原の所属部署だった。


警視庁公安部は国内の思想犯を取り締まる公安課と諸外国・国際テロを担当する外事課に分かれる。うち外事課も地域によって以下のように三分される。
・外事第一課　ロシア及び東欧、中東担当
・外事第二課　中国、北朝鮮ほか東アジア担当
・外事第三課　国際テロ担当
そして幣原たちのチームが監視を続けているアブドーラは〈イスラム国〉の末端組織に属する構成員と目されていた。

元より一課と二課に比べ、国際テロを担当する三課はそれほど人員を割いていた訳ではない。ところがここ数年のうちにみるみる拡充が進み、今や一課二課と比肩し得るまでとなった。理由は言うまでもなく、イスラム過激派組織の手が在留邦人にまで及んだことによる。〈イスラム国〉は日本もテロの対象であると宣言し、国際テロが自分たちに全く無関係ではないことを印象づけた。

しかし何よりも平和ボケした日本国民の頬を張り倒したのは先に発生した、在アルジェリア日本大使館占拠事件だった。大使館員十八名と保護を求めてきた在留邦人十四名、そして亡命を希望して駆け込んできた現地人八名の合計四十人を人質にして、イスラム過激派は隣国マリ北部に駐留するフランス軍の撤退を要求。日本政府の対応が後手に回る中、テロリストたちは人質を一人ずつ殺害し、最終的には突入した救援部隊の隊員を含めた十三名が犠牲となる。しかもそのうち三人は公開処刑よろしく惨殺の瞬間が全世界に中継されてしまったのだ。

水と安全はタダという日本神話は脆(もろ)くも崩れ去り、国民の焦燥と不安が公安部の追い風となった。直ちに国際テロ担当部門には人員と設備が投入され、外事第三課は俄(にわか)に大所帯となった感がある。幣原も一課から三課に召集された一人だ。

元々幣原は入庁以来公安畑を歩いてきた男だったから、国際テロ激増に伴う三課への異動は望むところでもある。一課で培われた情報収集能力は、三課でもそのまま通用する。何より公安部で最重要な部門を担当させられるのは、それだけ自分の能力が上に評価されている証拠だった。

日付が替わっても本部にはまだ木津(きづ)課長が残っていた。

「戻りました」

「ご苦労様。今日も動きなしか」

「ええ。末端の構成員であるのは分かっていても、どんな任務で動いているのか……盗撮と盗聴に気づいている気配はないんですが、だとすればおそろしく慎重なヤツですよ」

「だが物見遊山で日本くんだりまで来ている訳がない。そのうち必ず誰かと接触する」

「別件逮捕しても口を割らなきゃ意味がありませんしね」

「ああ。別件逮捕が切り札になる刑事部が羨ましくなるな」

木津は皮肉を交えて言う。別件逮捕は刑事も公安も使う手法だが、刑事が本件に誘導させる目的であるのに対し、公安の場合は情報収集の一環として行われることが多い。刑事は犯人を逮捕して自供させれば終わりだが、公安は情報の蓄積が目的だ。従って対象者から情報を引き出せると判断できない限り、別件逮捕には何の意味もない。

また、木津の物言いには公安としての優越感が滲み出ている。公安警察こそは日本の治安を護る要であり、刑事警察の存在意義とは一線を画すというプライドだ。

「何にせよ、刑事は楽だよ。背負っているものがこちらとは全然違うからな」

木津の皮肉は続く。連日の泊まりで疲労が蓄積しているのだろう。疲れるとたまに本音をこぼすのが木津の癖だった。深夜のことで聞いているのも気心が知れた部下だから、口も軽くなる。

公安警察は国の安全を護っている。それが刑事警察との大きな相違だ。極端なことを言ってしまえば殺人犯を野放しにしても人が一人二人殺されるだけで済むが、思想犯を野放しにすればやがて国が滅んでしまう――それが木津の口癖だった。もっとも木津は誰に対してもこんな愚痴を聞かせる訳ではない。能力を評価した幣原が相手だからこその愚痴なのだろう。

張り込みの報告書を纏めると、本日の仕事はいったん終了する。今から帰っても自宅に着くのは深夜二時過ぎになるが、それでも帰宅はする。毎日家に帰って、朝食は家族とともに摂る。それも幣原が自分に課した仕事の一部だった。

「お疲れ様でした」

一礼するが、木津は書類に目を通していて軽く頷くだけだ。いつものことなので幣原も気にしない。

公安の任務の眼目は対象者の逮捕ではなく、もっぱら情報収集にある。今この国で進行中の企ては何なのか。誰が誰の指揮で動き、誰と繋がっているのか。全貌を知るには情報を得るしかない。より多く、そしてより詳細に。

従って公安の仕事に終わりはない。仮に対象者を逮捕することがあっても、取り調べで得た情報から別の対象者の捜査に移行するだけだ。およそ果てしない情報戦で疲弊もするが、国家の安全を担っていると思えば納得もする。

木津ほどではないにしろ、幣原にも公安警察の自負がある。それでなくとも公安は警察組織のエリート集団だ。実際、警察組織のトップとも言える警察庁長官の椅子は、その多くが公安畑の出身者で占められる。長らく公安が仮想敵としてきた共産圏の脅威はベルリンの壁崩壊によっていったん緩和されたが、東西冷戦の後に勃発した民族紛争と宗教対立が新たな火種を作ってくれた。オウム真理教のテロもアルカイダ系の台頭も追い風になってくれた。国内国外ともに不安が高まる限り、公安警察の優位性は揺るがない。

廊下を歩いていると向こう側から高頭がやってきた。幣原とは同じ三課の同僚だが、この時間に出くわすのは珍しい。

「徹夜仕事か」

話し掛けられて、高頭は目だけをこちらに向ける。

「だったらどうした」

「お疲れ様」

「この程度で疲れると思っているのなら、転属を願い出た方がいい」

　無愛想でつっけんどんな物言いは相変わらずだ。能面のように表情が乏しいので、悪気があるのかどうかさえも判然としない。

「どうやら張り込みだったみたいだが、この時刻で解放される程度の張り込みで音を上げてるのか」

　いちいち突っかかってくるが、慣れれば個性にも思えてくる。木津の話によれば幣原を一方的にライバル視しているとのことだが、本人から直接聞いた訳でもないのでそれも眉唾といえば眉唾だ。

「音なんか上げちゃいない。この時間だから疲れた顔をしている方が周囲に溶け込みやすいというだけの話だ。演技力の賜物だと解釈してくれ」

　高頭は鼻を鳴らしただけで幣原の真横を通り過ぎようとする。

「そっちは誰を追っているんだ」

　予想はしていたものの、高頭からは何の返事もない。まあいい。こちらも挨拶代わりに訊いたようなものだ。

　刑事部では同じ事件を担当する場合、当然のように捜査員同士で情報が共有される。それは刑事の目的が犯人逮捕という一点に絞られているからだ。

　対して公安部では、各捜査員に振られた任務と入手した情報は上司が把握しているだけだ。末端の捜査員は机が隣の同僚が何を捜査しているのかも知らされない。捜査員は情報収集、責任者は収集された情報を元に判断するという職域が完全に分断されている。

それはまるで兵器工場を思わせるシステムだった。タイマーを組み立てる者、信管の部品を作る者は、その全体像を知らされていない。知れば余計な感情が生まれ指先に狂いが生じるかもしれないので、システムとしては理に適っている。ただし非人間的だ。

幣原はその非人間的なシステムを否定するものではない。何しろ相手は人間ではなく情報なのだから、そこに感情や思想信条が介在していいことなど一つもない。また、そんな風に割り切らなければ長続きできる仕事でもない。


家に着いたのは予想通り午前二時過ぎだった。千代田区隼町(はやぶさちょう)の警視庁官舎。本部に近い官舎は大抵築年数の経過した古い集合住宅だが、幣原の家族の住まう官舎はオートロック式の瀟洒(しょうしゃ)なマンションで、民間のそれと遜色(そんしょく)ない。

官舎は基本的に抽選だが無論建前であり、上級職の職員は優先される傾向にある。

エレベーターで三階まで上がり、自宅の308号室へ向かう。防音性能はさほどでもないが、さすがにこの時間帯の廊下はしんと静まり返っている。夜勤以外の職員は家族とともに寝入っていると考えると、優越感と空しさが同時にやってくる。

さあ、スイッチを切り替えなければ。

玄関ドアを開け、呟くように「ただいま」と声に出す。誰が応える訳でもないが、帰宅したらそう口にすることにしている。仕事と家庭を区別するための儀式のようなものだ。

足音を殺してキッチンに向かう。壁のスイッチを探り当てて明かりを点けると、いつも通りテーブルの上には一人分の食事が用意してあった。

冷凍食品のオムライスと唐揚げ、それからポテトサラダ。幣原は汗で張りつくシャツを洗濯槽に放り込んでから、オムライスと唐揚げを電子レンジに入れる。別々にするのはそれぞれ温め時間が異なるからだが、これは女房から教えてもらったことだ。食べ終わった頃に入れるよう、風呂の追い焚きをセットしておく。

冷蔵庫から缶ビールを取り出し、温めを待ちながらひと口目を喉に流し込む。炭酸のひりつきが喉いっぱいに広がり、幣原はようやくひと息吐く。

二口三口と進めていくうちにレンジが温め完了を告げる。オムライスと唐揚げを交互に突いていると、キッチンのドアが開いて由里子が入ってきた。

「おかえり」

「何だ、まだ起きてたのか」

「寝てたのよ」

「俺が起こしちまったか。悪かったな」

「ううん。今日は寝苦しかったから、熟睡してなかった」

由里子は目を瞬かせながら壁の時計を見る。

「もうじき三時」

「寝ろよ」

由里子は専業主婦だが、それでも亭主と高校生の娘のために弁当を作っているから朝は早い。今からでも寝ないと朝が辛いだろう。

「わたしも一口もらっていい？」

「お前、飲めたのか」

「少しくらいならね」

「コップ持ってこいよ」

「いいよ、そのままで」

「ほれ」

缶を突き出すと、由里子は飲み口に唇をつけた。夫婦の間で今更だとは思うが、それでもわずかに胸が騒ぐ。

一口だけと言いながら由里子はこくこくと喉を鳴らして飲み続ける。

「何だ、結構いけるじゃないか」

「缶に半分程度ならね」

どうやら飲み干すまで缶を手放す気はないらしいので、幣原は冷蔵庫から別のひと缶を取り出す。

「毎晩チェックしてる訳じゃないけど、いつもこんなに遅いの」

「ああ、いつもこれくらいだ」

「改めて大変ね、警察って」

「本当に改めてだな。警察官の嫁になってから何年経つと思ってんだ」

「お隣もそのまたお隣さんもご主人の姿なんて、明るいうちは一度も見たことがないからね。あ、やっぱりここはお巡りさんの宿舎だなあって思うわよ。見掛けがいくら普通っぽいマンションでもね」

　隣は公安第一課の谷山の家族が住んでいる。ふと女房同士が亭主の不在時にどんな会話をしているのか気になった。井戸端会議と馬鹿にしているとえらい目に遭う。

「お隣さんとどんな話をするんだ」

「別に。会えば挨拶や世間話くらいするけど、谷山さんちはお子さんがいらっしゃらないし、なかなか共通の話題がなくて」

　幣原は密かに胸を撫で下ろす。

　そうだ、それでいい。隣宅の事情など深く知る必要はない。

　そこまで考えて更に気になった。

　由里子は幣原が警察官であるのは知っていても、所属も、どんな仕事をしているのかも知らない。幣原本人が教えていないから当然と言えば当然なのだが、由里子はそれで不審に思うことはないのだろうか。

　妻にさえ仕事の内容を告げないのは、由里子の口を通じて「幣原勇一郎は公安部の刑事」という噂を微塵も立てたくないからだ。幣原の身分が明るみになればなるほど尾行をはじめとした捜査の支障となる。人の口に戸は立てられない。どれだけ口止めしても情報は洩れる。それを防ぐには家族にも秘密にするしかない。

　だが幣原の不安をよそに、由里子は一度として亭主の仕事について根掘り葉掘り尋ねるようなことはしなかった。警察官という漠然とした話だけで満足できるのか、それとも機密の臭いを嗅ぎつけて自重しているのか。いずれにしても深く追及されないのは幣原にも都合がいいので、放っておいたのだ。

仕事の内容を伏せていることで一度ならず困惑した。由里子ではなく、息子の秀樹と娘の可奈絵に訊かれた時がそうだ。まだ二人とも小学生の頃で父親の仕事に興味を持っていた。警察官だと教えてもそれだけでは満足せず、テレビドラマのように犯人と格闘するのかとか、相棒の刑事と推理するのかとか、目をきらきらさせながら訊かれた時にはどこまで誤魔化せばいいのか逡巡した。今では二人ともすっかり興味を失ってくれたようで、幣原はほっとしている。

「でも、これだけ遅くまで働かせて残業手当も碌に出ないんだから、警察も大概ブラック企業よね。労働基準局に訴えたら楽勝かもね」

「仮に労働基準法に違反していたとして、いったい誰が誰を逮捕するんだよ。こっちは取り締まる側なんだぞ」

由里子は眠そうな顔で笑う。

「辛いわねえ、宮仕えって」

「そうやって思ってくれてるのなら助かる。しかし子供たちはどうなんだろうな」

「秀樹と可奈絵がどうしたの」

「あの二人は父親の仕事について、どんな風に思ってるのかな」

「正義の味方」

「真面目に訊いてる」

「真面目な答え。二人が小学生だった頃には口を揃えてそう言ってた。最近は改めて訊き直すこともないけど、お父さんへの接し方を見てたら分かるわ。二人ともちゃんとお父さんを尊敬しているから、心配しないで」

正義の味方、か。

いささか面映ゆいが、国の安全を護るという意味では間違っていない。

「別に心配なんかしていないさ。それに尊敬されたいとも思っていない。何なら憎まれてもいい」

「じゃあ、どう思われたいの」

「馬鹿にされなきゃいい」

「お父さんらしい考え」

由里子は小さく欠伸をした。

「何かいい具合に酔いが回ってきたみたい。これなら眠れそう」

「ベッドに戻れよ」

「食器は」

「自分で片づけとく」

「お願いね。おやすみなさい」

由里子の姿がキッチンから消え、幣原は食器をシンクの中に入れて水を張る。

ちょうど追い焚きも終わったので、脱衣所に向かう。こんな時間なのでシャワーだけで済ませるという選択肢もあるが、やはり湯船に浸からないと疲れが取れないような気がして、半ば義務的に入浴する。酒には強い方だが、それでも温まって血液の循環がよくなるとともに酔いも回ってくる。風呂から上がる頃には、いい具合に睡魔もやってきた。

酒を呑んで分かる疲れがある。風呂に浸かって実感する疲れがある。幣原の身体が休息を求めていた。

寝室に入ると、はや由里子は静かな寝息を立てていた。幣原はその隣に潜り込む。風呂上りでまだ体温が高めのせいか、肌を合わせると由里子は嫌がって逃げていく。

これが真冬なら逆の反応を示すのに。

襲いくる睡魔に身を委ねながら、幣原は今日も普通の夫、普通の父親でいられたことに満足する。対象者を盗撮・盗聴し、闇に蠢く公安刑事である一方、人並みの感情と生活を抱えていることに安心してようやく眠りにつく。

2

午前六時三十分、誰に起こされることもなく幣原は目覚めた。三時間少々の睡眠でも、眠りが深ければ疲れは取れる。長年の尾行や張り込みでそういう体質になっていた。

ベッドに由里子の姿はない。代わりにキッチンから味噌汁の匂いが漂ってくる。由里子は由里子で長年の主婦生活で体質を変えているらしい。

テーブルでは既に秀樹と可奈絵が朝食にありついていた。ただし二人ともまだ寝惚け眼のまま口を動かしている。

「何だ、今日は秀樹も早いな」

「一限目、九時からだけど、母さんが後片づけ一遍に済ませたいからって」

「二度寝すると余計に起きづらくなるぞ」

　幸か不幸か都内の大学に合格した秀樹は、ぶつくさ言いながらも自宅から通っている。折角大学生になったのだから自由を満喫したいと嘆いていたが、そのくせ上げ膳据え膳の誘惑には勝てずにいる。就職できず、やむを得ず院に入ってからもそうだ。結局、まだ子供なのだろう。

「いいよ、二度寝しても」

　秀樹の横にいた六つ年下の可奈絵は兄の顔も見ずに言う。長い髪をセットするために、可奈絵は朝食を終えてからの支度に手間取る。

「あたしがガッコいく直前に蹴り起こしたげる」

「お前のはシャレにならないんだよ」

　秀樹は唇を尖らせた。

「この間のはいったい何だ。鳩尾（みぞおち）を直撃したぞ」

「手加減してやってんだから感謝しろよ、バカ兄（にい）。本気出したら、あんなもんじゃ済まないから」

「うるせえ、オトコ女」

「うるさい、絶食系男子」

　顔を突き合わせればこんな風に悪口の応酬だが、きっとこれが兄妹の平均的な姿なのだろうと幣原は思う。本当に仲が悪ければ会話自体が成立しないはずだ。

「お父さん、充分間に合うんだから、もっと味わって食べてよ。これでも時間かけて作ってるんだから」

幣原の方が遅く食卓に着いたにも拘わらず、二人より先に食べ終わる。由里子はそれがお気に召さないらしい。

家での食事くらいゆっくり摂ればいいとは思うのだが、仕事柄五分で済ませる嫌な癖がついていて、無意識のうちに早食いしてしまう。これは幣原に限らず、世のサラリーマン全般がそうなのではないか。

「秀樹みたいにのろのろしているのも逆に迷惑なんだけど」

幣原はせめてもの抵抗を試みる。

「秀樹だって就職したらこうなるさ」

「食事だけじゃない。齢(とし)をとると一日が短くなるから何でも早く済ませようとする。環境に適応しようとしているんだ」

妙な理屈に呆れたのか、由里子はこちらを見ようともしなかった。

「ご馳走様」

幣原は手を合わせて席を立つ。どれほど忙しい朝であろうと日常の挨拶だけは省略しない。接する時間が限られた父親として、最低限の躾(しつけ)だけは省きたくなかった。無論それが自己満足に近いものであるのは承知していたが、これもまた公安などというスパイめいた仕事からくる反動なのだろうと自己分析してみる。

手早く着替えを済ませ、由里子から弁当を受け取って玄関を出る。マンションから東京メトロ麹町(こうじまち)駅まで徒歩で六分、有楽町線で二つ目の桜田門(さくらだもん)駅まで約四分。合わせて十分の通勤時間は恵まれている。

桜田門駅を出ると本部庁舎は目の前だ。幣原はスイッチを切り替え、家庭人から公安警察の構成員へと変貌する。

警視庁本部庁舎には九つの部がひしめき合っている。その中でもやはり公安部は独自の存在感があり、刑事部の捜査員からは距離を置かれている。いや、露骨に言ってしまうと公安部のエリート意識が刑事部の捜査員を隔絶させてしまっている。だからということではないだろうが、幣原自身一階フロアやエレベーター内など他部署の人間がいる場所は落ち着かない。公安部のフロアに降り立って、はじめて我が家に戻ったような安心感がある。

部屋に入ると、いつも通り木津がデスクにいた。三課の中では誰よりも早く出勤し、誰よりも遅くまで残っている。公安部が昼夜を問わない激務であるのを考慮しても、いったいいつどこで寝ているのか想像もできない。

「おはようございます」

挨拶がてら昨夜の経過を確認する。幣原の張り込みの後に異状が発生すれば、木津から連絡がもたらされるはずだった。

「対象に特別な動きはなかった」

木津はぶっきらぼうに言う。他の捜査員がいるせいだろうか、それとも幣原同様にスイッチが切り替わったせいだろうか、昨夜のような気安さは微塵もない。

アブドーラの尾行と張り込みは三交代制で、幣原は午後四時からの担当になる。それまでは別の対象者の通話記録を取り寄せ、通信相手と内容の解析に努めるのが日課だった。

ところが木津が次に放った言葉はまるで予想外のものだった。

「幣原。しばらく内勤だ。対象の監視は別のヤツに振る」

えっと思わず声が出た。

「新しい対象の出生証明や戸籍を取り寄せて、プロフィール表を作成。これがその対象リストだ」

「ちょっと待ってください」

対象のプロフィール作りなど、入庁したての新米でもできる仕事だ。そんな仕事を何故自分がしなければならないのか。

「わたしに何か捜査上のミスでもありましたか」

「いや、ない」

「アブドーラ以外の対象に何か大きな異状があったのでしょうか」

「君が全体を知る必要はない」

「しかし」

「仕事を選べる部署ではない。それくらい承知しているだろう。とにかく別命あるまで内勤だ。定時に帰ってよし」

けんもほろろとはこのことだった。抗議も質問も受け付ける気がないらしい。もっとも木津の命令は絶対であり、抗議したとしても覆る可能性はなきに等しい。

いきなり突きつけられた上司命令に抗う術(すべ)もなく、幣原は受け取ったリストを手に一礼して引き下がる。まるで訳が分からない。木津から言われたことが充分に理解できていない。

瞬間、部屋の空気が一変したように思えた。

他の捜査員は全員パソコンの画面に見入っているが、巧みに幣原から視線を逸らせているようにも思える。出勤時に感じた馴染みの良さが、今はかすかな拒否反応に変質している。喩えは適当でないかもしれないが、刑事部の部屋に自分一人が紛れ込んだような疎外感がある。

かつてこんなことは一度もなかった。捜査途中で担当を外されたり、新米のする仕事を押しつけられたりするなど幣原の経歴にあってはならない。

自分の机に戻り、渡されたリストを眺める。刑事部では命令も報告もオンラインで残しているらしいが、公安部では機密保持の観点から口頭による指示と報告が多い。この対象リストも例に洩れない。

リストに記載されている対象はざっと二百人以上に及ぶ。おそらく三課がマークしている対象の関係者がほとんどだろうが、詳しい間柄や疑惑の内容は伏せられている。捜査員に先入観を抱かせないためと言えば聞こえはいいが、要は「お前に余計なことは教えない」という態度に終始している。公安部の進め方に慣れている幣原だったが、いざ我が身に行使されると心が挫けそうになった。

誰にでもできる仕事は、言い換えれば成果を期待されていない。公安畑ひと筋を歩いてきた幣原にとっては屈辱のような仕事だった。

対象リストを一つずつ片づけながら、次第に鬱屈が溜まってきた。今まで縁がないと思い込んでいたが、人はこんな風にして鬱病になるのかと思い始めていた。

昼になると、幣原は意を決して木津の席に近づいた。

「課長。お時間よろしいでしょうか」

「昼飯だ」

「ご一緒させてください」

「飯くらい一人で食べる。学生じゃあるまいし」

「ご迷惑はおかけしません。十分だけ時間をください」

「三分だ」

「せめて五分」

「いいだろう」

木津は幣原を従えて、同じフロアの喫煙コーナーに向かう。最近は公安部にも喫煙者が激減し、ただでさえヤニの臭いが染みついた喫煙コーナーは外部と遮断されているので、密談にはうってつけの場所だった。

ただし木津が密談に応じてくれるとは限らなかった。たまに愚痴や皮肉は口にしても、機密事項に関しては貝のようになる男だ。

「手短にしろ」

喫煙コーナーに入るなり、木津は命じた。

「移動時間も五分のうちに入るぞ」

「わたしがどうして内勤なのでしょうか」

単刀直入に問い質してみる。だが、木津の表情には微塵の変化もない。

「仕事を選べる部署でないのは承知しています。しかし昨日今日入庁したばかりの新人がやる仕事を、中堅にさせても無駄のような気がします」

「仕事の内容で給料を払っている訳ではないし、払っているのも俺じゃない」

「せめて理由を教えてください。理由くらいは課長だってご存じでしょう」

木津は感情の読めない目で幣原を見る。上司からそういう目で見られたのも初めての経験だった。

「理由が分からなければ命令に従えないのか」

「そういう訳ではありませんが、与えられる仕事にはモチベーションが必要でしょう」

「対象の戸籍調査ごときにモチベーションが必要なのか」

叱責（しっせき）しているようで、実は質問から逃げている。幣原はそこに警察機構ならではの上意下達の気配を察知した。

「もっと上からの命令なんですね」

返事はない。他の人間であれば肯定の徴（しるし）なのだが、権謀術数に長（た）けた木津にはそのまま当て嵌（は）まらない。

しばらく睨（にら）み合いが続いたかと思うと、木津はついと腕時計を一瞥した。

「五分経った」

そして後ろも見ずに喫煙コーナーから出ていった。

後に残された幣原こそいい面の皮だった。木津のあの様子では、捜査上のミスや人事以上の問題が発生したとしか思えない。

懸命に考えてみるが幣原は身に覚えはない。現に昨夜の零時、張り込みを終えてからも木津の態度に変化はなかった。

つまり幣原が帰宅し、出勤するまでの五時間余の中で何かが起きたのだ。その出来事が幣原を現場から追いやり、ついでに三課からも爪弾きにさせている。

畜生、いったい何が起きた。

必死に考えてみるが、身に覚えがないので見当もつかない。

そこで思いついた。

木津が貝のように口を閉じているのなら、他の人間を問い質せばいい。公安部の連中は揃いも揃って口が堅いが、皆一様に堅い訳ではない。サザエのような木津もいればアサリのようなヤツもいる。

フロアの廊下で見つけたのは入庁二年目の新海(しんかい)だった。まだ顔に幼さを残し、若さゆえの軽さはあるが軽率ではない。

「ちょっと顔を貸してくれ」

「え。体育館の裏まで来いってノリですか」

「いいから」

先刻と同様、喫煙コーナーに引きずり込む。非喫煙者の新海はそれだけで不快な顔をするが、その素直さに期待したい。

「これだったら体育館裏の方がまだ開放的でいいなあ」

「答えろ。いったい三課にどんな触れが回っている」

途端に新海の表情が固まる。やはり素直に反応してくれる。

「お触れって何のことですか」

「とぼけるな。課長と俺の会話、聞こえていただろう。俺が仕事を干されたことも、課長がその理由を言いたがらないことも」

「そりゃあ聞こえはしましたよ。だけど僕は知りませんよ」

「そういう嘘が通用する相手だと思っているのか」

睨まれると、新海はさっと視線を逸らした。

「僕みたいな下っ端を脅してどうするんですか」

「脅しでもしなきゃ三課の人間は口を割らんだろう」

「勘弁してくださいよ」

新海は困惑顔を向けるが、こちらに同情している余裕はない。

「勘弁してほしいのなら、相応の情報を寄越せ」

「そんなもの、ある訳ないじゃないですか。木津課長が朝礼で全員を集めて、幣原さんの仕事を云々なんて話すると思いますか」

「それにしちゃあ、皆よそよそしい」

「気のせいですって。幣原さん、ずっと深夜の張り込みが続いていたでしょ。心身のメンテナンスしろってことじゃないですか」

かすかに目が泳いでいる。何かを隠しているのは確実だが、言い訳がすらすら出てきたところをみると、三課全員が口裏を合わせている可能性が否定できない。

「それにですよ。もし幣原さんに何か問題が生じたとしたら、課長が出勤させないでしょう。あの人はそういう人ですから」

「初めて納得できることを喋ったな」

「だったら、もう解放してくださいよ」

新海は顔を顰めて続ける。

「ここにいると服にヤニの臭いがつきそうで」

意外にしたたかなところを見せる。若輩ながらさすが公安の捜査員といったところか。

これ以上、責めても有益な情報は引き出せそうにない。そう判断して新海は見逃すことにした。

あまり締め上げると、今後に繋げられなくなる。対象との取り調べで培った世知が、部下相手に通用するとは皮肉以外の何物でもない。

最後に念を押しておいた。

「いつから俺は信用されなくなった」

すると新海は苦しそうに顔を歪めてみせた。


定時で帰れという木津の指示は本物で、幣原は入庁以来初めて午後五時で庁舎を追い出された。アスファルトからはまだ熱気が立ち上っている。気分がくさくさするので今から呑み屋に直行する手もあるが、それは幣原が一番嫌う逃避だった。第一こんな状況で飲む酒が美味いはずもない。

普段よりゆっくり歩いてみる。道を行き来する者は皆が小走りで、まるで何かに急かされているようだ。彼らの姿を眺めながら、幣原は同族意識を抱く。

この界隈の駅を利用する勤め人の多くは官公庁の関係者だ。これだけ格差社会になるとエリートを毛嫌いする連中が多くなるが、エリートと呼ばれる公務員たちが気楽な毎日を送っていると思ったら大間違いだと幣原は憤る。家庭や人間関係よりも重いものを背負い、皮肉を言われようが当てこすりされようが、この国と省庁のために汗を流している。彼らが正当に評価されない世の中は歪としか思えない。

そしてまた、彼らの中から弾き出されそうな予感に怯える。

結局この時間から立ち寄る場所が思い当たらず、そのまま帰宅する。明るいうちから自宅に戻るのはひどく違和感があった。

午後五時半、マンションの中には主婦や子供たちの声が洩れている。幣原は少し気後れしながら自宅の前に立つ。いつもの癖で鍵を差し込もうとして苦笑する。自分で開錠する必要はない。由里子を呼べばいいだけの話だ。

インターフォン越しに帰宅を告げると、由里子が驚いた顔で迎えた。

「どうしたのよ、こんな時間に。早引けでもしたの」

「いや。珍しく定時ってだけだ」

「本当に珍しい」

由里子は不審さを隠そうともしなかった。

「まだ二人とも帰ってないから、夕ご飯待ってもらうけど」

「構わない。まさか本当に定時で帰されるとは、俺も思っていなかったからな」

ねえ、と由里子は疑わしそうに顔を寄せてくる。

「何かあったの。ひょっとして転勤を命じられたんじゃないの」

「……どうしてそういう発想になるんだ」

「だってお父さん、ひどい顔してるのよ」

嫌な話だと思った。

念のために脱衣所に飛び込み、鏡の中を覗き込む。

由里子の言った通りだった。

鏡の中の幣原は疑心暗鬼を絵に描いたようだった。目は猜疑心に凝り固まり、唇は憤りに歪んでいる。確かにこんな顔を見せられたら、意に染まぬ転勤やリストラを言い渡されたと考えても不思議ではない。

自覚している以上に参っているのかもしれない。

鏡で表情を戻し、脱衣所を出る。

「どうせ夕ご飯まで時間あるんだから、先にお風呂入っちゃえば」

それも珍しいついでか。

「そうだな。たまには早風呂もいいか」

由里子の勧めに従って湯沸しのスイッチを入れる。風呂が沸くまで手持ち無沙汰なので、キッチンで待つことにする。

夕食の支度をする由里子の後ろ姿を眺めていると、それも二十数年ぶりであるのに思い至る。

当時幣原は二十八歳、自分のために飯を作ってくれる人間が物珍しかったのを憶えている。

由里子とは見合い結婚だった。当時の上司が知り合いの長女だからといって仲を取り持ってくれた。結婚後に知ったことだが、警察官は刑事部だろうと公安部だろうと男性職員は三十までに結婚させようという風潮があった。三十過ぎても所帯を持っていない者は社会的に不適合な部分があるからだろうと昇進が遅れるのだという。今の若手に話せば冗談にしか受け取られないだろうが、当時はまことしやかに伝えられていたものだ。

そして唐突に思いついた。

自分はいったい由里子の何を知っているのだろう。結婚してから急に任務が多くなり、旅行どころか二人で外出するのもままならなかった。一年もすると秀樹が生まれ、今度は由里子が育児に追われて夫婦の会話が少なくなった。可奈絵が生まれた頃には外事第一課のホープと称されていたので帰宅はますます遅くなり、土日も尾行と張り込みに駆り出されて日曜日ですら顔を合わせるのが少なくなった。

言葉を交わさなくても夫婦だから互いに考えていることは分かるだろう、というのは一世代前の妄想に過ぎない。今まで漫然と夫の役目を果たしてきたが、由里子の子供時分の話も、親との相克も、以前に付き合っていた相手のことも何も聞かされていない。下手をすれば追っている対象のプロフィールよりも貧弱な知識しかないのではないか。

「嫌だ。後ろから何見てるのよ」

「いや……お前はちゃんと主婦をしてるんだなと思って」

「変なの。もう、お風呂沸いたんじゃない」

表示も見ていないのに勘で分かるらしい。果たしてその数分後に沸かし終了の電子音が鳴った。

「ああ、湯船に抜け毛、落とさないでね。可奈絵が嫌がるから」

もうそんなことを言う年頃になったのか——一種の気恥ずかしさと失意を同時に覚える。考えてみれば秀樹も可奈絵も由里子同様、自分の知っていることはあまりに少ない。

何カ月ぶりかの一番風呂に身体を沈めても、安堵感はなかった。

今頃、対象のアブドーラは何をしているのか。幣原の代わりに彼を張っている捜査員は誰なのか。そして三課の連中は自分の定時帰りについて何を語っているのか。

そもそも何故自分は捜査から外されたのか。

明日も明後日も内勤が続くのか。元の仕事に復帰するためには何をどうすればいいのか。

流れに任せているのは心許ない。自分で動きたいのは山々だが、それには情報が少な過ぎる。軽いと思っていた新海ですらあの調子だ。他の捜査員はもっと口が堅いに違いない。

ではいっそ、木津の頭を越えてその上に談判してみるか。いや、どうせ門前払いを食うのがオチだろう。

駄目だ。

湯船に浸かっていても、これでは疲れを取るどころか余計に溜めてしまいかねない。幣原はそそくさと浴槽から出て身体を洗う。

脱衣所から出た際、制服姿の可奈絵と鉢合わせした。

可奈絵は心底驚いた様子で、上半身裸の幣原を眺めていた。

「どうして、こんな時間にいるのよ」

「いや、今日は珍しく定時に終わってな」

「そういうことは早く言ってよっ」

何が気に食わないのか、可奈絵は吐き捨てるように言うと、自分の部屋へ消えていく。上半身裸がまずかったのか、それとも早くから父親がいるのが目障りなのか。

最後に帰宅した秀樹も似たような反応を示した。

「げ。何で親父がこんな時間にいるんだよ」

秀樹の言葉で、自分の早帰りは必ずしも歓迎されていないのが分かった。

せめて夕食の席は和気藹々としたい――幣原のささやかな願いは、しかし叶えられなかった。

四人がテーブルに着き箸を動かしているが、どうにも会話がぎこちない。原因は己にあるのが分かっているので、下手に話を振るのも躊躇われる。

もそもそと四人の咀嚼する音だけが響く中、秀樹が堪えきれない様子で声を上げた。

「親父さ、いったい何だってこんな早くに帰ってきたんだよ」

繰り返し訊かれたので、さすがに嫌気が差した。

「俺が早く帰ってきたら何か都合の悪いことでもあるのか」

口に出してからしまったと思ったが、続く秀樹の言葉は更に辛辣だった。

「そういう言い方すんなよ。まるでリストラ食らったみたいだぞ」

「もう一度言ってみろ」

ひどく凶暴な物言いに聞こえたのだろう。三人は一斉に顔を顰めてみせた。

「何そんなにムキになってんだよ」

「お前が生意気な口を叩くからだ。大体、大学を卒業してもまだ実家から通っているような脛齧りに……」

「ごっそさん」

幣原が言い終わらぬうちに、秀樹は席を立つ。

「このままだと喧嘩になりそうだから俺、イチ抜けするわ」

「待て、秀樹」

「だから待ったら、喧嘩になるって」

どこで習得したのか逃げ足は絶品だった。

後には気まずさだけが残った。

「平日の夕方に四人揃うなんて珍しいから……」

由里子の不要な気遣いが更に空気を重くした。

「あたしもご馳走様」

「もういいの」

「急に食欲がなくなった」

食べ残しの食器をそのままにして可奈絵もキッチンから姿を消した。いちいち目で追うことはしないが、由里子も物憂げな顔をしていた。

己は自宅にも居場所がないのか――。

陰気な顔の由里子を前にして咀嚼しても、まるで味を感じなかった。

「明日はいつもと同じ時間に起きるの」

「余計なお世話だ」

とうとう由里子は黙りこくってしまった。

3

まんじりともせずに迎えた朝は、刑事部屋で過ごす徹夜よりも重かった。

まだ朝の六時を過ぎたばかりだが、幣原はベッドから這い出てキッチンに向かう。キッチンからは早くも明かりが漏れている。

「ごめんなさい。まだ支度できてないわよ」

幣原の気配に気づいた由里子が振り返る。

「よく俺だと分かったな」

「そりゃあ足音で分かるわよ」

足音の違いだけで背後にいる人間が分かるのなら自分以上だ。いっそ由里子と仕事を交換してみるかと自虐的に考える。

「急がなくていい。今日は定時出勤だ。八時半に入ればいい」

「昨夜もそうだったわね。何かあったの」

「いや」

一瞬、内勤を命じられたことを告げようとしたが口が開かなかった。木津からの指示は一時的なものだ。それならわざわざ由里子に告げる必要もない。

「あと二十分もしたら秀樹も可奈絵も起きてくるわ。一緒に食べる?」

「いや、いい」

夕餉での光景が甦る。あの調子では、これから顔を合わせても気まずいだけだ。

そこでまた思い直す。

では今から迎える一日というのは、それほど晴れやかなものなのか——考えるのも鬱陶しくなり、幣原はまた寝室へ戻り布団に潜り込む。そう言えば二度寝をするのも数年ぶりのことだった。

布団に籠もった自分の体温が懐かしい。しかし睡魔が襲ってくることはなかった。

耳を澄ませていると秀樹と可奈絵が起きてきたのが分かる。二人ほとんど同時だが、幣原にはどちらがどちらの足音なのか皆目見当もつかない。この二つの区別がつくというなら、やはり由里子の耳は大したものだと思う。いや、そもそも自分が家族に無頓着なだけなのか。

やがて食器の音とくぐもった「いただきます」の声が聞こえてくる。自分を除いた家族の声を布団の中で聞いていると、対象者の家庭を盗聴しているような感覚になる。習い性になるというのはこういうことを言うのだろうか。

食事を終え、着替えをしてから可奈絵が家を出ていく。三十分遅れで秀樹も出ていくのを確認してから、幣原は再び布団から抜け出た。子供たちが出ていくのを待って親父がキッチンに向かう。昨夜の秀樹の弁ではないが、まるでリストラを食らったような有様に思わず苦笑が浮かんだ。

テーブルの上には既に幣原の皿が用意されていた。

「今日、夜食は？」

「要らんと思う」

「今の勤務時間が続くのなら事前に教えてよね。朝食や夕食の支度もあるんだから」

「俺の都合じゃなくて仕事の都合だからな。どうなるか分からん」

突き放すような言い方にしまったと思ったが、吐き出した言葉は呑み込むこともできない。訂正するのも妙なので放っておくと、また空気が重くなった。

由里子は何も言わず、子供たちの食器を洗っている。ただし沈黙した背中は明らかに不満を語っていた。

昨日からの嫌な流れが続いている。原因が自分にあることが分かっているので、尚更苛立つ。自分はこんなにも変化に脆い人間だったのかと落胆する。

ふと由里子の背中を見る。もう二十年以上もその背中を見ているが、昨夜からどうにも違和感が拭えない。

ぐだぐだと言葉を交わさずとも、互いの胸の裡は承知している。そもそも幣原が仕事の内容について洩らさない理由が守秘義務だからというのは、結婚当初に約束事として徹底してある。

それなのに、この背中が幣原を拒絶している。

「子供たちはちゃんとやっているのか」

自然に振れる話題はやはり子供のことだった。

「ちゃんとって?」

「勉強とか、生活とか」

秀樹は就職活動真っ最中だろうし、可奈絵は来年受験生だ。心の隅では気にしているが、二人のことは由里子に一任していたので、なかなか話す機会もなかった。

いや、こういうのは一任とは言わない。任せっきりと言うのだ。

「二人とも、それなりにやってるわよ」

「それなりじゃ分からん。秀樹だったらどんな仕事を希望しているとか、可奈絵だったら第一志望はどこだとか……」

喋っているうちに愕然とした。子供が希望する未来。そんな基本的なことさえ自分は知らずにいたのか。これが捜査の対象なら、どんな目的でどんな相手と繋がっているのかも把握できているのに。

「今日も定時で帰ってくるの」

「多分」

「早く帰れるなら、直接あの子たちに近況を訊いたら?」

もっともな指摘だが、険がある。

「お前に訊いているんだ」

「直接訊いた方が納得するでしょ」

今度は、はっきり言葉が尖っていた。これ以上会話を続けたら喧嘩になる。ただでさえ機嫌が悪い時に夫婦喧嘩をすれば、手を上げかねない。

これ以上居心地を悪くしたくない。幣原は肚の底で燻(くすぶ)る苛立ちを鎮めながら箸を動かし始めた。

トーストにハムエッグ、そしてブラック・コーヒー。だが、口に入れても砂を噛んでいるようだった。

マンションを出て、麹町駅へと向かう。いつもと同じ風景のはずなのに、ここでも違和感がある。

くそ、いったいどうした。内勤を命じられただけで、自分がこんなにも不安定になるとは想像もしていなかった。まるで道行く者たちが自分をみて蔑んでいるような錯覚にとらわれる。背中どころか身体中に視線を感じる。

まさか神経症にでもなったか——背中の辺りにぞわぞわと悪寒が走る。

歩くほどに視線を感じる。いよいよ病んだかと不安に襲われ、反射的に振り返った。

すると視界の端に見慣れた男の姿が映った。

高頭だった。

振り向いた瞬間、脇道に消えたので確認する間もなかったが、あの無愛想な横顔を見間違えるはずもない。

考えると同時に足が動いた。人波を掻き分けながら高頭が消えた脇道に取って返し、その姿を追う。

何故、俺を尾ける必要がある。しかも選りに選って、どうして高頭が尾けている。

次々に湧き出る疑念を抱えながら脇道に滑り込む。

だが、そこに高頭の姿はなかった。

警察官、ましてや尾行を専門とする公安の刑事なら、こんな脇道で姿を晦ませることなど訳もない。どこかの店舗に入り込むか、それとも対象者の視界から完全に外れるか。とにかく尾行を勘づかれた段階で撤退し、他の尾行者に交代するのがセオリーだ。

だとすれば、この近辺に高頭以外の捜査員が潜んでいるはずだった。幣原は急いで辺りを見回すが、しかし見覚えのある顔は確認できない。

「くそっ」

自分の声に驚いた。悪態を口にするなど、今までの自分には考えられないことだった。

いったい自分の周りで何が起きているのか、それとも己の何かが変わったのか。

やり場のない憤りと不安を綯い交ぜにしながら、幣原は元の道に戻る。


「おはようございます」

部屋の皆に声を掛けると口々に返事があったが、そのどれもがわざとらしく聞こえた。気のせいかとも思うが、誰もが幣原と目を合わせようとしないのが腑に落ちない。

不意に気づいた。公安の部屋は誰かしらが外出しているので、朝のこの時間にも全員が揃うことはまずない。それでも在室しているのは三分の一程度で、あまりにも少な過ぎる。

これだけの人員がいなくなるのは、一斉立ち入りしか考えられない。

木津が書類に目を通していたので、その前に歩み出た。いくら内勤でも一斉捜査なら知る必要があるはずだった。

「ああ、その通りだ。例の秋葉原の店と関係各所に配置してある」

木津はこちらを一瞥すると、視線をまた書類に戻した。

例の秋葉原の店というのは〈啓雲堂〉のことだ。この春、秋葉原にオープンしたばかりの防犯グッズ専門店だが、最近になって気になる動きを見せていた。

まず店の壁に張り出された求人広告だ。

求人

1 勤務地　シリア
2 職種　警備員
3 資格　日本国籍を有する者
4 給与　月額15万円
5 備考　暴力に耐性のある方
　　　面接時思想チェックあり
　　　委細面談

ずいぶんと人を食った内容であり、オタクが集まるという場所柄、冗談広告とも思えたが、店主のプロフィールを知った途端に外事第三課の目の色が変わった。

店主の名前は大滝桃助(おおたきももすけ)、六十七歳。現在は防犯グッズ店の親爺(おやじ)に納まっているが、以前イスラム過激派のシンパとして公安がマークしていた男だったのだ。

そればかりではない。念のために三課が張り込みを始めると、同店には風体の怪しいアラブ人が時折訪れるのが分かった。店内に入って一時間もすると出てくるのだが、何一つ購入した様子がない。やがて訪れたアラブ人の一人がイスラム国の関係者であることが判明した。

この関係者の素性を調べた三課は更に興味を持った。ジャハル・フセイン、戦闘員ではないがイスラム国の広報担当として米国国防総省のデータベースに存在していたのだ。

実際にイスラム国の広報担当が出入りしている店となれば、件の広告も冗談では済まなくなる。そこで三課はチームを結成し、〈啓雲堂〉を監視下に置いていたのだが、遂に動きがあったらしい。

「ジャハルの身柄確保、だけではないようですね」

「〈啓雲堂〉店舗、大滝とジャハルの自宅それぞれに捜査員を送っている。午前十時きっかりに一斉立ち入りを行う」

「確保する事態が発生したんですか」

木津はじろりと幣原を見上げる。威嚇するような目だが、ここで引き下がる幣原ではなかった。

「リクルートの実態が明らかになったからな」

「誰かが求人広告に申し込んだんですか」

「冷やかし客からの通報だ」

木津は面白くもなさそうに言う。

「三十二歳のフリーターが応募したんだ。本人は冷やかしだったと弁解しているが、バイトをクビになったばかりだったから、おそらく半分以上は本気だったんだろう。備考の〈暴力に耐性のある方〉は引っ掛かるが、給料の十五万円と勤務地シリアには俄然興味を惹かれたそうだ」

「その文言で半ば本気になるというのも情けない話ですね」

「若いのとカネがないのとで二重に馬鹿だからな。そういう広告に惹かれても仕方あるまい。雇う方だって、そんな利口者を求めてはいない」

ずいぶんな物言いだが、世界からイスラム国に志願兵として流れている人間たちを見ていると、そんな感想もむべなるかなと思う。多くは十代二十代の若者で、大抵はカネか知恵、もしくはその両方が不自由な者たちだった。そして、得てしてそういう人間の価値は低い。よくて人質、戦闘員として駆り出されても人間の盾にされるのがオチだ。戦闘技術なり通信技術なりよほどのスキルがなければ、木津の言う通りそれこそ賢さは求められていない。

「この件にアブドーラは関わっているんでしょうか」

「いや。同じイスラム国でも末端にいる人間同士だ。おそらく直接の接触はないだろう」

だが直接の接触がなくても、イスラム国の広報担当が当局に拘束されれば組織との連絡を試みるか、あるいは逃亡を図るか何らかの動きを見せるはずだ。

「アブドーラを張らせてください。あいつは必ず動きます」

「別の人間が既に張りついている。それに〈啓雲堂〉の捜査で人数を割いている。今は人員に余裕がない」

有無を言わせぬ口調だった。人員が足りなくても、自分を捜査に復帰させるつもりはないということだ。

そうまでして幣原を隔離する理由は何なのか——すぐに思いついたのはさっきの尾行だ。

「課長。わたしに尾行をつけている理由は何なのですか」

木津は片方の眉を上げげただけで、表情はいささかも変わらない。

「何のことだ」

「今朝がた、高頭に尾けられました。おそらく自宅マンションからここまでの間です」

「何を言い出すかと思ったらそんなことか。高頭の通勤コースは君と被っている。途中で出くわしたところで不思議じゃあるまい」

「普通、通勤途中で脇道に入るようなことはしません。明らかにわたしを尾行していました」

「三課では朝を抜いてくるヤツが多い。大方ハンバーガー屋にでも寄ったんだろう」

「わたしも公安の人間です。尾けられているかそうでないかの区別くらいはつきます」

「平常心だったらな。だが、今の君は平常心と言えるのか」

　木津は冷ややかな目でこちらを見上げる。

「内勤を命じてからは、どこか気もそぞろになっている。自覚しているのか」

「そんなことはないと思います」

「やはり自覚していない。今の君は平常じゃない。だから普通に後ろを歩いていた同僚を尾行要員だと勘違いする。軽い被害妄想だな」

「わたしが被害妄想、ですか」

「激務が祟(たた)って、精神が衰弱する。よくある話だ。まだしばらくは内勤を続けた方がいいな」

　木津は、もうこの話は終わりだと言わんばかりに目を伏せる。これ以上復帰を願い出ても無駄と悟り、幣原はすごすごと自分の席に戻った。

　いったい外事第三課に何が起き、自分にどう関係しているのか。

　己一人を置き去りにしたまま、事件だけが進行していく。疎外感とともに疑心暗鬼が募り、幣原はますます孤立していく。


　そこから先の展開を、幣原は内側と外側の両方から見ることになった。

午前十時きっかり、〈啓雲堂〉と関係者の自宅それぞれに外事第三課の一斉捜査が入った。まず大滝が開店と同時に身柄を拘束され、店内に陳列されていた防犯グッズ百二十点と、バックヤードに保管されていた帳簿類の一切が押収された。同時に大滝の自宅にも捜査員がなだれ込み、何事が起きたのか充分把握しきれない女房を尻目に、ここでも大滝の私物が段ボール箱に詰められて搬出された。

「いったいこれは何の騒ぎなんですか」

大滝の女房は亭主の仕事が防犯グッズの販売であることしか知らされていなかった。三課の捜査では女房がイスラム国の兵士募集とは無関係であるのが判明していたので彼女を深く追及することもなかったが、いきなり日常に土足で踏み込まれた逆上ぶりは凄まじく、捜査員の一人は哀れ彼女に散々難詰(なんきつ)されたらしい。

一方、ジャハルの身柄確保は派手な立ち回りとなった。自宅アパートに踏み込まれたジャハルは、拘束される覚えがあったのか捜査員と乱闘を繰り広げた。この抵抗によって数人が打撲等の軽傷を負ったが、ジャハルには公務執行妨害の余罪がついた。いずれにしろジャハルが早々に解放される見込みはこれで皆無となった。

三カ所の一斉捜査で押収された物件は段ボール箱で二十四箱。通常に比べれば少ないが、中身は豊作だった。

ジャハルがイスラム国のリクルーターである証拠、更には彼が過去にピックアップした若者たちの資料が山ほど残っていたからだ。ジャハル自身は組織の末端にいるものの、そこから順繰りに追っていけば、雇われた若者たちがどういうルートでイスラム国の拠点あるいは戦闘地域に送られるかが追跡できる。またリクルートされた人間が特定できれば各国大使館と連携して情報の共有もできる。相手が欲しているものを事前に知っていれば、防御策を講じることもできる。その意味でジャハル宅から押収した資料は宝の山だったと言えるだろう。

普段は秘密裏に行動し、成果も大っぴらに公表できない立場の公安だったが、押収物を持ち帰ってきた捜査員たちの表情にはいずれも軽い昂りが浮かんでいた。

他方、捜査員以上に昂った者たちも存在した。言わずと知れたマスコミと一般市民たちだ。

イスラム国がこの国でも兵士を募集していたというニュースが列島を駆け巡ると、全国紙の朝刊第一面はその見出しで埋まった。テロとは無関係と思われていた日本国内で、イスラム国の関係者が暗躍していた事実も衝撃なら、同胞を雇おうとしていることはそれ以上に国民を驚かせた。

そして驚きの後には憎悪が生まれた。先の在アルジェリア日本大使館占拠事件の惨劇がまだ記憶に新しい中での摘発だ。普段はオリンピックや世界選手権の開催時くらいしか発現しないナショナリズムが、十三名の犠牲者を起爆剤に沸騰しつつあった。

むろん激情の元凶は憎悪だけではない。事によると、自分やその家族がテロの犠牲になる可能性が皆無ではないことを先の悲劇が教えてくれた。今回のニュースは、その火種が日本国内に燻っている事実を伝えるものであり、恐怖を煽り立てるには充分だったのだ。言うまでもなく恐怖と憎悪は背中合わせだ。恐怖が倍増すれば憎悪も倍増し、かくて〈啓雲堂〉関連のニュースは、日本国民の「イスラム国憎し」を更に助長する結果となった。

こうした国民の声をいち早く拾ったのはニュース番組の街頭インタビューだった。

『えーっ、日本で兵士をリクルートしてたんですかあ。ちょっと信じられないんですけどお』

『うわ……ホントですか、それ。この間もアルジェリアで十三人が犠牲になったっていうのに、いったい何考えてんですかね』

『テロはね、ダメですよ、絶対。この国どころか世界から絶滅させないと。でないと、また大使館事件みたいな悲劇が起こる。テロの撲滅にはね、警察や政府はもっと積極的に動いてほしいです。いや動くべきです』

『イスラム国のリクルーターが行動してたってことは、この国にも志願者がいたってことですよね。そういう恥知らずも一緒に逮捕してくれないんですかね』

『テロリストの求人広告ですって？　ふざけた話だよねえ、日本人を十三人も殺したヤツらだよ。その仲間になりたいって？　そんな非国民は国外追放にしちゃえばいいんだよ』

在京各局の街頭インタビューは概ね似た論調のものが集められた。こうした編集の傾向が恣意(しい)的だとの意見もあったが、元よりテレビ局も視聴者の嗜好や主張に沿うかたちで番組を構成している。恣意的にインタビューを編集したとしても、それが視聴者ならびに国民の総意から逸脱することはなかった。

世論を構成する要素は様々であり、所謂(いわゆる)有識者と一般市民のそれが一致しないこともままある。しかしながら今回ばかりは、政治家および評論家の見解が一般市民の憤慨を代弁しているようだった。

まず、機を見るに敏な真垣(まがき)総理の女房役である官房長官が、定例記者会見で今回の事件に対する政府見解を述べた。

『今回発覚したイスラム国志願兵求人の件でありますが、政府はこの事態を重く受け止め、関係する各省庁から情報収集している最中であります。先に在アルジェリア日本大使館占拠事件において我が国民が犠牲になった悲劇も癒えないうちに、こうした反社会的事案が発生したのは由々しき問題であり、国民からの怒りの声、嘆きの声は内閣のみならず心ある政党、心ある国会議員全員の胸に届いております。また、未遂ではありますがイスラム国兵士を志願した若者が存在することで、これを格差社会の弊害もしくはセーフティ・ネットの欠損と論う一部野党議員の声がありますが、これこそは牽強付会な考察であり、甚だ見当違いな政府批判と断じるより他にありません』

官房長官の談話も概ね国民の意識に合致したものであり、評論家乃至有識者たちが口々に表明した所見も、官房長官談話を肯定する内容に収斂していく。

曰く、テロリズムに屈しないことが日本の国是である。

曰く、テロリズムに協力しないことも同様に国是である。

曰く、従って日本国からイスラム国の兵士に志願するのは国家に対する反逆であるばかりでなく、世界平和に対する反逆行為でもある。このような行為は厳に取り締まり、志願した者には厳罰もしくは訓戒をもって処すべきである。

曰く、とにかくイスラム国の志願兵が我が国から大挙して渡航する前に、こうした動きを察知し関係者を検挙できた警視庁公安部の働きは称賛に値する。

普段は脚光を浴びることもなく、むしろ胡散臭い組織という印象を払拭しきれなかった公安部にとっては、異例の評価だった。しかし穿った見方をすれば、この称賛もイスラム国憎しの反動とも言える。その証左として、公安部礼賛の言葉に付随するかたちでこんな言葉が囁かれたからだ。

　ジャハル容疑者が検挙される以前に、何人かの日本人は既に兵士として渡航しているのではないか——。

　ジャハルが来日したのは今から二年前のことだ。それだけの活動期間があれば、とうに一人や二人は志願兵を海の向こうに送っていても不思議はない。

　疑心暗鬼を生じて、マスコミと一般市民の関心は公安の捜査に注がれた。押収物を精査していけば早晩真偽が明らかになる。もし既にイスラム国兵士に身を堕として渡航している者がいたとすれば、それは反逆者と扱わざるを得ない——。

　基本的にナショナリズムは偏狭だ。そして偏狭であるがゆえに、敵対する者を決して赦そうとしない。加えてイスラム国は同胞十三人を殺害した不倶戴天の敵でもある。そうした事情もあり、イスラム国の兵士に志願した人間は国民の敵であるとの空気が醸成され、剣呑な空気が公安の正式発表を待つに至った。既に兵士として渡航した者の素性が明らかになった時点で、彼または彼女が国中から非難を浴びせられるのは必至だった。

　幣原はこうした経緯を公安内部にいながら、どこか冷めた目で見ていた。己が〈啓雲堂〉事件を担当しなかったこともあるが、それ以上に内勤を強いられた疎外感が強かったからだ。

4

〈啓雲堂〉事件が列島を駆け巡ったその日も、幣原は定時で帰った。

「おかえりなさい」

由里子はキッチンから声を掛けてきた。その声がどことなく倦んだように聞こえたのは、幣原の気のせいか。

玄関には可奈絵の靴が脱ぎ散らかしてある。まるで外から走ってきて、そのまま家に飛び込んだような有様だ。本人を呼んで注意しようかとも思ったが、昨夜の経緯を思い出すと言葉が胸に閊えた。

会話が弾まない時、無理に顔を合わせても気まずいだけだ。幣原は自室に引っ込み、もそもそと着替えを始める。

家族がまだ起きているうちに帰宅する。そういう生活をしている父親が日本中にどれだけいるかは知らないが、おそらくほとんどの父親は数日前の自分と同じく、家族が寝静まってから重い足を引き摺って帰ってくるのだろう。

今は、その大部分の父親たちが羨ましいと思う。家族との時間を大事にする者からは叱られるだろうが、どうにも居心地が悪い。しかし家族と顔を合わせたくないから自室に籠もりたいと思うなど、引き籠りのガキと一緒ではないか。

気が進まないまま、キッチンに向かう。

幣原が入ってきても、由里子はまだ背中を向けている。

「もう少ししたら秀樹が帰ってくるから、待ってて」

秀樹は帰宅時間が決まっているのかと、今更ながら家族の生活習慣を把握していない己に愕然とする。

「あいつ、就活しているんだろ。それでよく定時に帰ってこれるな」

「違うのよ。取りあえずの時間を決めておいて、遅れそうだったら連絡寄越すようにさせてるの」

「就活の成果はどうなんだ。最近は売り手市場で就活生は楽だって話じゃないか」

「新卒と院生では事情が違うみたいよ」

「嫁き遅れの三十路女みたいなものか」

「……そういうこと、あの子の前で言わないでよね。また雰囲気が悪くなるから」

険のある言い方だが、昨夜険悪な空気を作ったのが自分であるという自覚くらいはある。言い返しても詮無いだけだ。

「先に風呂に入ってくる」

「そうして」

湯沸しのスイッチを入れて二十分、完了を知らせる電子音声を待ちきれず、幣原は脱衣所へ向かう。一人で落ち着ける場所が風呂と便所とは、ますます引き籠りに近づいてきた。

熱めの湯船に浸かるが、身体はともかく心の疲労が取れない。〈啓雲堂〉とジャハルの自宅からの押収物が予想以上の収穫で、公安部全体が静かに昂っていた時も、蚊帳の外に置かれたようで幣原は冷めていた。

捜査に進展があった時、対象者を逮捕し貴重な情報が得られた時は気分が昂揚し、蓄積した疲労をいっとき忘れる。そして湯船に浸かると身体と心から疲労が流れ出すような心地よい脱力感を味わえたものだ。その快感が今は欠片もない。

このまま内勤が続けば、あの快楽も二度と味わえなくなるだろうか——ぞっとしない想像を振り払うように、幣原は熱い湯を顔に浴びせる。

それにしても解せないのは高頭の尾行と木津の態度だ。木津の下になって長いから、あの男が何事かを隠していることくらいは察した。あの様子では高頭の尾行もその理由も承知している。

そうだとしたら疑念は余計に深まる。内勤を命じられた自分を尾行して、いったい何の得があるというのか。

暇にあかせて考えついたこともある。〈啓雲堂〉で挙げられたジャハルが、実際はアブドーラと密接に繋がっていた可能性だ。つまり幣原たちによる監視を一時的に外し、アブドーラを自由にすることでジャハルの油断を誘うという手だ。そして高頭が幣原を尾行したのは命令に背いてアブドーラを監視しないようにするため——だが、よく考えなくてもこれは間尺に合わない。ジャハルを油断させる陽動作戦なら他にもっと効果的な方法がある。第一、二人に密接な関係があるのなら、今回の一斉捜査でアブドーラも対象になっていたはずだが、彼の身柄を確保したという報告はどこにもないではないか。

まるで訳が分からない。

長年、公安部に奉職した幣原の何を三課は邪推しているのか。いずれにしろ、これはどこかで大きな誤解が生じているに違いない。ならば一刻も早く解消しなければ。

しかし木津があの調子では、また正面から問い質しても暖簾(のれん)に腕押しだろう。いっそ高頭を捕まえて胸倉を摑んでみるか。

風呂から出ると、ちょうど帰宅したばかりの秀樹と廊下で出くわした。

「何だ、今日も定時かよ」

「ああ、お前と同じだ」

「ひょっとして、こういうのがずっと続くのか」

好きで早く帰ってきている訳じゃない——そう言いかけてやめた。こちらにも学習能力がある。昨夜と同じことを繰り返す気はない。職場でいい加減腐っているのに、自宅でまで心を黒くしたくない。

「何でも続くうちは愉しむように工夫しろ」

「それ、ブラック企業の理屈だからな」

「そういうことは勤めてから言え」

秀樹の顔が奇妙に歪む。くそ、またしくじったか。

「ああ。無事に就職できたら毎日だって言ってやるよ」

盾突くのではなく、どことなく投げやりな物言いが気になった。

「もうすぐ飯だ。可奈絵を呼んでこい」

秀樹は無言で妹の部屋へと向かう。返事がなくても言うことを聞くだけまだマシか。

テーブルには既に四人分の皿が用意されていた。

「二人は」

「秀樹に可奈絵を呼びにいかせた」

「じゃあ、もう少し待つ？」

「料理が冷めてもつまらん。先に食べてよう」

「そうね」

そう言って由里子が席に着いたのと同時に、秀樹が姿を見せた。だが可奈絵の姿がない。

「可奈絵はどうした」

「ダメだ」

秀樹は頭を振る。

「部屋にいるんじゃないのか」

「呼んでも出てこない」

「寝てるんじゃないのか」

「知らねえよ」

「じゃあ、俺が起こしてやる」

「やめとけよ。子供じゃあるまいし」

秀樹の制止を振り払って、幣原は可奈絵の部屋へ急ぐ。閉ざされたドアに向かって、娘の名を呼ぶ。

応答なし。ドアノブを回してみるが内側から鍵が掛かっている。

今度は強くノックしながら呼んでみる。

「可奈絵、夕飯だ。可奈絵」

呼び続けると、四回目でやっと反応があった。

「今、食べたくない」

不貞腐(ふてくさ)れたような言い方に、ついかっとなった。

「何があったか知らんが、せめて部屋から出て話をしろ」

再び返事なし。それで更に強くノックしていると、由里子が慌てた様子で駆けつけてきた。

「何の騒ぎよ、いったい」

「部屋から出てこようとしない」

「だからって、そんなに大声を出さなくっても」

由里子は意外に強い力で幣原を押し退け、代わって交渉する。

「どうしたの、可奈絵。どっか身体の具合が悪いの」

「……今、食べたくないだけ」

「そう。それならあなたの分、ラップ掛けておくから後で食べなさい。それと、ちゃんとお風呂は入ってよ」

「おい」

「いいから」

由里子は幣原を押し出すようにして部屋の前から遠ざける。

「年頃の女の子なんだから。こういう時は無理に部屋から出そうとしないの」

そう切り出されると、幣原は何も言えなくなる。仕方がないので由里子とともにキッチンへ戻ると、秀樹は律義に箸も取らずに待っていた。

「後で食べるそうだ。先に済ませるぞ」

三人だけの夕餉となったが、可奈絵があんな風なので、気まずい空気が流れた。

箸を突く音と咀嚼の音だけが響く。何か話題があればいいのだが、幣原本人が鬱々としているので場を和ませるような話題を思いつかない。

いや、そもそも父親が場を盛り上げる役目を負っているのか。

沈黙の重さに耐えられなくなり、幣原はテレビのリモコンに手を伸ばす。ちょうど夕方のニュースの時間だった。

予想通り、〈啓雲堂〉事件が取り上げられ、官房長官の会見の模様、そしてそれに続いて街の声が流れる。やはりここでも選択されたのは兵士に志願しようとする人間に対しての反感だった。

『ええーっ、ホントに戦闘員を募集してたんですかあ。訳分かんないっスね、あそこのすることは』

『もし本気で志願する人がいるんなら、絶対許せませんよね。だって、アルジェリアの大使館で日本人があんな目に遭ったんですよ』

『怖い世の中ですよねえ。このままいったら、日本でもコンビニで銃を売り出すようになるんじゃないですか』

『志願兵、いたとしたら反逆罪ですよね。えっ、そういう罪って日本にはないんですか』

『公安、今回はお手柄じゃないですか。日本人がテロリストになるのを未然に防いだ訳だから』

それはそうよね、と由里子が同調する。

「この〈啓雲堂〉っていうお店と一緒に容疑者のアラブ人もずっとマークしていたってことでしょ。やっぱり日本の警察は優秀よね」

父親の職業に花を持たせようというのか、由里子はこちらに話を振ってきた。いささか照れ臭い部分もあるが、自身が公安部に所属している事実を伏せているので他人事のように話すしかない。

「警察というよりも警視庁公安部が優秀なんだろうな」

「公安ってよく名前を聞く割に、何を取り締まっているのか今イチ分からないのよね」

「こんな風に思想的に危険な人間を絶えずチェックしている。そういうことが知れただけでも彼らには収穫だ」

「警察も、もっと広報活動すればいいのに」

「怪しいヤツをマークするとなると、面が割れていちゃ話にならない。どうしたって顔は出せないし、仕事の内容を詳しく紹介することもできない。痛し痒しだな」

「今更だけどさ」

いきなり秀樹が割って入ってきた。

「親父は警視庁でどんな仕事してんだよ」

「藪から棒だな」

「藪から棒も何も、親父そういう話、したことないじゃん」

「警察官の仕事は煎じ詰めればみんな一緒だ。国民の生命と財産を護る。そのために犯人を逮捕したり取り締まったりしている。今回の公安の仕事だってその一部だ。国内でテロ活動させない、海外のテロを支援させもしない。それは日本国民の生命を護ることに直結しているからな」

話をはぐらかされたと思ったのか、秀樹は納得できないように小首を傾げる。

「でも、何だか急に現実味が出てきたわね、テロ」

上手い具合に由里子が話を繋げてくれた。

「アメリカの同時多発テロだったっけ。あの時も怖いと思ったけど、それでもテロって外国の話だとばかり思っていた。それがいつの間にか大使館の占拠事件が起こるわ、今度みたいに兵士のリクルート事件が起こるわ、知らない間に身近になったみたいで薄気味悪い」

それが大部分の日本人の印象だろう、と幣原は思う。しかし実際は急に身近になった訳ではなく、テロもスパイ行為も大方の日本人が意識しなかっただけの話だ。

9・11以降は顕著になったが、欧米諸国におけるテロ対策とそれに関わる捜査体制は年を追うごとに苛烈で顕在化したものになっている。イスラム過激派は諜報活動に余念がなく、対する当局は資金と人員を総動員してその察知と検挙に執念を燃やしている。その行動は露骨と表現してもいいくらいで、露骨であるがゆえに認知されている部分がある。

元より日本警察の諜報活動に対する取り組み自体が、欧米に比べて二十年以上遅れている。一例を挙げれば東西冷戦時代から日本という国はスパイ天国のような場所で、両陣営の諜報員が半ば公然と活動に勤(いそ)しんでいた。スパイ防止のための法律が存在しないのも一因で、内閣情報調査室および警察庁は彼らの後塵を拝するより他にない。

そして皮肉なことに、自国民の多くが犠牲になった在アルジェリア日本大使館占拠事件が、日本を平和ボケから覚醒させてくれた。一連のテロ事件がなければ公安も今ほどは権力も資力も与えられなかった訳であり、そういう意味においてテロあっての公安という言い方もできる。

「でも、テロリストにも言い分があるんだろう」

何を思ったのか、秀樹はとんでもないことを口にし始めた。

「政治的にも経済的にも虐げられて、その結果暴力でしか立ち向かう手段がなくなったんだろ。

だったら、テロリストを作ったのは、今標的にされている国と政府じゃないか。それを一方的にテロリストだけ犯罪者扱いするってのはな」

何を言い出した。

幣原は思わず秀樹を睨む。生意気で、そして稚拙な理屈だ。子供だからといってこれを看過することはできない。

その青さ拙さを木端微塵に粉砕してやろうと口を開きかけた瞬間だった。

インターフォンが来客を告げた。

「こんな時間に誰かしら」

不審げな由里子が玄関に出向き、戻ってきた時には更に不審げな顔に変わっていた。

「秀樹。あなたに警察の人が」

警察だと。

途端に秀樹の腰が浮いた。

何か身に覚えでもあるのか。

「一緒に来い」

幣原は有無を言わせず、秀樹の腕を取って引っ張る。

玄関に立つ男を見て言葉を失う。そこにいたのは何と高頭だった。

高頭は幣原の存在を無視するように、秀樹を直視して告げた。

「警視庁公安部外事第三課の高頭です。幣原秀樹。君を私戦予備及び陰謀罪容疑で逮捕する」

二　見知らぬ妻

1

古めかしい言い方だが、青天の霹靂(へきれき)とはこういうことをいうのだろう。

高頭から秀樹の罪名を告げられた時には何の冗談かと思った。だが逮捕状まで見せられれば、否応なくこれが現実だと思い知らされる。

高頭の視線は秀樹だけに向けられ、幣原の方を見ようとしない。

時間の感覚が麻痺しているらしい。高頭と秀樹の顔を見比べていると知らない間に別の捜査員二人が玄関に入ってきた。二人とも外事第三課の同僚だが、今はまるで知らぬ顔を決め込んでいる。

「ちょっと支度してきてもいいですか」

「着替えは後で持ってきてもらえばいい」

高頭は手錠を取り出し、慣れた手つきで秀樹の腕に嵌める。かしゃりと乾いた音がした途端、幣原は我に返った。

「待ってくれ」

声を掛けると、高頭は目だけを移した。

「これは何の真似だ」

「聞いていなかったのか。彼には私戦予備及び陰謀罪容疑で逮捕状が出ている」

「まさか〈啓雲堂〉事件の関連か」

「答える義務はない。知りたかったら課長に直接訊ねろ」

有無を言わさず秀樹の腕を引く。秀樹は為す術もなく靴を履く。

「秀樹」

今まで彫像のように固まっていた由里子も我に返ったように動き出した。後ろから息子に抱きつき、離そうとしない。

「何かの間違いよね？　秀樹、そんなことをする子じゃないわよね」

「手を離してください」

高頭が感情の籠もらない声で促すが、従う由里子ではない。秀樹の背中にしがみついたままだ。ちらと高頭の目がこちらを射る。何とかしろという合図だ。

まだ頭が混乱して充分に状況が把握できない。普段の捜査であれば同僚の目配せ一つで反応する身体が、今は金縛りにあったように動かない。幣原が手をこまねいているうちに、他の捜査員二人が強引に由里子を引き離す。幣原にできたのは、勢い余って後ろに倒れかけた由里子を抱きとめてやるくらいだった。

　連行され、玄関を出る際も秀樹は一度としてこちらを振り返らなかった。身に覚えのない逮捕であれば同じ警察官である幣原に無実を訴えるはずだが、そんなそぶりは露ほども見せなかった。

　腕の中の由里子が身体を強張らせているのが分かる。

　そして二人の眼前から秀樹たちの姿が消えた。

「どういうことよ」

　由里子はまだ動顚しているらしく、言葉の端々が震えている。

「どうして秀樹が逮捕されなきゃいけないのよ。さっきの刑事さん知り合いみたいだったけど、お父さん何か知ってるの」

「心当たりはある」

　この期に及んでも自分が公安部に所属している事実を知らせる訳にはいかない――選りに選って息子が逮捕されたという時に、職務上のマニュアルを厳守することにどこまで意味があるのか。疑問に感じていても咄嗟にそう判断するところが我ながら腹立たしい。

「テレビで〈啓雲堂〉という防犯グッズの店がイスラム国の兵士を募集していたニュースをやっていただろう」

「まさか秀樹がそんなものに応募したって言うの。そんな馬鹿な」

「どれだけ馬鹿げた話でも、今はそれ以外に考えつかん」

　幣原は由里子を強引に振り向かせる。

「俺の方こそ訊きたいくらいだ。あいつは就活しているはずじゃなかったのか。それがどうして逮捕されるような羽目になるんだ。お前なら気がついたんじゃないのか」
「知らないわよっ」
由里子は癇癪（かんしゃく）を起こしたように叫ぶと、幣原の腕を振り解（ほど）いて、廊下へと駆けていく。玄関に一人残されたかたちの幣原は混乱する思考を纏めるのに必死で、妻の後を追う余裕すらなかった。

ただし秀樹が私戦予備及び陰謀罪容疑で逮捕された事実を踏まえると、突然幣原が内勤に移された理由が納得できる。

内勤を命じられたのは〈啓雲堂〉事件が公になった時期と前後している。つまりその時点で外事第三課は内偵をあらかた終了していたと逆算できる。秀樹が被疑者として捜査線上に浮かんでいたのなら、その関係者である幣原もまた捜査対象だったに違いない。高頭が幣原を尾行していたのがその証左だ。

幣原が捜査対象であるなら、その人間に他の対象を捜査させる訳にはいかない。公安の捜査対象はどこでどう繋がっているか予断を許さない。自分の息子に捜査の手が伸びているのを知った幣原が、他の対象に警告を発することも充分考えられるではないか。

畜生、と我知らず声が洩れた。いつの間にかミイラ取りがミイラにされていたという訳か。

その時、奥から絶叫が聞こえてきた。
「どうして秀兄（にい）が逮捕されるのよ」
声の主は可奈絵に違いなかったが、娘の金切り声を聞くのは初めてだったのでぎょっとした。無理もないと思った。ちょっとした憎まれ口を叩き合っていたが、それなりに兄妹の仲はよかった。突然の逮捕に錯乱するのは母親と同様だ。

しかし幣原はそれ以上の衝撃を受けたと自覚している。父親として、そして外事第三課捜査員として二重の意味で愕然としている。

今、自分にできることは何か。

普通の父親ならおろおろと家の中を歩き回り、家族と一緒にああでもないこうでもないと不安な夜を過ごすしかない。

だが、幸か不幸か幣原は公安部の刑事だ。高頭の言葉に従うのは業腹だが、被疑者逮捕の指揮を執ったであろう木津から直接事情を訊くことができる。

廊下の奥へ行き、可奈絵の部屋のドアを開くと、由里子と可奈絵が向き合っている最中だった。

「これから警視庁へ行って確認してくる」

それだけ言い残して、幣原は出勤時の服に着替えて家を出た。


到着したのは午後九時過ぎだったが、刑事部屋へ行くと案の定木津が残っていた。

木津は部屋へ入ってきた幣原を苦い目で見る。おそらく幣原が駆けつけてくるのは織り込み済みだったのだろう。

「ウチの息子が逮捕されました」

「知っている。命じたのは俺だからな」

「納得できません」

「父親としてか、それとも公安の刑事としてか」

鼻の頭がつくほど接近しても、木津の表情は変わらない。

「ずっと公安の刑事だったのなら、この状況下で納得できないのは分析能力の欠如を疑わざるを得ない」

「〈啓雲堂〉事件に絡んでの逮捕ですか」

「そこまで分かっているのなら、俺が敢えて説明する必要はないだろう」

「課長」

しばらく幣原は木津を睨みつける。上司に対して反抗的な言葉を吐けない者にとって、それが唯一の抵抗だった。

睨み合いを先に解いたのは木津の方だった。

「〈啓雲堂〉が兵士の募集広告を出す以前から、内偵を入れていた。店主の大滝桃助が使っていたパソコンにはとうに侵入が完了している。その時点で兵士の募集に応じた人間の存在が明らかになっていた。アカウント名は〈ヒドラ〉」

「大滝は張り紙を出すだけじゃなかったんですか」

「〈啓雲堂〉のホームページを開設していて、まずそこで志願者を募り、ほぼ同時に張り紙を出していた。〈ヒドラ〉は五人目の応募者だ。何度か大滝とやり取りした記録が残っている。因みにヒドラというのは淡水産無脊椎動物のことなんだが、この名前で何か連想することはないか」

悔しいかなまだ普段の思考力が回復していない。黙ったままで待っていると、木津が言葉を継いだ。

「自分では気づかんか。ヒドラはシデハラのもじりだ。そういう名前でなければ思いつかないアカウント名だな」

「しかし、まさかそれだけで秀樹だと特定したのですか」

「馬鹿なことを言うな。ＩＰアドレスとプロバイダの個人情報を突き合わせたら〈ヒドラ〉の住所が判明した。官舎の住所と一致した時には驚かされた。君と君の家族に疑惑が生じたのが、その時だ」

「わたしに内勤を命じられたのはそのタイミングだったんですね」

木津は軽く頷く。

「その後、〈啓雲堂〉を張っていたら客の一人に幣原秀樹を確認できた。彼の逮捕はそういう経緯だ」

何も答えられないままでいると、顔を覗き込まれた。

「嫌味な言い方になるが、家の中にテロリストの志願者がいることに気づかなかったのか」

殊更詰問口調ではないものの、自尊心に突き刺さるひと言だった。

秀樹がイスラム国の兵士に応募したという事実は、もう受け容れるより仕方がない。つまり一つ屋根の下で公安部外事第三課の刑事とテロリストのタマゴが同居していたという訳で、冗談にしてもとても笑える話ではない。

「君を内勤に移した理由は説明不要だろう。これから息子さんへの事情聴取が始まるが、君の関与が皆無と判断された時点で、現場に戻すかどうかを検討する」

まやかしだと思った。テロリストを志願した被疑者の父親を捜査の現場に置いておくほど公安部は甘くない。幣原本人がどんなに否定しようと、家族がイスラム国の組織に繋がりがあると認定された時点で現場はおろか公安部から追放という可能性も現実味を帯びてくる。

　警察は身内に甘いという認識が蔓延っている。そうした体質が残っていることを否定できないが、公安部は情報の統制という意味合いからも趣きを異にしている。秀樹への捜査の進み具合によっては、公安部に幣原の居場所はなくなる——。

　その時、もう一人の自分が一喝した。

　己は何を考えている。

　今、考えるのは仕事のことではないはずだ。

「秀樹に会わせてください」

　初めて父親らしいことを口にした。

　口にした途端、今まで頭の中で靄に紛れていたものが形を露わにした。

　公安刑事という特殊さが自分の心に蓋をしていた。一番に考えるべきはかけられた容疑の信憑性と秀樹の処遇だ。

　息子が本当にイスラム国の兵士などに応募したのか。仮に応募したとしたら動機は那辺にあったのか。

　公安部の取り調べの苛烈さは幣原が誰よりも知っている。肉体的な拷問はないものの、精神を嬲る尋問技法はこれでもかというほど充実している。二十歳そこそこの青二才がいつまでも耐えられるとも思えず、苦境から逃れたい一心で、虚偽を口走る可能性も少なくない。

　まずは父親として自分が秀樹を問い質さなければならない。

「さっき逮捕されたばかりなら、今頃は留置場でしょう。早くても取り調べは明朝から。面会できる時間はあるはずです」

「あまり困らせるな」

木津は両手を口の前で組み合わせた。木津が部下をたしなめる際の癖だった。

「テロ容疑で逮捕された者を、取り調べに入る前に親族に会わせられると思うか。まして君は公安の刑事だ。どう受け答えすればいいのか、息子に伝授しないとも限らん」

「わたしがそんなことをするとお思いですか」

「外事第三課に所属する幣原勇一郎ならそんなことはしないだろう。彼の職業倫理の確かさや組織に対する忠誠心はわたしも知っている。しかし家庭人幣原勇一郎はわたしの知らない人物だから、おいそれと信用することができない」

自ら言った通り、木津の目は不信に凝り固まっており、とても幣原の申し出を聞き入れてくれそうにない。

「君が今まで公安部および外事第三課にどれだけ貢献してくれたかは十二分に承知している。しかしそのことと今度の事案は全く別の話だ。君が優れた刑事であればあるほど、事態は厄介になる」

目の前の扉が次第に閉まっていくような絶望を感じた。

公安部で積み重ねた実績は決して人後に落ちないものと自認している。根っからの仕事人間だった幣原には、公安刑事としての評価こそが存在意義だったと言っても過言ではない。

その存在意義が今、自分自身に牙を剝いていた。実績と知識、信用と人脈の全てが負の要因として大きく立ちはだかっている。

「当然の権利だから弁護士を呼んでも構わない。だが、弁護士を呼んだところで何がどうなる訳でもないことは承知しているだろう」

公安の事情聴取は立件のための手続きではない。あくまでも更なる情報収集のとば口に過ぎない。従って弁護士が同席したとしても被疑者本人の利益や人権を護るといった大義は希薄になる。そして口ではああ言っているが、木津をはじめとした外事第三課の捜査員たちが易々と弁護士の介入を許すはずもなかった。硬軟様々な手管を弄し、秀樹を孤立させるに相違ない。

「さし当たって君にできることはない。おとなしく捜査の進展を見守っていろ」

最後通牒に近い宣告だった。木津の立場では当然の発言だが、まるで幣原の無能さを指弾しているようで居たたまれない。

惨めだった。

全身から空しく力が抜けていく。意気込んで勤め先に駆け込んだはいいが、返り討ちに遭ってすごすごと尻尾を巻いて逃げ帰らなくてはならない。父親として、そしていち捜査員として自分がこれほどまで無力だったとは想像もしていなかった。だから失意もその分大きい。

傍からも惨めに見えたのだろう。最低限のことしか口にしてはいけないであろう場面で、木津はこんな風に洩らした。

「公安部の刑事としては有能だったが、父親としては凡庸。そういう例は少なくない」

木津なりの慰めだった。だが、木津もまた部下をコントロールする手腕は優秀だったが、父親を慰める才能は凡庸かそれ以下だった。

「警察官の子供が変に歪んだり非行に走ったりという例は存外に多い。あの胸糞(むなくそ)の悪い栃木のリンチ殺人事件でも主犯格の男の父親は県警の警部補だった。外でも内でも厳格であろうとするあまり子供が犯行に至るのか、それとも署と家の中で父親が二重人格の振る舞いをするから子供の性格が歪むのか、いずれにしても警察官の子供が犯罪に走るのは、母親以上に父親の責任だと俺は思う」

慰めるつもりが論うかたちになり、木津も気まずくなったようだ。半ば責め半ば謝る目でこちらを見る。

「俺としても残念だったが、発覚していなければもっと大ごとになっていた可能性もある。誰にも知られぬまま、彼がイスラム国の兵士にリクルートされ、パリかどこかの街中でテロを起こすことだって充分に考えられる。それに比べれば逮捕され、捜査対象として監視される方がまだマシだ」

放言に近い意見だが、イスラム国を取り巻く状況を考えればあながち冗談では済まされない。幣原は苦々しく思いながらも拝聴するしかない。

「これから君と君の家族に何が起きるか予想もできないが、少なくとも最悪の事態を回避した上での成り行きだと思っておけ。どんなに順風満帆なヤツだって辛い目や試練に遭う。その時、ピンチをチャンスに変えるのが処世術というものだ」

もしあなたがその立場になった時に同じことが言えるのか――喉まで出かかった言葉をすんでのところで呑み込む。会えないことが分かっている息子に会わせろとか、所属部署の捜査能力に疑問を呈するとか散々見苦しい真似をした。これで木津に意趣返しをしても、自分を更に惨めたらしくするだけだ。

「君の処遇も追って正式に下されるだろう。それまでは内勤を続けろ。以上だ」

お前にできることは何もない。

打ちのめされ、失意に肩を落としてマンションに戻る。確認する、と言い残した時点では秀樹の疑いを晴らし連れ戻す覚悟だったのに、連れ戻すどころか父親の無能さを諭されて帰ってきたのだから由里子たちに合わせる顔がなかった。自宅までの足は内勤を命じられた日よりも、ずっと重かった。

既に深夜を過ぎ、家の中は静まり返っていた。先刻は玄関にまで轟いていた可奈絵の叫びも今はない。叫び疲れて寝入ってしまったのだろうか。

「由里子」

妻の名を呼んでみるが応答はない。してみると彼女も寝てしまったのか。

ところが廊下を歩いていて異状に気づいた。幣原の部屋から明かりが漏れている。確か最後に部屋を出た時に照明は消したはずだった。

嫌な予感に突き動かされ、部屋の前に立つ。開いたままのドアに立つと、部屋の中で紙片に見入る由里子の姿があった。

紙片は幣原の名刺だった。

「何をしている」

反射的に手を伸ばしたが、由里子が咄嗟に背を向けたので名刺を取り戻すことはできなかった。

ふと見れば床には開いた警察手帳が落ちていた。

通常、警察手帳には本人の写真以外には氏名と階級が記載されているだけだ。だがそれだけではなく、上面の証票入れの他、名刺入れが装備されている。

刑事部の捜査員ならともかく、公安部の人間が立ち寄り先で身分を明かす機会はそうそうない。幣原自身、定期的に纏まった数の名刺を支給されるが、その度にシュレッダーで廃棄している。それでも規定により、最低一枚は名刺を入れておかなくてはならない。

由里子が手にしているのはその一枚だった。

「返せ」

「お父さん、公安部の刑事だったのね」

由里子の声は憎しみに尖っていた。

幣原が名刺を必要以上に持たなかった理由がこれだった。警察手帳と違い、名刺には所属庁・課、係、職、階級が網羅されている。これさえ見れば警視庁における幣原の身分は一目瞭然だった。

「さっき秀樹を連れていった刑事さんも公安部外事第三課と名乗ったよね。この名刺見たら、お父さんも同じ部署じゃない」

「お前には関係ない」

「関係ない訳ないじゃない！」

由里子はいきなり大声を上げた。

「息子がテロリストの疑いで逮捕されて、実の父親がその担当部署ってどういうことよ」

「テロリストの疑いじゃない。あくまでもそれに参加しようとしただけで……」

「同じようなものじゃないの。ねえ、答えて。どうしてお父さんの同僚が秀樹を逮捕したのよ。お父さんが秀樹に不利な情報を公安部に提供したからじゃないの」

「馬鹿なことを言うな。俺だってついさっきまで知らされてなかった。完全に圏外に置かれていた。知っていたらあんなに驚くものか」

「信じられない」

由里子は問い詰めるように迫ってきた。

「同じ職場の中で秀樹の逮捕が計画されていたのに、父親が全然それを知らなかったなんて有り得ない。お父さん、仕事のために秀樹を売って」

頭の中が沸騰したと思った時にはもう遅かった。

口より先に手が出た。手の平が由里子の頰を叩き、強引に黙らせようとした。

今までも妻を叩いたことはそんなにない。捜査に忙殺されて秀樹や可奈絵の面倒を見られないのを詰(なじ)られた時くらいだ。

手の平の痛みで我に返る。痺れるような痛みだが、叩かれた相手はもっとだろう。

悪かったと声を掛けようとしたが、それより早く由里子の反撃に遭った。

「最低」

結婚して以来初めての容赦ない口調だった。

「今のは弾みだ」

「弾みで人を殴るなんて、もっと最低」

「落ち着いて話を聞け」

「じゃあお父さんは落ち着いてわたしを殴ったって言うの。それなら落ち着いて息子を売ることもできたよね」

「いい加減にしろおっ」

自制心が限界に到達し、もう一度手を上げる。

由里子は反射的に身を縮めて殴打に怯える。その姿を見た瞬間、後悔の念が津波のように押し寄せてきた。

ゆっくりと手を下ろして様子を窺(うかが)っていると、由里子が恐る恐るといった体(てい)でこちらを見た。

「ぶったのは謝る。しかし今はそんなことで俺たちが言い争っている場合じゃないだろう」

小声で諭していると、由里子の強張りも少しずつ解けてきたようだ。両手で覆われていた顔が次第に露わになっていく。

「まともに考えてみろ。一人被疑者を逮捕する功績よりも、身内から被疑者を出す失態の方がはるかに大きい。もし秀樹にそんな疑いが掛かっていると知っていたなら、同僚が動く前に俺が警告を発している。そうでなくても〈啓雲堂〉と関わりがあるのかないのか、本人に直接問い質している」

由里子の目が半信半疑に変わる。

「俺が損得勘定もできないような馬鹿に見えるか」

損得勘定で人間性を判断しろというのも空しい話だが、今はそう考えさせるのが早道だった。

幣原の意図することを理解し始めたのか、由里子はようやく話を聞く気になったようだ。

まず公安部外事第三課の管轄を説明する。「国内に蔓延るテロリストの捜査と摘発」と簡略に言っても、テロリストという言葉自体にリアリティがないのか、由里子は今ひとつ実感できないようだった。

「とにかく尾行に尾行を重ね、捜査をしていることも知られちゃいけない。秀樹が〈啓雲堂〉と繋がっているのなら、父親の俺が捜査情報を流している惧れもある。だから秀樹を疑っているのは俺にも知らされていなかった」

「でも秀樹が本当にテロリストに志願なんてしたの。それがもう信じられない」

「〈啓雲堂〉店主のホームページには〈ヒドラ〉というアカウント名が残っていた。アドレスを辿るとウチの住所がヒットした。それどころか秀樹が〈啓雲堂〉を訪問したのを、捜査員の一人が確認している」

「秀樹本人は何と言っているの」

「まだ何も話していないと思う。事情聴取は明朝からになる」

「それじゃあ、警察のでっち上げの可能性だってあるということよね」

由里子の目が期待に輝くが、幣原は頷くことさえできない。でっち上げであればそれに越したことはないが、自分の所属する部署は冤罪を看過する組織ではない。そしてまた無実の人間を逮捕するどこかの独裁国家のような理不尽な捜査機関でもない。

幣原はここでも異なる立場の股裂きに遭う。父親としては息子の無実を信じたいが、公安刑事の幣原がその心情を嘲笑する。

黙ったままでいると、由里子の目が再び猜疑の色を帯びてきた。

「どうして黙っているのよ」

「でっち上げの可能性を皆無とは言わんが、証拠もなしに逮捕されるとも思えん」

「だったら何かの間違いに決まっている」

母親というものはここまで強い信念を持てるものなのかと羨ましくなる。もちろん幣原にも秀樹の無実を信じたい気持ちはあるが、公安刑事のキャリアが邪魔をする。

「秀樹の逮捕を決めたのは、お父さんの上司なんでしょ。それなら直接掛け合って、秀樹は無実だと説得して」

「無理を言うな」

「何が無理なのよ」

「公安部が揃えた証拠はどれも強固だ。おいそれと引っ繰り返せるものじゃない」

「それでも父親？」

由里子の語尾が跳ね上がる。

「いったいどっちの味方なのよ」

もちろん秀樹の味方だと答えたものの、こちらを睨む由里子の目には相変わらず猜疑心が見てとれる。

由里子は秀樹の逮捕以外には興味がないらしく、公安部についてそれ以上の質問をすることはなかった。自分の所属部署についていちいち受け答えする鬱陶しさからは免れたものの、由里子に疑念を持たれたであろうことが思いのほか胸に伸し掛かった。

これ以上、起きていても何も解決せず体力を浪費するだけだと無理やりベッドに追いやろうとするが、由里子は子供のように抵抗する。

「こんな状況でよく寝ろだなんて言えるわね」

「今の俺たちにできるのは、ああでもないこうでもないと騒ぐことだけだ。そんなことをしていたって事態は少しも好転しないし、秀樹が喜ぶ訳じゃない」

「だったらお父さんは何かいい手でもあるっていうの」

「明日になったら二人で、いや三人で考えよう。そう言えば可奈絵は寝たのか」

「散々いろいろ喚いていたけど、それでも寝かせた」

「それならお前も寝ろ。混乱して疲弊した頭じゃ、何を考えようとしたって空回りするだけだ」

由里子は尚も口の中で恨み言を呟きながら床に就いたが、電気を消した途端に泣き始めたようだった。

そして幣原はこの日も寝つかれなかった。

2

再びまんじりともせずに朝を迎えた幣原は、朝のワイドショーを見て憂鬱さを募らせた。

おそらく公安部の意図的なリークだろうが、秀樹の逮捕が既にニュースになっていたのだ。

『昨夜、警視庁公安部は所謂〈イスラム国〉の兵士を公然と募集していた〈啓雲堂〉事件に関連して、これに応募していた千代田区在住の大学院生幣原秀樹二十三歳を私戦予備及び陰謀罪容疑で逮捕しました』

アナウンサーの声とともに、高頭たちに連行されていく秀樹の顔が映される。遠景からの撮影で官舎にはモザイクが掛けられているが、見る者が見れば隼町の警視庁官舎であるのは一目瞭然だろう。加えて幣原という苗字は珍しいので、すぐ外事第三課の幣原を連想する者も少なくないだろう。

逮捕の瞬間をタイミングよく撮影できるはずもなく、公安部なり警視庁なりが被疑者逮捕を事前に洩らしているはずだった。すると漏洩させたのは誰かという疑念が頭を擡げてくる。もしそれが木津であるなら、恨み言がもう一つ増えることになる。

自分の息子が同僚の手で捕縛されている――この上なく衝撃的な映像で、昨日の失意と焦燥が改めて胸を締めつける。同じく横で見ていた由里子は半ば茫然と画面に見入っている。

『しかし驚きましたね。先日からの〈啓雲堂〉事件の報道から数日、ああいう募集があったとしても、よもや応募する人はいないと思っていたんですが』

『本当にそうですね。在アルジェリア日本大使館の事件を踏まえた上で今回の逮捕劇を見ると、世界的にテロが拡大しているという状況とは別に、日本国内の若年就職事情も関係するのでしょうね』

コメントを求められた社会学者が訳知り顔で話し始める。

『給料がたったの十五万円で兵士に応募するというのも、昨今の若者事情を反映していますね。逮捕されたのは大学院生でしょ？　きっと新卒で就職に失敗したんでしょう。それで焦って、例の兵士募集に飛びついたと。好況で内定率は上がっているものの、その一方ではこうした影の部分があることを、今回は如実に示しましたね』

そしてまた別のコメンテーターは、最近ではめっきり新作を発表しなくなった作家だった。

『これはねえ、幣原容疑者の年齢を考えてみると分かるんだけど、彼はゲーム世代なんですよね。人の生き死にをゲーム感覚で捉えているもんだから、易々と兵士に志願しちゃったりするんですよ。当然、この容疑者は自分が殺されるなんて露ほども考えていない』

『しかし、若いと言っても二十三歳ですよ』

『今日びの若者なんて精神年齢は中学生以下なんですよ。きっと兵士に応募した自分のことを何かヒーローみたいに夢想しているんでしょう。まあ、それでも給料十五万円というのはいかにも貧しいんだけど』

『でも、こういうかたちで警察が容疑者を挙げてくれたのはよかったですね。一罰百戒とまでは言いませんけど、彼を厳罰に処することで、今後こうして兵士に志願しようとする人たちを牽制することができますから』

『全くです。平和ボケした日本などという言葉をよく耳にしますが、こんな馬鹿者が増えるくらいなら、平和ボケの方がどれだけマシだか分かりません』

『それにつけても気になるのはこの容疑者の家庭環境ですよね。もう立派な大人だというのに戦争に参加するだなんて、いったい親は彼にどんな教育をしていたんでしょう。過保護だったのか、よっぽどの放任主義だったのか、あるいは典型的なゆとり教育を家でも施していたのか』

『現実の社会で自分の立ち位置を失った青年が革命兵士を夢想するというのは、いかにもな話ですよねー』

『過保護だろうがゆとりだろうが、こういう馬鹿に育ってしまったのは、やはり親の責任ですよ。大体』

とうとう居たたまれなくなり、幣原はテレビのスイッチを切る。幣原だけが親の責任を問われるならともかく、絶望と困惑からまだ立ち直っていない由里子には残酷な仕打ちでしかなかった。

ただ、遅過ぎた。

「何よ、今のは」

既に真っ暗になった画面に向かって、由里子は毒づいてみせる。

「親の責任って何よ。まだ秀樹のしたことが証明された訳でもないのに。何が過保護でゆとりよ。わたしがどれだけあの子に厳しく接したか知りもしない癖に。何が馬鹿に育ってしまったよ。あの子がどれだけ賢いか調べもしない癖に」

結婚して以来、由里子のこんな表情も物言いも初めて見聞きするものだった。

急に由里子の存在が遠いものに感じられる。長年連れ添ったはずの女房が、まるで他人のように思える。

「やめろ、由里子」

「何だってそんな高所からモノが言えるのよ。他人の家の事情なんてこれっぽっちも知らないのに。それならあなたたちの子供はどれだけ立派だって言うのよ」

「やめないか」

見苦しい、とは言えなかった。幣原も今のテレビを見ていて同じことを感じたからだ。

犯罪を取り締まる側にいた時は、こうした事件報道を聞き流すことができた。被疑者を悪者に仕立て、茶の間の嗜虐（しぎゃく）心を煽るマスコミもマスコミなら、人並みの自制心や真っ当な倫理観を教えなかった親も親だと斬り捨てていた。

だが、被疑者の家族になった途端、第三者の言葉一つ一つが矢となって飛んでくる。所詮野次馬の戯言と片づけようとしても、矢尻が引っ掛かって容易には取れない。

不意に幣原は恐怖を覚える。

幣原家の受難は始まったばかりだ。では、いったいいつ終わるというのか。

秀樹の無実が証明された時なのか、それとも人々がこの報道を忘れた時なのか。

悶々としていると背後に気配を感じた。振り向くと、そこにパジャマ姿の可奈絵が立っていた。

どうやら幣原がスイッチを切る前からニュースを見ていたらしい。

「クソッタレ」

反抗的な目と言葉。しかし向けられている対象の非情さを思えば、幣原も窘める言葉がない。

「他人の家にクビ突っ込む権利が、お前らにあるのかよ」

吐き捨てるように言うと洗面所の方へと歩いて行く。それで、つい気になった。

「登校するのか」

「行くよ」

「今日くらいは休んでもいいんじゃないのか」

名前の珍しさはこういう場合に災いする。幣原という名前から、逮捕されたのが可奈絵の兄だと察するクラスメートも少なくないだろう。そんな中、のこのこと登校しては飛んで火に入る夏の虫ではないか。

「今日がこんな日だから行く」

可奈絵は振り向きもしなかった。

「今日、行かなかったら逃げたと思われる。あいつら、逃げた人間には余計に容赦ないから」

そう言う後ろ姿はいかにも勇ましかったが、見送る由里子の目はひどく心配そうだ。

「どうかしたのか」

「あの子、無理している」

「あれがか。可奈絵はあれが普通じゃないのか」

「違うわよ。家族と喋っている時は強気だけど、実際はそんなに強くないのよ。今のだって肩肘張っているのが丸分かりだもの」

そしてぼそりと呟く。

「小学校の時、イジメに遭ったのよ」

初耳だったので、幣原は素直に驚いた。

「ほんの短期間で済んだからよかったけど、その頃からよ。可奈絵があんな風な喋り方になったのは」

秀樹の逮捕は秀樹だけの問題ではない――承知していたことだが、今の可奈絵の振る舞いでいよいよ実感が湧いてきた。


内密であったものが公表された途端に、装いを一変させることがある。公務員という職業は元来そういう性質を帯びているのかもしれない。

出勤した幣原に対する同僚の態度は秀樹逮捕の事件報道を境に、あきらかに変容していた。こちらが挨拶しても、誰一人として反応しない。幣原を空気のように扱うどころか、はっきり敵意の籠もった視線を投げてくる。何しろ自分たちが追っているテロリストを息子に持った父親なのだ。さしずめ坊主憎けりゃ袈裟まで憎いといったところか。

それにしてもと思う。〈啓雲堂〉事件が発覚する前は、幣原も名うての公安部刑事として距離を置かれていた。ただしその距離は畏敬と劣等感に根ざしたものだった。距離を置かれているのは今も同じだが、その根底には憎悪と敵対心がある。幣原と接触した途端、自分がどのような言動を取るかが予想できるので近づこうとしないのだ。

「幣原くん。ちょっと来てくれ」

出勤早々木津に呼ばれるが、最悪な雰囲気の中、最悪な予感しかしない。

そして大抵の場合、悪い予感ほど的中する。

「今日から押収した資料の整理をしてくれ」

聞き間違いかと思った。

「何の案件の資料ですか」

「特に限定はしない。外事第三課の扱った案件全ての資料だ」

木津は無表情を決め込んでいるようだった。普段の木津なら不機嫌な顔をするなり目を逸らすなりするものだが、今は能面を被っているように眉一つ動かさない。

「それは過去の案件を含めろという意味ですか」

「外事第三課で扱った事案は多くが継続案件だ。案件同士が繋がっているケースもあり、時系列に整理がされている訳でもない。今後のことを考えれば、今のうちに整理しておくべきだろう」

「具体的に、指定の方法なり基準はあるんですか」

「取りあえずは誰でも分かるよう、事案発生順にでも揃えてくれたら、後は君の裁量に任せる」

頭に血が上り始める。

「それは、誰にでもできる仕事ではありませんか」

「誰かがやらなくてはならない仕事だ」

次の言葉を口にするには勇気が必要だった。

「わたしに命じられる理由は何ですか」

「君は多くの事案を手掛けている。資料の整理は誰よりも効率的にこなしてくれるだろう」

「それだけですか」

お前には資料室以外に居場所はない——そう言われるのではないかと予想し、そして身構えた。

木津も何かを躊躇したのか、反応が一瞬遅れた。

「それだけだ」

この期に及んでまだ隠すつもりか。

「課長。二人だけで話せますか」

木津とは信頼関係が構築されていると思っていた。二人きりの時なら刑事部の悪口を囁き合った仲だ。余人を交えなければ本音を引き出せるはずだった。

ところが木津は頑なだった。

「今は忙しい。それに捜査と人事のこと以外なら、一対一で話す必要もない」

目の前で扉が閉じられる音が聞こえるようだった。

「早速取り掛かってくれ。以上だ」

一切の反論を許さない口調だった。

幣原は唯々諾々と従うしかない。

辞職願を叩きつけない限りは。


資料室は矢鱈と埃っぽく、光量は充分なはずなのに薄暗く感じられた。

どんな内容であろうと、仕事を命じられて職場放棄をすれば解雇対象となる。まさかそれを狙っているとは考えたくないが、怯んだり拒んだりすればますます自分の居場所がなくなってしまう。

木津は大仰に言ったが、既に捜査の終結した案件の整理ほど非生産的なものはない。現在進行形の事案があったとしてもデータベースから引っ張ればいいだけの話であり、わざわざ資料室を訪ねる必要などない。整理のための整理であり、喩えれば死因がはっきりした死体を掘り起こすようなもので幣原の興味を惹く要因は一つもない。

それでも事案毎に纏められた段ボール箱を発生順に揃えていく。刑事の仕事というよりは運送の仕事だが、資料が保管年限までは死蔵されることを考えればそれ以下だ。

換気が悪く元からの埃っぽさで、一時間も動いていると何度もくしゃみをした。手の平はかさつき、足腰は疲れを訴え始める。

ふと、退官までこの仕事だけを続けさせられるという悪夢を思い浮かべ、心が挫けかかった。

悪夢とは限らない。民間の会社では厄介者の社員を追い出すために〈追い出し部屋〉なるものまで拵えているというではないか。陰湿さでは民間に勝るとも劣らない警察が同じことをしない保証はどこにもない。

　自分以外には誰もいない資料室にいると、精根尽き果てていくようだった。


　定時に仕事を終えて庁舎を出る。帰りがけに挨拶をしようとしたが、捜査員は出払っていて木津一人が残っていた。木津はちらりと幣原を見ただけで、ひと言も話し掛けてこなかった。とても秀樹の取り調べ状況を尋ねる雰囲気ではなく、幣原はネット情報を漁るしかなかった。

　スマートフォンで検索したが幣原容疑者逮捕の続報はどこにも見当たらなかった。代わりに頻出していたのは顔の見えない市民たちの反応だった。ＳＮＳ・まとめサイト・投稿動画、どこかに関係者の洩らした情報がないかと漁っていたが、挫けかけた心を更に苛める結果となった。

『本当に存在したんだな、イスラム国兵士志願者。人として終わっている』

『久しぶりに出たっ！　非国民』

『親の顔が見てみたいもんだ』

『こーゆーヤツが入隊しても人質にされるだけだって。そんなことになっても政府は一円も払う必要なし！　オレたちの税金なんだぜ』

『ゆとり世代ってホント糞。自分の能力が認められないからって、大抵他人を攻撃するようになるんだよな。この幣原ってその典型じゃん』

『ゆとり世代ってのもあるかしらんけど、二十三歳で無職ってのもなー。大学院生っていうけど結局は無職を名乗りたくないから大学に居残っているだけじゃない。世の中の悪事って大抵無職が起こすんだよ』

『張り紙見て応募って、バイト感覚かよ。人生やり直しだな』

『家族の特定はよ』

眺めるほどに殺意が湧いてくる。もうやめようとした瞬間に、その呟きが目に入ってきた。

『ニュースに映っていた建物、あれって警視庁官舎だぜ』

もう特定するヤツが現れたのか。幣原は追い詰められるような切迫感を味わいながら、その呟きに続く書き込みを追う。

『周辺のモザイクを外した画像がこれ』

『うわ。高そうなマンション』

『新築の警視庁官舎で、キャリアとかエリートくらいしか住めないらしい』

『じゃあテロリストは警察官僚の息子かよ！』

『どことなく奥歯に物の挟まったようなニュースはこれが理由かよ』

『警察お得意の隠蔽体質だな』

『幣原なんて名前、戦後の総理大臣（確か名前は喜重郎）くらいしか知らんぞ。えっらい珍しい名前だから、家族一同近所に丸分かりだな。ざまあ』

『あなたの隣に幣原くん』

『家族写真はよ』

『やっぱりこいつの親、国民に向けて謝罪会見するべきだよ。だって大使館事件でどれだけの日本人が怒ったか覚えているか？　さすがにあん時にはパヨクの連中も沈黙したくらいなんだ。そんな空気の中でイスラム国の兵士になりたいだなんて国賊以外の何者でもない。動機は幼稚だけど行為自体は国家に対する反逆だよ』

『死刑にしろ。こいつも、家族も』

思わずその場に立ち尽くし、画面を閉じた。

公安に身を投じたのは、曲りなりにも国に尽くしたいと思ったからだ。国の安全を護り、国の安寧を図る。そのためなら仕事に殉じても構わないと誓った。

それが今や国賊の親にまで成り下がった。本人ともども死刑囚に貶められた。

公安に捧げた日々は何だったのか。自分の行なった捜査に何の意味があったのか。

まるで全世界を敵に回したような恐怖と焦燥を感じ、夏だというのに背筋が寒くなった。

マンションに戻ってドアを開けると、玄関の明かりが消えていた。家の中も真っ暗だった。

「由里子」

呼んでも返事がない。買物にでも行ったのかとキッチンに向かうと、とんでもない光景が飛び込んできた。

光のないキッチンの中、テーブルに由里子が突っ伏していた。

自殺という可能性が頭を過(よぎ)り、慌てて駆け寄った。

「由里子おっ」

もう一度呼ぶと、由里子はゆらりと頭を上げた。

「ああ……お帰りなさい」

「お帰りって……いったいどういうことだ。明かりも点けないで」

「明かり……ああ、点けるの忘れていた」

そしてのろのろと立ち上がり、自分でスイッチを入れた。

瞬間、キッチンが眩く浮かび上がったが、由里子の顔はそこだけが照明が当たっていないように陰が差していた。

「どうしたんだ。俺はまたてっきり」

「てっきりどうしたと思ったの」

幽鬼のような顔とはこういう顔のことだろう。血の気が失せ、目が死んでいた。

「自殺したとでも思った？」

「ふざけるな」

「ふざけてなんかない」

由里子はまた力なく椅子に腰を落とした。

「死にたくなった」

「だから、何があった」

「可奈絵が午前中に早退したの。理由は言わなくても分かるでしょ」

やはりクラスメートからイジメを受けたのか。

「今日ほどお父さんの名前を恨めしく思ったことはないわ」

「俺にどうにかできる話じゃないだろ」

正直、名前に対する呪詛は幣原にもある。珍しく且つ憶え易い名前。営業職ならプラスの要因だが、幣原のような仕事をしている者にはマイナスでしかない。しかも今回は名前ゆえの禍（わざわい）ですらある。

「ニュースで幣原の名前が出たから一発だったって。授業が始まる前から質問攻めにされて、それから後はお決まりの進行。ただのイジメじゃなくて、国民の敵を罰するんだからイジメをいくらでも正当化できる」

「何を言われた。何をされた」

「教えてくれなかった。帰るなり部屋に閉じ籠もって出てこないもの。それでも頰のところにうっすらと痣が残っていたし、シャツが変に汚れていたから学校に問い合わせると、三時間目の授業が終わると突然カバンを持って教室を出たって」

「可奈絵はまだ部屋にいるのか」

「呼んでも無駄よ」

力のない声で、由里子が何度も会話を試みたことが窺えた。

そして全く効果がなかったことも。

「お父さんが交代しても藪蛇になるだけだと思う」

悔しいかな由里子の指摘は的を射ている。幣原が強引にドアを開けようとしても、可奈絵はますます自分の殻に閉じ籠もろうとするだけだろう。

何ということだ。外事第三課どころか家庭内でも自分にできることはないというのか。

幣原も力なく、由里子の対面に腰を落とす。

「可奈絵だけじゃなくて、わたしも似たようなものよ」

「お前も嫌がらせを受けたのか」

「ゴミ出しの日だったたから一階の集積場に行ったの。何人か顔見知りの奥さんに会ったけど、全員から無視された。中には虫けらを見るように睨んできた人もいた」

自分と同じ扱いだった。だが、それを口にしようとは思わなかった。

「前から思ってたけど、社宅なんて旦那の会社の延長みたいなものだもの。会社で旦那が何かヘマしたら、当然社宅にも広まるわよね。秀樹があんな風になったら余計にそう。でも、だからってあんな目の仇にしなくたって……」

後の言葉は途切れた。

その日、遂に可奈絵が幣原の前に現れることはなかった。

3

どうやら一夜にして官舎に住まう者全員が幣原家を敵と認識したようだった。近所の住人たちは、由里子のみならず幣原の姿を見掛けるや否や「テロリストの親」とか「警察官の癖に」と聞こえよがしに罵倒するようになった。

「もう、おちおち買物にもゴミ出しにもいけない」と訴えてきた由里子の言葉が、ようやく実感を伴ってきた。

さすがに幣原が公安部の人間であることまでは広まっていないらしい。もし広まっているのなら揶揄か皮肉が混じるはずだが、現状は敵意だけが窺えるからだ。他人には奇妙に聞こえるかもしれないが、この際、馬鹿にされるよりは憎まれた方が数段マシだ。

公安部の仕事は現場からデスクワークに至るまで、全てが隠密行動とされている。捜査対象はもっぱら組織であり、地下に潜り闇に紛れる彼らを捕縛するには捜査員もまた影となる必要があるからだ。

従って己の所属部署を知ってしまった由里子にも釘を刺さなければならなかった。

「俺が公安部にいることは口外無用だ。実家にも、近所にも洩らすな」

朝食といっても昨夜の混乱から抜けきれていない幣原家ではトーストだけという有様だったが、何もないよりはいい。未だ心ここにあらずといった様子の由里子は、非難の混じった目でこちらを見た。

「いったい、何を言ってるの。昨日今日とずっと秀樹のことがネットに広がっていて、父親の職業だって、官舎の外見でバレてるのよ。それを今更」

「警察官であることは露見していても、公安部の刑事であるのはまだバレていない。一番大事な機密はまだ護られている。それを家族の口から洩らす訳にいくか」

途端に由里子の顔色が変わった。

「この期に及んで、まだ自分の勤め先に操立てしてるの？　自分の息子を逮捕して連れていったのよ。あなた、また父親よりも警察官であることを優先させるつもりなの」

「優先している訳じゃない」

由里子は仇を見るような視線をこちらに向けている。ここで目を逸らしたら、己の主張している内容が矮小（わいしょう）なのだと認めることになる。幣原は由里子を睨み返した。

「これ以上、情報が洩れたりしてみろ。公安部は顔や住所の割れた刑事なんて使いたがらない。あっさりお払い箱にされるぞ。ここを追い出されたら、どうするつもりだ」

「まさか、そんなことで警察を辞めさせられる訳ないじゃない」

「警察は辞めさせられなくても、部署は異動させられる。言っておくが、異動先に割り当てられる官舎はここみたいに高級なマンションじゃない」

「高級なマンションが何よ」

売り言葉とでも捉えたのか、由里子も矛を収めようとしない。

「住んでいる場所より、今は秀樹のことが大事じゃないの。どうしてそんな当たり前の発想にならないのよ」

「今、俺たち家族がどれだけ騒いでも秀樹は解放されない」

木津との会話が脳裏を過る。公安刑事として、そして父親として精一杯の交渉を試みたが木津からは歯牙にもかけられなかった。己の非力さと組織の冷徹さを思い知らされた夜だった。

だが、今は己の卑小さを嘆いたり自嘲したりする時ではない。自分と家族ができることとできないことを見極める。わずかずつでも前に進まなければ家族も自分も停滞するだけだ。そしてもちろん、してはならないこと、しなければならないことを見極める作業も含まれる。

「だが公安部のやり方は俺が一番よく知っている。秀樹は取り調べられても、このまま何かの罪状で起訴されることはまずない」

「だって、秀樹を逮捕しにきた刑事さんは私戦予備及び陰謀罪容疑とか言ってたじゃない」

「容疑がなきゃ引っ張ることもできんだろう。逮捕しても送検するかは別問題だ。公安部にとっては被疑者一人一人を起訴するんじゃなく組織の壊滅が眼目だ」

説明しながら幣原は密かに昂揚する。こんな風に公安部の詳細を、しかも家族に打ち明けるのは初めての体験だった。本来ならば決して有り得ない状況だが、既に由里子には知られてしまったので隠す必要もない。

自分の仕事を人に語るのがこれほど誇らしいとは予想もしておらず、意外な快感に自制心も緩んでいた。

「だから秀樹を逮捕したのも送検するのが目的じゃない。テロリストの仲間がいないか、〈啓雲堂〉の店主とはどんな繋がりがあるのか。知っている情報を洗いざらい吐かせて他の被疑者を芋づる式に引っ張ろうとしているんだ」

「そう……なの？」

「ああ。だから妙な具合にならない限り、秀樹は必ず戻ってくる。その時にこの家がなかったら秀樹も困るだろう」

「それはそうだけど」

「現状を護るというのは秀樹や可奈絵を護るという意味だ。そのためには俺が公安部の刑事だとか、秀樹が逮捕された時の状況とかは一切口外するな」

完全に納得した訳ではないが、言われた内容は理解したのだろう。由里子は渋々といった体で一度頷いてみせた。

だが従順さを見せたのもこれきりだった。

「俺が公安部の刑事なのを可奈絵に話したのなら、あいつにもちゃんと口止めしておけ」

「どうして、わたしに言うのよ」

由里子の顔がまた険しくなる。

「面倒なことはみんなわたしに押しつけて」

「別に面倒を押しつけてるんじゃない。お前の方が可奈絵に話しやすいと思って」

「自分の部屋に閉じ籠もった娘が話しやすい相手だと思うの。そう思うなら、自分で話してみればいいじゃない」

「可奈絵には教えたんだろ」

「教えたわよ。秀樹の逮捕だって、あなたの勤め先だって、みんな家族のことだもの。大体ね、父親が自分の仕事の中身を家族にも教えないなんて、こんな変な話ってないわよ」

以前とは別人のように由里子は癇癪を起こす。喋っている中身はまるで子供だ。警察官だから全てを明らかにはできないと、結婚した時に説明したはずなのにもう忘れているらしい。

だが、それを言い出すとまたひと悶着起きるのは分かり切っているので、幣原は言及しないことにした。

「分かった。可奈絵には俺の方から言う」

「あなたから言うのは結構だけど、無理やり部屋から引きずり出すような真似はやめてよね。クラスのイジメに遭って、相当弱っているんだから」

それ以上、由里子の口上を聞いているつもりもない。家を出る時間まではまだ数分あるので、幣原は可奈絵の部屋に向かうことにした。

可奈絵の部屋は秀樹の部屋の並びにある。由里子の話では、つい最近まで互いの部屋を行き来していたというから、やはり仲のいい兄妹だったのだろう。

「可奈絵、もう起きたか」

返事はない。

「可奈絵、可奈絵」

ドアを強く叩くと、ようやく返事が返ってきた。

「うるさいよ」

親に向かってうるさいとは何だ。

かっとなってドアノブを回そうとするが、内側からがっちりと施錠されている。

「ここを開けろ、可奈絵。話がある」

「入ってくるなあっ」

獣の叫び声のようだった。

「イジメに遭ったのはあんたのせいだっ」

「何だと」

「お兄のこともあったけど、親が警察官なのに息子の犯罪も防げなかった。そっちの方でバカにされたのよ」

思いがけない話に言葉を失う。

「それに何？　公安部の刑事だったんだって？　お兄を売ったんでしょ」

「違う」

「じゃあ、自分の息子がテロリスト募集に応じていたのに、一緒に暮らしていた刑事が全然気づかなかったっていうの」

今度は幣原が言葉を返せなかった。

公安部の所属だというのに息子の行動を察知できなかったとなれば、刑事失格だ。逆に、知っていて息子を公安部に突き出したのなら人でなしだ。

刑事として失格なのか親として失格なのか、幣原の評価はその二択でしかない。

ところが口をついて出たのは保身の言葉だった。

「お父さんが公安部の刑事なのを、クラスメートの誰かに教えたのか」

しばらくの沈黙の後、ひどく侮蔑した声が返ってきた。

「……そんな、自分の首絞めるようなこと、言う訳ないじゃん。何言ってるのよ」

最大の情報は洩れていないという安堵と、実の娘からとことん侮蔑されているという失意が同時にやってきた。

「ここを開けろ。話しておきたいことがある」

「あたしにはない」

「無理にでも入るぞ」

「ここ、何階か知ってて言ってるの。無理に入ってきたら飛び降りてやる」

幣原は内心で舌打ちする。何が引き籠りなものか。これは籠城と言うのだ。

正直、可奈絵の声には情緒不安が窺える。無理に突入すれば、飛び降りはともかく衝動的な行動に出る可能性が否定できない。

「分かった。無理には入らない。開けてくれ」

「入ってくるなと言った」

「ドア越しじゃ、碌な話もできん」

「話すつもりなんてない。何回言ったら分かるのよっ」

知らず知らず大声になっていたのだろう。キッチンから由里子が飛んできた。

「何をドア越しに言い争いしているのよっ」

「言い争いなんてしていない。説得しているだけだ」

「傍で聞いていたら怒鳴り合いにしか聞こえない。そんなの、どこが説得なのよ」

プライドをいたく傷つけられた。

幣原は取調室で被疑者と対峙し、三時間も粘れば供述を引き出す自信がある。今までも、そのスキルで木津の信頼を勝ち得てきた。

だが、自家薬籠中のスキルがわずか十七歳の娘に通用しない。

こんな時に限って木津の言葉が甦る。

『公安部の刑事としては有能だったが、父親としては凡庸』

この場に彼がいたら、幣原は刑事としても凡庸だったと冷笑するだろう。

これ以上、何を言っても可奈絵が応諾するとも思えない。幣原は情けなさを顔に出すまいとするのが精一杯だった。無言のまま後を由里子に任せてキッチンに戻ろうとする。

途中で聞き慣れた着信音が自分の部屋から流れてきた。登庁前に掛かってくる電話に碌なものはないが、とにかく机に置いた携帯端末に手を伸ばす。

発信者は木津だった。

「はい、幣原」

『木津だ。もう、家を出たのか』

「いえ、これからですが」

『いいタイミングだ。今日は自宅待機してくれ』

えっ、と思わず声が洩れた。幣原が尋ねる前に木津の言葉が続く。

『マスコミが大挙して官舎の周囲を取り巻いている。君の顔を撮ろうとして各社血眼になっているらしい』

「どうしてわたしが」

『ネット発の情報で幣原秀樹の父親が警察官だと分かったからだ。テロリスト志願者が警察官の息子だったというのは、かなりのニュースバリューがある』

「しかし、マスコミ連中はわたしの顔なんて知らないでしょう」

『連中の情報収集能力を甘く見るな。幣原という珍しい名前は君くらいのものだ。さすがに日頃の内部牽制もあって所属までは不明だろうが、マスコミ連中には面が割れていると覚悟しておいた方がいい』

隠密行動を旨とする公安刑事の面が既に割れている——あまりの呆気なさに笑い出したくなった。由里子と可奈絵には最低限の口止めをしたが、この調子では二人が口を割らずとも幣原の所属部署がマスコミに喧伝されるかもしれない。

『公安刑事の面が割れたら存在意義がなくなる。それでもいいのか』

「いえ」

『連中のことだからそれほど長引くとは思えんが、別命あるまでは家の中でおとなしくしていてくれ』

資料整理の次は自宅待機か。

不意に全身から力が抜けた。失意が重なるとすぐ身体が反応するのだと知った。

『君だけじゃない。ご家族もあまり外に出ん方がいいだろう。行儀のいい新聞はともかく、テレビや雑誌はとことんまで食らいついてくるからな』

「知っていますよ。今まで自分が被疑者を挙げた事件で、そういうのを散々見ていますから」

『窮屈だと思うが、今は自重してくれ。こんな時に目立ってもいいことは何一つない』

言い訳がましい慰めで電話が切れた。

何ということだ。引き籠りの可奈絵を説得していた自分が引き籠りを命じられるとは。

いよいよ公安部の厄介者として扱われたようで気分が塞ぐ。元より由里子も可奈絵も外出したくないだろうが、それでも当分の禁止事項となった事実は伝えなければならない。幣原は重い足を引き摺って、可奈絵の部屋へとまた足を向けた。


由里子を介して可奈絵の伝言を聞かされたのは、それから一時間後だった。

「可奈絵、しばらくこの家を出たいって」

家庭が一大事な時に何の寝言かと怒鳴りかけたが、続く言葉が幣原を更に憂鬱にさせた。

「公安部の刑事と同じ屋根の下で暮らしたくないって」

幣原の怒りが再燃する。

「いったい親の仕事を何だと思っているんだ。誰のお蔭で飯を食って……」

続く台詞は由里子によって遮られた。

「その先は言わないでよね。父親の威厳を失くすどころか、男を下げるから」

「どういう意味だ」

「家族がいるから働けるっていう視点がすっぽり抜け落ちているからよ。それを言い出したら、あなたに稼ぎがなくなった時点でわたしたちから捨てられる理屈になる」

由里子の言説も大概業腹だったが、手は上げなかった。吐いた言葉を反芻するくらいの冷静さが残っていたし、ここで手を上げれば事態がより泥沼になるという判断はできる。

「怒らないで聞いて。可奈絵も早く学校に復帰したいと思っている。でもそのためには、学校以外に安らげる場所が必要なの。この調子だとしばらくイジメは続く。中学生とは違って受験を控えた高校のクラスだからいずれ落ち着くとは思うけど」

それまでは学校が戦場になるから、避難場所が必要になるというのだ。

「しかしな、この家を出てどこに行くって言うんだ」

「ちょっと離れるけど、新百合ヶ丘（しんゆりおか）に実家があるじゃない」

地名とともに義母の顔を思い出した。

由里子の実家には義母が一人で住んでいる。国宮多英（くにみやたえ）、確か今年で七十二歳になるはずだが老いてなお盛んで、良人（おっと）が他界した後も手頃な趣味を見つけて矍鑠（かくしゃく）としている。盆と暮れには家族全員で実家を訪れるが、その度に若返っているような印象さえ受ける。

「可奈絵、昔からお祖母（ばあ）ちゃん子でしょ。あそこならお母さんもいるから安心だし、本人も気が休まると思う」

「お義母（かあ）さんに迷惑じゃないのか」

「それは聞いてみるけど、きっとお母さんなら二つ返事よ」

いっそお前も一緒に行ったらどうだ。

喉元まで出かかった言葉を呑み込む。腹立ち紛れの台詞だ。吐いた途端に自分の価値を落とすのは目に見えている。

「お義母さんが承諾してくれるなら、俺は別に構わないぞ」

幣原の返事を待っていたかのように、由里子は固定電話のある方に走る。やがて聞こえてきたのは、久しぶりに弛緩した声だった。


実の娘である由里子は言うに及ばず、可奈絵も秀樹も多英を好いていた。柔和な面持ちだが、一方で戦中生まれ世代特有の気丈さが頼もしげに映るからだろうと幣原は分析していた。

ところが娘と孫たちに甘い義母も、婿に対しては厳しかった。結婚するまでは「結婚相手に警察官などという危険な仕事に就いている男は認めない」と反対していた義母だ。結婚し、秀樹と可奈絵が生まれても尚、その姿勢を崩すことがなかった。

そんな義母だから、由里子の電話に応えて幣原家に駆けつけた時も、真っ先に幣原に難癖をつけ始めた。

「大体、わたしは初めから警察官との結婚には反対だったんです。本人はいつ殉職してもおかしくないし、下手をすれば家族まで巻き込まれる。見なさい、思った通りじゃないの」

里帰りした際も多英が笑顔を見せるのは娘と孫たちだけで、いつも幣原は蚊帳の外だった。何事もなければお客扱い、ひとたび家族に問題が起これば、それは即家長の責任とばかりにお小言を頂戴する。だから他の家族と異なり、幣原はこの義母が苦手でならなかった。

「選りに選って秀樹ちゃんがテロリストだなんて、何かの間違いに決まってます。それをどうして警察官でもあり父親でもある勇一郎さんが護ってやれなかったんですか」

面と向かって責められても、今回ばかりは返す言葉がない。幣原はなるべく目を合わさないように頭を垂れる。

「父親なら息子が悪人かどうかは分かるでしょうに」

「最近は、その、帰りが遅くて子供たちと会話する機会が減って」

「仕事で帰りが遅くなるのは、どこの家でも同じでしょう。それなのに、どうして秀樹ちゃんだけがこんな目に遭うんですか。全部、勇一郎さんの目が届かなかったせいじゃない。ニュースで秀樹ちゃんの名前が出た時には、心臓が止まるかと思ったわよ。逮捕されるまで、勇一郎さんには警察から何の連絡もなかったの」

「生憎、担当が違っているので……警察というところは完全なタテ組織で、異なる部署の情報は全く入ってこないんです」

有難いことに、由里子が幣原との約束を守ってくれたお蔭で、多英は一番肝心な点については知らなかった。もし知っていたら、小言や非難もこんな程度では済まないだろう。

「あなたも一端の警察官なら、一刻も早く秀樹ちゃんの疑いを晴らしなさい」

「そうしたいのは山々ですが、今も言った通り、警察は他の部署からの口出しを極端に嫌います。当然、口出しする側にもブレーキがかかります。不可侵条約というか、内政不干渉というか、不文律めいたものがあるので、わたしも気軽には動けないんです」

「それは警察の理屈でしょう。勇一郎さんは父親の理屈で動けばいいだけの話じゃないですか。それともあなた、自分の家族よりも勤め先のしきたりの方が大事だって言うの」

多英の命令口調は今に始まったものではないが、今回はやけにねちっこい。幣原の忍耐もそろそろ限界に近づきつつある。

「口幅ったい言い方ですが、わたしにはどちらも大事です。家族がいなければ働く意味がない。勤め先がなければ家族を養っていけません」

「仕事なんて警察以外にいくらだってあるでしょ」

「ちょっと、お母さん。いつの話してるのよ」

さすがに由里子が仲裁に入ってきた。

「五十過ぎの男が好きに職業選べる時代じゃないのよ」

「どんな商売でも警察官よりはマシよ。あんな危険な仕事。危険なくせに、それほど高給でもないんでしょ。そりゃあ、あなたたちの住んでいるマンションは新しくて立派だけど、所詮は社宅なんだから。借り上げじゃないマンションに住もうとしたら、こんな場所は無理でしょ」

多英が亡夫から相続した家屋は古いながらも高級住宅地の中の一軒家で、おまけに年金だけで十二分に生活していける余裕がある。幣原家のようなサラリーマン世帯をどこか見下した物言いが癖になっていた。

「お母さん。今はそんなことじゃなくて、可奈絵を預かってくれるかどうかでしょ」

「そりゃあ預かってあげるわよ。可愛い可愛い孫娘なんだもの。一週間でも一カ月でもいいわよ。どうせ部屋なんていくらだって余ってるし」

由里子によれば、多英に打診する前に可奈絵にも新百合ヶ丘への一時避難を提案したそうだ。可奈絵の方に否やはなく、多英の承諾さえあれば今日にでも移りたいとのことだった。

可奈絵が望んでいるのなら、父親である自分が邪魔する訳にはいかない。ここは節を曲げてでも、多英の厚意に縋るしかない。

「いつまでと期限を切ることができないのは心苦しいのですが、娘をよろしくお願いします」

「わたしはいいのよ、わたしは。だけど可奈絵ちゃんの気持ちも汲んであげなきゃ。あの子だってお兄ちゃんの無実を信じている。早く元の生活に戻りたいと思っているんだから。やっぱり勇一郎さんがしっかりしてくれないことにはねえ」

言われずとも承知している。

幣原は唇を嚙み締める。

「新百合ヶ丘だと、可奈絵の高校までちょっと遠くなるけど、今のあの子には通学時間より安心できる場所が必要だし……お母さん、頼んだわよ」

「水臭いわねえ。こういう時のための実家じゃないのさ。それで、もう可奈絵ちゃんは納得しているの。本人がいいって言うのなら、今すぐにでも連れていくけど」

「そうしてくれる？　じゃあ、ちょっと待っててね。着替えも用意しなきゃならないし」

ほっとした表情で由里子は奥の部屋へ駆けていく。可奈絵に事の次第を伝えるのだろうが、おそらく本人は承諾するに違いない。秀樹の実名が公表されたのが昨日のことだから、まだ妹の面までは割れていないはずだ。

居間に残されたのは幣原と多英の二人だけとなった。気まずさが幣原に伸し掛かる。婿と義母という関係だけでも鬱陶しいのに、今は仕事絡みで嫁と子供に迷惑をかけている図式なので余計に空気が重い。

「もっと穏やかな職業が他にもあるでしょうに」

愚痴とも慰めとも取れる台詞だった。

「どうしてまた警察官なんて実入りの悪い、それも危険な職業を選んだんですか」

「危険以上にやり甲斐のある仕事だからです。口幅ったい言い方になりますが、わたしの職務は国家と国民の安全を護ることです」

あのねえ、と多英は溜息交じりに言う。

「国を護れても、家族すら護れなかったらどうしようもないじゃないの」

幣原は言葉に詰まる。言い方は乱暴だが多英の言い分は真っ当で、これも返す言葉がない。

「ひょっとしたら勇一郎さん。あなたは国の安全を護るという大義名分に酔っているだけじゃないの。息子一人娘一人護れない不甲斐なさを、大言壮語で誤魔化しているだけじゃないの」

さすがに反論しなければと思った。

「お義母さん、それは言い過ぎじゃないんですか。わたしは一度だって家族を蔑ろにしたことなんてありませんよ」

「一度だって家族を蔑ろにしなかった父親に、どうして秀樹ちゃんはテロリストに応募したのを打ち明けなかったんですか。どうしてイジメに遭った可奈絵ちゃんが父親よりも祖母の近くに避難するのを選ぶんですか」

幣原は義母のこういうところが苦手だった。観念論や理屈よりも、現実論と現状で畳み掛けてくる。いつでも現実は理想を踏みにじる。現実が前面に出れば、大抵の理屈は引っ込まざるを得ない。多英の弁は、それを承知した上での強弁としか思えなかった。

しばらく口を噤んでいると、由里子に付き添われて可奈絵が姿を見せた。おそらく着替えその他が入っているのだろう。小ぶりのキャリー・カートを引っ張っている。

「少しの間、国宮のお祖母ちゃんの家でお前を預かってもらうことにした」

幣原が口にしても、可奈絵はこちらを見ようともしない。母親の背中を盾にして通り過ぎようとする。いや、それとも由里子が娘を庇っているのか。

「可奈絵」

少し大きな声で話し掛けると、やっと幣原に顔を向けた。

ひどく尖った視線だった。親に向かって親の仇のような目を向けられるとは想像もしていなかったので、幣原は困惑した。

視線のやり取りだけで二人の間に何があったのか察したらしい。多英は露骨に非難する目で幣原を睨む。

「本当に少しの間で済めばいいんですけどね。何なら由里子も転がり込んでいいのよ。ウチは一人でも二人でも変わりないんだから」

期せずして義母と意見が一致した。幣原は多英に遅れて由里子を見る。自暴自棄な気分も手伝って、由里子さえ希望すれば二人とも姑に預けようと思った。

「ううん、わたしは秀樹が戻ってきた時に家にいた方がいいから」

「そう？　でも気が変わったらいつでもいらっしゃいな。元々、あなたの家なんだもの。さ、可奈絵ちゃん。お祖母ちゃんと一緒においで。今晩はお寿司でも取ろうか」

可奈絵は頭一つ下げるでもなく、多英に連れられて出ていった。マンションの裏口から逃がす方法も考えたが、報道陣の中には却って怪しむ者もいるだろう。多英と普通に出掛けた方が自然に見える。

二人が姿を消してから十分後、由里子のスマートフォンに可奈絵からＬＩＮＥが入った。

『敷地内からお祖母ちゃんと無事に脱出。正門にカメラ担いだ人たちがいっぱい』

由里子は通信内容を読み上げるなり、大きく嘆息する。その吐息が安堵のものなのか失意のものなのかは判然としない。

二人きりになると、急に家の中が広く感じられた。可奈絵がいた時も引き籠っていたから状況は似たようなものなのに、可奈絵も秀樹もいないとなると途端に空虚さが襲ってくる。親子四人で３ＬＤＫの間取りはいささか手狭だったが、二人で暮らすには広すぎる。

まるで家の中に大きな虚ろができたようだった。

「無理しなくてもいいんだぞ」

自暴自棄の気持ちを継続させたまま、幣原は問い掛ける。

「さっき言ってたでしょ。秀樹が戻った時、わたしがいなかったら食事や身の回りの世話は誰がするのよ」

幣原についてはひと言も触れようとしない。

キッチンへと消えていく背中を見送りながら、ふと幣原はこの女は誰なのだろうかと疑問に思った。

4

幣原に対する自宅待機命令はわずか二日で解除された。理由は単純明快で、秀樹の処分保留が決定したからだ。

通常、被疑者を逮捕すると四十八時間以内に身柄は検察庁に送検される。検察では更に二十四時間以内に勾留請求を行い、十日から二十日の間で案件を起訴か不起訴か、あるいは処分保留するかを決定しなければならない。

このうち処分保留は勾留期限内に起訴するか不起訴にするかが決定できないため、いったん釈放して捜査を継続するものだが、秀樹の案件がこれに該当した。

『幣原秀樹の処分保留が決定したので、身柄を引き取りに来てくれ。同時に君の自宅待機も解除だ。明日からは定時に登庁するように』

木津からの連絡を口伝えすると、由里子は表情を輝かせた。

「本当に？　秀樹が釈放されるのね。ああ、やっぱり思った通りだった。秀樹がテロリストなんかになりたがるはずないもの。あれは誤認逮捕だったのよ」

今の今まで世の中の不幸を全部背負ったような顔をしていたのでその変貌ぶりは呆れるほどだったが、警察に囚われの我が子が帰還するとなれば感激もひとしおなのだろうと思った。

由里子は母親として秀樹を迎えるだけでいい。しかし幣原は父親であると同時に公安部の刑事だ。公安部が一度逮捕した被疑者を処分保留する意味を誰よりも知悉（ちしつ）している。

処分保留にしたのは証拠不充分で起訴できなかったからではない。秀樹を泳がせて更なる情報を引っ張り出すための方策だ。その証拠に、秀樹の釈放とともに幣原の自宅待機を解除した。これも幣原と秀樹を分断させる目的に違いない。

だから由里子が一緒に秀樹の身柄を引き取りに行きたいと言い出した時も断れなかった。幣原単独で引き取りに行ったのでは、二人の間に情報のやり取りがされると邪推されかねない。無論、木津たちは疑惑を払拭しないだろうが、少なくとも庁舎内において秀樹と二人きりの姿を見せるのは避けた方が利口だ。

由里子とともに警視庁に出向くのは奇妙な感覚だった。妻が夫の勤め先に顔を出すのは世間一般でも異例だろう。被疑者として逮捕された息子を引き取りにいく警察官、それに同行する妻。どう捉えてもまともな図ではなく、幣原は横を歩く由里子を意識する度に思考を乱される。

二日ぶりの登庁は不思議に緊張する。同じ庁内であっても、今だけは処分保留になった被疑者の身元引受人だ。行き交う職員の中には顔馴染みも何人かいたが、皆見て見ぬふりで通り過ぎていく。

逮捕された際、秀樹が携帯していたものは何もなかったので、返却されるものもない。文書手続きも何もなく、別室で待っていると高頭に連行されて秀樹が姿を現した。

「秀樹」

由里子は秀樹に抱きつくと、もうひと言も発しなかった。一方、秀樹も目を伏せるだけで口を開こうとしない。

「幣原秀樹。処分保留でいったん釈放するが、我々の呼び出しには応じるように」

高頭は高頭で視線を秀樹に固定して幣原を一瞥もしない。まるで全員が下手な芝居をしているようで、幣原は居たたまれなくなる。

「お世話になりました」

教えた訳でもないのに、由里子は高頭に深々と頭を下げて秀樹の腕を引っ張る。別室を出る寸前、幣原は高頭に視線を投げて反応を窺ったが、相変わらず相手は能面を崩さなかった。

だが肚の裡は読めている。由里子が過去形で告げた台詞を冷笑しているのだ。世話をするのはこれからなのだ、と。

一階受付の前で由里子に告げる。

「秀樹を連れて先に帰ってくれ」

「お父さんはどうするの」

「上司と話すことがある」

すると、一瞬だけ秀樹がこちらを見た。

上目遣いで、こちらの思惑を探ろうとする目だった。

視線を浴びてひやりとする。いったい、いつから息子はこんな猜疑心の塊のような目をするようになったのだろうか。

「マンションの周辺にはマスコミが待ち構えている。お前はともかく秀樹は面が割れている。上手く顔を隠してやってくれ」

「分かった」

幣原の思いを知ってか知らずか、由里子は逆らいもせず秀樹の手を引いて元来た道を引き返していく。雑踏の中に消えていく二人の後ろ姿を眺めていると、不意に幼稚園児だった秀樹の手を引く若かりし日の由里子が重なって見えた。

二人の姿が視界から消えると、幣原は木津の許に直行する。予想通り、肚の読めない上司は自分のデスクに座っていた。

「わたしの自宅待機が解除されたということなので」

「ああ、通常業務に復帰だ。またアブドーラ・ウスマーンの監視を続けてくれ」

「それだけですか」

「うん？」

「息子の、幣原秀樹の監視はしなくてもいいんですか」

「指示のないことはしなくていい」

木津もまた高頭と同じく能面を決め込んでいるようだった。

「不安じゃありませんか。テロリスト志願の被疑者と部下が同居しているのは」

「幣原秀樹は処分保留だ。このまま勾留期限が切れれば不起訴になる。それまで放っておけばいい」

幣原が放っておいても外事第三課は決して放っておいてくれないだろう。

「一つだけ教えてください。監視対象のアブドーラと〈啓雲堂〉事件のジャハルは繋がっているんですか」

「君が知る必要があるのか」

木津の口調はどこまでも無機質だった。

「対象を監視し尽くして、仲間の有無と受発信の記録を捜査する。君に課せられた任務はそれ以上でもそれ以下でもない。違うか」

「個別に関連があるのとないのとでは、情報収集のポイントも変わってきます」

「……現時点では不明だ」

もう木津は幣原を見もしなかった。

「〈啓雲堂〉店主大滝桃助の自宅とジャハルの自宅を洗いざらい調べてみたが、紙ベースでも電子ベースでもアブドーラの名前は上がっていない。だから今のところは無視していい。君の捜査如何(いかん)で二人の関係が判明すれば、それはそれで大きな進展だ」

どこまでが本心でどこからがブラフなのか。悔しいことに、今はこの男の真意を探る術がない。どちらにしても深追いは禁物だ。幣原は質問を切り上げることにした。

「幣原、通常業務に戻ります」

「ああ、頼む」

木津の声を合図にして部屋を出る。今夜からまた葛飾へ赴き、アブドーラの住むアパートに張りつく日々が始まる。

だが職場復帰の昂揚感などさらさらなく、胸には組織への猜疑と自己嫌悪が渦巻いていた。


その日もアブドーラの行動に目立ったものは見当たらなかった。いくら目を凝らしても耳を澄ませても異状は認められない。異状がないのは以前通りだが、一度内勤や自宅待機を命じられてみると、異状のなささえ木津をはじめとした外事第三課の目論見ではないかと勘繰りたくなる。

深夜零時。幣原の割り当て時間が終了する。

「警視11から遊撃本部、現場周辺。対象に動きなし。訪問者もなし」

木津の無機質な声が返ってくる。

『遊撃本部了解。時間だ。22と交替して本部に戻れ』

色々と探りを入れたい誘惑に駆られたが、すんでのところで自制が働いた。

「了解。警視11、戻ります」

定時連絡を済ませて本部にクルマを向ける。本日分の報告書を作成して家に戻る。体裁は以前と変わらないが終始違和感が付き纏うのは、幣原自身が変わってしまったせいだろう。

帰着した時、刑事部屋に木津の姿は見当たらなかったので、いくぶん安堵した。逃げるつもりは毛頭ないが、木津との腹の探り合いは神経をすり減らす。

刑事部屋を退出し、庁舎から出ても緊張感は解れない。午前中に秀樹の身柄を引き取った時から高頭を見掛けないのが気になった。また自分の尾行をしているのかと時々背後の気配を探ってみるが、アンテナに引っ掛からない。落ち着かない気分を引き摺ったまま、官舎に戻る。

可奈絵と多英が家を出た時に屯していた報道陣の姿は今も健在だ。脚立の上でカメラを抱える者が九名、その傍らで官舎へ出入りする者たちを見張っているのが同じく九名。幣原容疑者釈放の知らせを受け、撤退どころか続報を狙っているのだろう。

幣原は報道陣の前を素知らぬ顔で通過する。変に顔を動かさず、そしてまた変に無視もしない。無関係な第三者を装う技術は習い性になったものだ。昨日今日にこしらえた付け焼き刃とは訳が違う。

カメラのフラッシュを浴びることもなく官舎に辿り着き、自宅に戻る。それでも尚、安心はできない。周囲にアンテナを巡らせ、監視の目がないかを確認してドアを開ける。

玄関の明かりは消えていた。時刻は午前二時過ぎ。取り調べで体力を消耗した秀樹も、報道で神経を消耗した由里子も床に就いているはずだった。

だがキッチンからは明かりが洩れていた。覗くと由里子が一人でテーブルに座っている。

彼女の目の前には三分ほど中身の入ったブランデーグラスがあった。普段は食器棚の奥で眠っている度数の高いブランデーを出したらしい。

「お帰りなさい」

言葉はしっかりしていた。

「呑んでるのか」

「全然眠れなくて」

「ナイト・キャップには量が多過ぎやしないか」

「全然酔えなくて」

「酔うまで呑もうとするな。キッチン・ドランカーになりたいのか」

文句を言われる前にグラスを奪い取り、シンクに流そうとする寸前に気が変わった。

残っていた中身を一気に呷(あお)る。チェイサー抜き。濃いめのアルコールに喉が灼けた。

「秀樹は」

「自分の部屋」

「起きてるのか」

「知らない」

「あれから何か話したのか」

全然酔えないと言いながら、由里子の目はとろんとしている。

「……訊いても何も答えてくれない。本当に、テロリストなんかに志願したのか。どんな経緯であの防犯グッズの店を知ったのか。取り調べで何を訊かれて、どんな乱暴を受けたのか。本当にひと言も答えてくれないの」

そして、ゆっくりと俯いた。

「訊き疲れちゃった」

無力感を漂わせる妻が憐れだった。由里子なりに秀樹の心を開こうと足掻いたのは想像に難くない。その試みがことごとく不発に終わり、二日間の心労と相俟って疲れ果てたのだろう。一気に五歳ほど老いたように見える。

「お父さんも、あの子を質問攻めにするつもりなの」

「訊かなきゃならないことがある」

「父親として？　それとも公安部の刑事として？」

取り合わず、幣原は秀樹の部屋へと向かう。案の定、ドアの隙間からは明かりが洩れていた。

「秀樹、入るぞ」

しかしドアノブは途中までしか動かない。

「開けろっ」

何度か乱暴にドアを叩くと、六度目で開錠の音が聞こえた。

「何時だと思ってるんだよ」

不貞腐れた顔を見た途端に、自制心が吹き飛んだ。秀樹の胸倉を摑まえて部屋の中へと押し入る。

「何時だろうと構うか。今から質問に答えろ」

「……同じだ」

「何がだ」

「俺を取り調べた刑事と同じ喋り方だ」

胸倉を摑んでいた手から力が抜ける。支えを失くした秀樹の身体はベッドに倒れ込んだ。

「ついでに乱暴なところも同じだ」

「取り調べで何を訊かれた」

「それもきっと親父が訊きたがっていることと同じだよ」

「話せ」

「家の中でも刑事面するつもりなのかよ」

「刑事でなくたって、自分の息子が逮捕されたら同じことを訊く」

ベッドの秀樹を見下ろすと、被疑者を問い詰めている感覚が甦ってきた。慌てて頭を振り、ベッドの傍らに腰を据える。

「じゃあ、刑事が普通は訊かないことを訊く。俺が公安部に所属しているのは知っているだろう。いつから知っている」

押し黙ったまま、秀樹はこちらを睨んでいる。

「この質問は刑事としての質問じゃない。さっさと答えろ」

「……取り調べの時、刑事が親父の同僚だと自己紹介した」

「それまでは知らなかったのか」

「ずっと秘密にしていたじゃないか」

「逮捕される寸前、テロリストを擁護するような発言をしただろう。あれはどういう意味だ。イスラム国の主張に同調したのか。それとも完全に洗脳されたのか」

「それ、父親の質問じゃないよな」

「答えろ」

「俺が取り調べで何を喋ったか聞いてないのかよ」

「大方の予想はつく。折角逮捕したのに証拠不充分で処分保留にしたんだ。どうせ具体的な情報は聴取できなかったんだろう」

喋りながら秀樹の反応を窺う。目を逸らさずに真正面から見ているうちは隠してもいないし、嘘も吐いていない。嘘を吐く時には秀樹独特の癖を見せる。実の父親だからこそ得られるアドバンテージだった。

「答えろ。イスラム国にシンパを抱いたのか。お前にそんな思想を吹き込んだのは、どこの誰だ」

「誰でもない。ニュースを見るうちに自分で覚醒したんだ。欧米の圧力と、キリスト教圏の欺瞞に苦しめられている人がいる。経済格差も国力の差も原因はそれだ」

依然として視線は幣原を貫いているから、どうやら嘘ではないらしい。だが、それにしては芝居がかった台詞だ。

「イスラム国の教義に殉じるつもりはない。だけど世界で起きている不平等も差別も紛争も元を糺せば欧米諸国の傲慢に起因する。俺がイスラム国に参加しようとしたのは、ただ人を殺そうとするんじゃなくて、欧米諸国の覇権主義に異を唱えるもので」

「いい加減、自分の言葉で喋ったらどうだ」

途中で遮られると、秀樹は困惑した表情に変わる。決められた台詞の途中で駄目出しをされた大根役者のようだった。

「どこかから借りてきた主張や大義名分なぞ、すぐに区別がつく。何年、お前の父親をやってると思う」

「その言い方は刑事の物言いだぞ」

「黙れ」

「ああ、黙る。もうひと言も話さない」

「こいつ」

無意識に手を振り上げる。

「殴るのか。いいぜ、殴れよ。あんたの同僚は口も悪いが足癖も悪かった。何度も椅子の足を蹴った。でも、顔を殴りはしなかった。殴りたきゃ殴れ。それで同僚よりは上をいったことになる」

「そう言えば殴られないと思っているのか」

「親父に殴られるのはこれが初めてじゃない」

束の間、秀樹の視線が緩んだ。

「それに親父になる前から刑事だったんだろ。だったら犯人を殴るのは、ずっと慣れていて当然だものな」

固めた拳を振り上げる。

しかし振り下ろす場所を見失った。ここで秀樹の顔に痣を作ったところで、得られるのは拳の痛みと自己嫌悪だけだ。

幣原は気まずさを押し隠し、ゆっくりと拳を下げた。

「殴るんじゃなかったのか」

「……暴力は好かん。それじゃあテロリストたちと一緒だ」

「へえ、じゃあ、プライバシー無視で他人の部屋を引っ掻き回すのは好きなんだな」

「どういう意味だ」

「今更隠すなよ。今日、部屋を見たら棚に挿してあった本の位置が変わっていた。親父が引っ繰り返した跡だろ」

一気に昂奮が冷めた。

父親の感情は彼方に消え失せ、代わりに刑事の感覚が身体を支配する。

「変わっていたのは本の並びだけだったのか」

「そうだよ……親父がやったんじゃないのかよ」

「黙れ」

今度は声とともに、指を唇に当てた。

思いつきが当たっているとしたらあそこだ。

幣原は自分の部屋へ取って返し、再び戻ってくる。

辺りを見回し、持ってきたマイナスのドライバーでコンセントのカバーを外しに掛かる。

「親父、何やって……」

合図で秀樹を黙らせ、作業を続ける。

やがて外れたカバーを引っ繰り返し、幣原は自分の勘が的中したことを知った。

コンセントの中に秘聴器が仕掛けられていた。秀樹は目を丸くしていた。

注意深く秘聴器を外し、ズボンのポケットに押し込んでいたハンカチで何重にも包んだ。これで音声を盗まれる心配はなくなった。

いや、まだ心配は残っている。

次にキッチンに移動する。テーブルには由里子が突っ伏したままだった。

「どうしたのよ」

由里子にも沈黙するように合図をし、足元に視線を落とす。キッチンには二カ所のコンセントが設けられている。その二つともカバーを外すと、案の定一つに秘聴器が仕掛けられていた。これも注意深く取り除くと、今度は由里子が驚愕の目を向けた。

これで終わりではない。公安部のやり方は己が熟知している。

天井を見上げる。白一色の壁紙でまだ色褪せてもいない。

では隠すとなればあそこしかない。

テーブルの上に乗り、ペンダントの傘を見る。

あった。傘の縁に張りつけられたマッチ棒の先端状の物体。下からは目立たない位置に設えられたそれこそ無線式のＣＣＤカメラだった。幣原はタオルでカメラの視界を覆いながら回収する。

「そんな……いつの間に」

茫然と由里子が呟くが構ってはいられない。幣原は部屋から部屋へと回り、思いつく場所を徹底的に捜査する。

出てくるわ、出てくるわ。どれだけ巧妙に隠そうが、日頃から実践している幣原の目を掻い潜ることはできない。発見した秘聴器は部屋数と同数。ＣＣＤカメラは浴室やトイレにもあったので合計七つ。

「いったい、いつの間に」

回収された盗撮・盗聴機器を目の前に、由里子が再び呻く。

「俺たちが秀樹の身柄を引き取りに行った時、家の中は無人だった。玄関の鍵なんか五分もあればコピーを作れる。もっともコピーに頼らずとも、マスターキーの管理は警視庁の人間が担っている。いつでも好きな時に侵入できる」

「本当に呆れるよな」

気がつくと、背後で秀樹が見ていた。

「逮捕された俺もだけど、親父も信用ないんだな」

羞恥心に火が点いた。

キッチンや居間や個室のみならず、トイレ・浴室といったプライベートな場所まで盗まれていた。これが公安部の手法だと言ってしまえばそれまでだが、我が身に降りかかってみれば気味悪さを超えて怒りが湧いてくる。

組織への忠誠心が薄れ、不信感ばかりが募る。他人どころか身内のプライバシーまで暴き、ひたすらに情報のみを漁ろうとする集団。

己の血と汗を捧げていた組織はどこまでも冷徹で、狡猾で、そして破廉恥だった。

どうして自分は、そんな組織に帰属意識を持っているのだろうか。

三　見知らぬ息子

1

翌日、登庁した幣原は、木津の前に出ると前夜に回収した盗撮・盗聴機器をデスクに撒(ま)いた。

「昨夜、見つけました。チェッカーで確認しましたからこれで全部だと思います」

山積みになった機器を前にしても木津は眉一つ動かさない。

「さすがだな。思ったよりも早かった」

「課長の指示ですか」

「俺の指示でなけりゃ誰の指示だというんだ」

「わたしは部下ですよ」

「幣原秀樹は依然、監視対象だ」

木津は何ら悪びれた素振りも見せず、盗撮・盗聴機器を脇に押しやる。

「二、三日は気づかれないと思ったんだがな」

幣原は注意深く上司の顔を窺う。仕掛けた機器は本当にこれで全部なのか、それともまだ見逃したものがあるのか。つまらなそうな顔をしているので前者だろうと見当をつけた。

「正直言って不愉快です」

「だろうな。盗撮や盗聴されて嬉しがるような性癖じゃなさそうだ」

木津はこちらの抗議を軽く受け流す。抗議自体が半ば儀礼であるのを知っているからだ。

もし幣原がただの一般市民なら、公安部の手法への異議申し立てにも正当性がある。だが幣原自身がその手法に馴染み、幾多の対象者の盗撮・盗聴を試みた当事者なので今更という感がある。

外事第三課であればいったん泳がせた対象者を監視するのはルーチン業務のようなものだ。監視しなければ逆に課長としての資質を問われる。そして公安の捜査に長らく関わってきた幣原は、外事第三課の事情を熟知しているので、自らが盗撮・盗聴されていた事実について本気で抗議できない。

木津はそれら全てを織り込んでいるからこそ、幣原の抗議を軽く受け流している。木津はマニュアル通りに監視を命令し、幣原も形式だけの抗議で済ませる。何のことはない、双方納得済みの出来レースのようなものだ。

しかし言い換えれば出来レースはここまでだ。ここから先は木津も個別対応を強いられる。

「もう、やめていただきたいですね」

「ああ。幣原勇一郎に対して通常の監視体制は何の効果もないことが実証された。三課も予算や人員は無尽蔵じゃない。別の方法を考える」

「予算と人員を最小限に抑える方法があります」

「言ってみろ」

「わたしが秀樹に、公安の捜査に協力するよう説得します」

木津は片方の眉を上げて怪訝そうな顔を見せた。

「確かに予算も人員も削減できるな。だが却下だ」

「何故ですか」

「言わせるな。被疑者の関係者を捜査担当から外すのは刑事部も公安部も同じだ。それでも現場に復帰させた俺の立場を少しは考えろ」

ほんの時折、この上司は本音を洩らす。洩らす相手を選んでいるようなのでそれが聞き手には心地いいのだが、今回に限っては双方に気まずさを生んでいる。

「課長に確認したいことがあります」

木津は刑事部屋を一瞥する。午前中で、デスクワークに没頭する同僚数人の姿がある。

「場所を変えるぞ」

木津は幣原を伴って、応接室に移る。外事第三課の中でも担当外の捜査員に聞かれたくない話は、この部屋を使うのが慣例になっている。

「改まって確認したいと言うんだ。どうせ皆のいる前じゃあ話せないことだろう」

「わたしが秀樹を監視し定期的な報告を続けたら、自宅や家族を張るのをやめてもらえますか」

さすがにこの申し出は意外だったらしく、木津は一瞬だけ目を丸くした。

家の中からは山ほど盗撮・盗聴機器が発見されたが、外事第三課の捜査がその程度で済むはずもない。幣原を高頭が尾行していたように、秀樹や由里子、多英に引き取られた可奈絵にも同様の尾行要員がついているに違いない。

自宅や家族を尾けられるのは歓迎できる話ではない。自分はともかく他の家族には間違いなく精神的苦痛だろう。だが正面切って抗議したところで、鼻で嗤われるのがオチだ。

「何を言い出した」

「申し上げた通りです。情報収集の能力は同じ部屋の誰にも劣っていないつもりです。盗撮や盗聴ではなく、同じ屋根の下で監視するんです。これ以上恵まれた条件はないでしょう」

「君の能力を疑ったことはない。しかしな」

「公安部の刑事としては有能、しかし父親としては凡庸、ですか」

いつぞやの木津の言葉をそのまま返す。あれは木津なりの慰めの言葉だったが、今度は皮肉として返したかたちだ。

「凡庸な父親でも、家の中で刑事としてい続けることは可能ですよ」

「それでも幣原秀樹の父親だ。息子に都合の悪い情報を公安に売ると誰が思う」

「逆です、課長。この場合、息子に都合の悪い情報なら次こそ起訴することができる。そうすれば秀樹は外部との接触を完全に断たれ、その分社会復帰が早まります。どうせ起訴されるのなら早い方がいい」

刑事部はともかく、公安部に犯人の更生を祈る気持ちは希薄に過ぎる。情報を咥えてくる犬が多いのに越したことはないからだ。だから闇雲に起訴して刑務所に送るよりは、娑婆で泳がせておくのが常道だ。そうして釈放された対象者は恒常的に組織と関係を保ち続け、一向に公安部の監視の目から逃れられなくなる。

　秀樹をそんな目に遭わせることは、何としても避けなければならなかった。

　木津は疑わしそうな半眼でこちらを見上げる。

「逆説的だが、息子の更生のために息子を売るという訳か」

「そう解釈していただいて結構です」

「刑事部とは違う。こんな時に正論を持ち出すな」

「正論に固執されているのは課長の方じゃありませんか。被疑者の関係者を捜査担当から外すというのも正論ですよ」

「君のは詭弁だ」

「秀樹は幽閉状態です。釈放されたからといって、官舎の周りにはマスコミが昼夜の別なく張っている。本人もそうそう外へ出ようとは思っていないでしょう。言ってみれば家自体が檻みたいなものです。しかも外事第三課の目であり耳である盗撮・盗聴機器は使用できません。幣原秀樹を監視し、冷静に分析できるのはわたしだけです」

　木津は憮然として押し黙る。秀樹の監視と分析に一番適役なのが自分であるのは、おそらく木津も認めざるを得ない。それでも幣原の申し出を受け容れられないのは、木津が慣例に引っ張られているからだ。

「課長。具体的な内容は結構です。事情聴取で秀樹から何か有益な情報は得られましたか」

「いや……」

「わたしの口から言うのも何ですが、アレは強情な男です。それに一本気なところがある。自分が大事に思っているもののためには、なかなか節を曲げませんよ」

「ああ、その辺は誰かさんの遺伝だろうな」

「尋問は効果なし、盗撮・盗聴機器は使用できず。公安のスキルはあまり通用しない。それなら普段は使わない手段を講じる必要があるのではありませんか」

「今度は屁理屈か」

「有効性の認められる屁理屈は立派な理屈です」

幣原はしばらく木津の表情を見守る。被疑者の関係者を捜査担当にするのは常識外れだが、それでも公安部の特殊性を考慮すれば課長判断で特例を認めさせる余地はある。

木津は先例と実効性の間で揺れ動いているようだった。こうした場合、保身に走る管理職ならまず幣原の申し出を蹴る。得られる情報のメリットがいくら大きくても、デメリットに怯えるからだ。だが木津は幸いにして臆病な上司ではなかった。人並み以上に野心があり、虎穴に入らずんば虎児を得ずを座右の銘にしているような男だ。そして一方で、石橋を叩いて渡る慎重さも兼ね備えている。

野心か、それとも慎重さか。

返事を待っていると、やがて木津が口を開いた。

「その屁理屈、乗ってやってもいい」

「有難うございます」

「ただし、保険は掛けさせろ。家族の監視はいったん解くが、君には従来通り担当をつける」

危うい話には全幅の信頼を置けないということか。野心と慎重さの見事なバランスに、幣原も苦笑しそうになる。

　家族の精神的負担を考えれば、自分一人に監視がつくことくらい何でもない。

「構いません」

「幣原秀樹の監視についても、従来と同様に定期報告をさせる。勘繰られても困るから定時に帰宅、それまでは引き続きアブドーラの監視を続行。ただし日中も幣原秀樹の動向をチェックできるような方法を考えておけ」

「結構です」

「こちらの都合で、いつでも元に戻す」

「承知しました」

「じゃあ、早速今日からだ」

「わたしの監視役は以前と同じですか」

「支障がなければ替えるつもりはない。不服か」

「いえ」

「持ち場へ戻れ」

　応接室を出る時には一種の爽快感と後悔があった。爽快感は家族から外事第三課を切り離せたこと、後悔は家の中でも公安の刑事でいるのを課せられたことだ。

　廊下を歩いていると、向こう側から高頭の姿が現れた。以前はよく出喰わすと思っていたのだが、自分を尾けているのなら接触するのは当然だった。

　すれ違う瞬間、つい声が出た。

「毎日ご苦労だな」

　相手が足を止める。

「同じ尾行のノウハウを知っている同僚を尾けるんだ。苦労させて悪いな」

「何のことだ」

「とぼけるな。俺が尾行に気づいていたのは承知しているんだろ」

　返事なし。高頭の返事がないのは、大抵図星を指された時だった。

「これは言わずもがなだが、家に仕掛けられていた盗撮・盗聴機器は昨日のうちに全て撤去した」

「公安の刑事なら気づいて当たり前だ。自惚れるな」

「自惚れちゃいない。俺にそんな細工が通用すると思われていたのが心外なだけだ」

「そう値踏みされるだけの地力しかなかったとは考えないか」

　相変わらず顔色一つ変えずに悪態を吐いてくる。

「それなら本人に気づかれないような尾行をしてみろ。お前の仕事はしばらく続くぞ」

　それを捨て台詞にして、幣原は高頭を背にしてまた歩き出した。

　喋った直後から猛烈に後悔した。尾行されていることに業腹になっていたため、必要のない虚勢を張り、必要のない挑発をしてしまった。

　全く、どうかしている。

　家族に降りかかった災厄と己に降りかかった不信のために、すっかり常態を失った。恐慌がもたらす猜疑と不安で自制心を欠いたきらいがある。

落ち着け、と自分に命令する。

危急存亡の秋(とき)には普段にはない力が発揮される代わりに、普段であれば機能するはずの冷静さが駆逐される。今の幣原がまさにそれだった。


木津との協議通り、午後五時まではアブドーラの監視に回る。

アブドーラの勤め先は柴又一丁目にある二十四時間営業の牛丼チェーン店だった。勤務時間は午後三時から同九時まで。店内や厨房に監視用のカメラを設置するのは困難だが、それでも同じアラブ系の客が出入りするのを無視することはできず、道路を挟んだ向かい側から監視する。休憩時間は既に把握しているので、その間は裏手に回り、勝手口で小休止を取るアブドーラを見張る。小型の集音マイクを仕掛けたので、道路一つ隔てても携帯電話での会話は聞き取れる。

幸運だったのは牛丼チェーン店の向かい側が喫茶店だったことだ。窓際の席に座り、コーヒー数杯で三時間は粘れる。さすがに六時間もいると店員が胡散臭げに思うだろうが、こちらはリストラの通告を受けて行き所なく時間を潰しているサラリーマンに扮しているので、違和感はないはずだった。

こうしてアブドーラの勤務風景を眺めていると、公安部の監視対象という括りを外して外国人労働者の実態が浮かび上がってくる。時給の低い仕事、単純作業の反復、深夜労働。こうした忌避されがちな作業に従事する者に外国人労働者は少なくない。二十四時間営業のファストフード店やコンビニエンスストアの深夜帯では、この割合がもっと高くなる。

そのくせアブドーラの勤める牛丼店には、日中リクルート姿の若者たちが疲れた顔でやってくる。生気のない目でスマートフォンを弄っているのを見ていれば、彼らが未だ就活に追われているのが分かる。そしてカウンターの反対側ではアブドーラたち外国人労働者が額に汗して働いている。

この国の縮図だと幣原は思った。人手不足で求人はひっきりなしだというのに、日本人の若者は自分に合った仕事がないと倦み飽き、外国人労働者は呆気なく職を獲得する。

不意にスマートフォン片手の若者が秀樹に重なって見えた。院へ進んだのは就活にあぶれたのが原因だったが、あの時無理にでも職に就いていれば、テロリストに志願することもなかったのではないか。

いったんそういう目で見てしまうと、アブドーラの見方が変わってくる。公安部の刑事としてはテロリスト、そして我ながら勝手だと思うが一人の父親としては息子の職を奪った外国人労働者。もちろんアブドーラには彼なりの背景や事情があるだろう。イスラムの地で指導者からどのような薫陶を得、どんな経緯で来日したのか。ナジャフに残してきた家族とはどう折り合いをつけてきたのか。彼もまた教義のためには自爆テロも辞さない狂信者なのか——。

そこまで考えてから、幣原は慌てて頭を振る。

監視対象に感情移入すれば目が曇り、判断力に支障を来たす。公安部の刑事には厳として禁じられていることだ。明文化されているものではないが、長く勤めているうちに禁則であるのが分かってくる。

こんな基本的なことさえ忘れてしまったのかと、幣原は自分を張り倒したくなる。家族が世間からの誹謗中傷に耐え、自身が職場での信頼を回復させようとしている時期に何という体たらくか。

ウエイトレスの持ってきたコーヒーは、とっくの昔に冷めていた。

午後五時、アブドーラの監視を交代し、自宅に戻る。官舎を取り巻く報道陣の数は一向に減っていない。いつも通り、素知らぬ顔で敷地に入ろうとした途端、いきなり横からマイクを握った女に捕まった。

「この宿舎にお住まいの方ですよね」

どうやらワイドショーかニュース番組のレポーターらしい。三十代半ばの長髪、背は低いが負けん気の強そうな女だった。

違うと否定しても根掘り葉掘り訊かれるのは分かっているので、当たり障りのない答えを用意した。

「そうですよ」

「ここ、警察関係者の宿舎ですよね。あなたもそうなんですか」

「ええ、一応」

「この宿舎に居住している警察官の子息で、テロリストに志願した青年がいますよね」

全国に報道された内容だ。知らないと言えば嘘に聞こえる。

「みたいですねえ。ニュースで見ました」

「あの、わたし東都テレビの伏屋(ふしや)という者ですが、お話よろしいでしょうか」

「済みません、急いでいるので」

「お家に帰るところなんだから、別に急ぎの用なんてないでしょう」

「あなた、ご結婚は？」

「まだ独身ですけど、そんなこと関係あるんですか」

「家で家族が待っているのも、立派に急ぎの用です。あなたも結婚したら分かる」

伏屋の目が俄に攻撃的になった。

幣原は胸の裡で舌打ちをする。無難にやり過ごすはずが、どうやら結婚云々の点で彼女の逆鱗に触れたらしい。

これも冷静が不安に駆逐された弊害だ。普段ならば相手の反応を考えて言葉を選ぶ幣原が、マスコミ報道憎しの感情から慎重さを欠いた。

「ひょっとしたら幣原容疑者のご家族をご存じなんですか」

「このマンション、世帯数多いですからね。ニュースでこの建物が映った時にはびっくりしましたけど、その家族は見たことも聞いたこともありませんねえ」

幣原の立っている場所から正面玄関まではほんの数メートル。オートロックだからエントランスに逃げ込めば伏屋も追ってこないだろう。だが、ここで慌てて逃げるような真似をすれば、自分が秀樹の家族だと勘繰られる惧れがある。

「聞いたことがないというのは、おかしいでしょう」

伏屋は執拗に食い下がる。

「さっきはニュースで見たと仰いましたよね。同じ建物の中にテロリストがいて、しかもここは警視庁の宿舎です。住人の間で話題にならない訳がないじゃないですか」

「いや、わたしは日中は登庁していますので、その間にどんな井戸端会議がされているのか見当もつかないんですよ」

「ご家族がいらっしゃるんでしょ。それなら奥さまからそういう情報とか噂話とかを伝え聞いたりしませんか」

「近所の噂話なんてくだらない」

幣原は関心なさそうに装う。

滅多にないことだが、尾行が対象者に勘付かれて往生することがある。そういう場合はひたすらとぼけて相手の疑いを晴らすのだが、その演技力がこんな時に役立つとは想像もしなかった。

「くだらないことでしょうか。警察官の家族からテロリスト志願者を出したニュースには、全国からも非難が寄せられています。本来、国民の生命と財産を護るはずの警察が、どうして身内からテロリストを出すのか。国民が警視庁とそこに勤める警察官に疑問を投げかけているんです」

揚げ足を取ってきやがった。

腹の中に黒い感情が湧いたが、幣原はすんでのところで押し留める。二度と同じ轍は踏むまい。怒らず、乱れず、淡々と受け流していればいい。

「同じ警視庁に奉職する身として、国民の声には常に耳を傾けています」

「それならテロリストの家はどこなのか、宿舎の中で犯人捜しが始まるはずでしょう」

「噂にしても犯人捜しにしても、わたしは聞いたことがありません」

「国民の声に耳を傾ける態度とは言えませんよね、それって」

「被疑者は既に釈放されています」

わずかに語尾が跳ね上がったが、これは許容範囲だろう。

「釈放された段階で、いったんは追及が終わったのです。これ以上、関連部署の担当者でない者が事件に関わる意味はありません」

「そうでしょうか」

伏屋は尚も食い下がる。

「警察が釈放したとしても、在アルジェリア日本大使館で犠牲になった人たちとその遺族は、幣原秀樹を決して許しませんよ」

その口調がいかにも当事者じみていたので、気に障った。

「伏屋さんでしたね。あなたは大使館事件で犠牲になった方々の身内か何かなんですか」

「違いますけど」

「違うのであれば、そういう言い方はしない方がいい。遺族でないのなら、彼らの本当の気持ちは分からないはずだ」

「わたしたちは被害者とその遺族の代弁者です」

伏屋の目が据わっている。まるで麻薬中毒患者のようだが、彼女が常用しているのはおそらく正義感という名の麻薬に違いない。

「幣原秀樹は大使館事件被害者とその遺族の敵であるばかりか、全国民の敵です」

何かに憑かれたような物言いだったが、彼女の周りに集まっていた他の報道関係者の誰一人止めようとしない。すると、これは報道陣全体の総意ということなのか。

「警察が許しても、わたしたちマスコミと国民が彼を許しません。大使館事件で、いったいどれだけの人が悔しがり絶望したか。何の罪もない国民がイスラム過激派の犠牲になった。それなのに、たった十五万円の給料でその過激派に参加するなんて、被害者と遺族の心を土足で踏みにじるようなものです。そんな人間は、当然何かの罪で罰せられるべきです」

　ヒステリックな口調に閉口する。伏屋が自己陶酔しているのも分かるが、聞くだに腹の虫が蠢き始める。

「ご高説は承りましたが、どれだけ熱心に尋ねられても、わたしには答えようがないので」

「それはつまり、宿舎の住人全員に箝口令が敷かれているということですか」

　正しくは宿舎ではなく官舎なのだが、もう間違いを指摘できるような雰囲気ではなかった。

　全国民の敵とまで罵られ、幣原の自制心も限界に近づいている。これが本当に大使館事件の被害者遺族の声ならまだしも、相手はその遺族の悲しみを電波に乗せて潤い、更なる悲劇と不安を渉猟しているハイエナのような連中だ。薄っぺらな正義や見せかけの愛国心ほど醜いものはない。声を聞いているだけでも不快感に襲われる。

「特に箝口令が敷かれている訳じゃありません。あなただって隣近所の住人全員の名前やプライバシーをご存じではないでしょう。それと同じです」

「こういう不祥事が起こると、警察は大抵身内を庇いますよね。それ、恥ずかしいとは思わないんですか」

　何が身内を庇うだ。

　庇われるどころか近所からは敵と認識されている。それにも拘わらず幣原家の個人情報が流出していないのは、偏に公安部の秘密主義と最低限の守秘義務が功を奏しているからに過ぎない。

「恥ずかしいのはどちらでしょうか」

「はあ？」

「地に堕ちた者がいれば嗤い、罪を犯した者がいればどこまでも蔑む。まるで世論を代弁しているような物言いですが、この国はそんなにも残酷で狭量なんですかね。それはひょっとしたら、あなた方特有の体質なんじゃありませんか」

言い捨てて、幣原は正面玄関に向かう。その肩を伏屋の手が摑んだ。

「まだお話の途中ですけど」

伏屋は自分の足元を見て、小さくあっと叫んだ。

「残念ながらここはもう敷地内です」

「入居者以外の第三者は警視庁の許可が必要です。無理にでも侵入し、再三の警告にも従わない場合は住居侵入罪が適用される場合があります。法定刑は三年以下の懲役または十万円以下の罰金ですが、東都テレビさんはそれでも突入を試みますか」

伏屋の手が離れる。

何とか撒くことができたか——安堵しかけた時、別の声に呼び止められた。

「お願いします！」

伏屋とは異なる、ひどく切羽詰まった調子の声だった。振り向くと四十代後半と思しき中年女性が、幣原を睨んでいた。野暮ったい服装から報道関係者とは思えない。

「知っていたら教えてください。幣原秀樹の家族は何号室に住んでいるんですか」

「失礼ですけどどなたですか。報道の方じゃないですよね」

「わたし、山際博美といいます。大使館事件で犠牲になった山際浩二の母親です」

名前を聞いて、ああと思った。在アルジェリア日本大使館占拠事件でイスラム過激派は人質四十名のうち三人を公開処刑したが、そのうちの一人が山際浩二だった。

全世界に中継された三つの公開処刑の中でも山際の死に様は一番見苦しかった。何故自分のような若者が殺されなければならないのかと抗議し、途中からはイスラム教へ改宗すると言い出し、挙句の果てには泣き叫ぶように命乞いをした。突然の死刑執行に身も世もない恐慌ぶりを晒したのは人として当然の反応だったが、だからこそひときわ惨めで哀れな最期だった。

「同じ日本人でありながら、あんな野蛮人の集団に志願するなんて。非国民という以前に被害者遺族として許すことはできません」

博美の目は異様な光を帯びていた。被害妄想かとも思ったが、どうやらそうではないらしい。

「幣原秀樹本人に会いたいんです。いったい、どんな気持ちで志願したのか。ご両親にも猛省を促したいです。今までどんな教育をしたらあんな人でなしに育つのか」

勘弁してくれ、と思った。

世界中に醜態を晒しながら公開処刑されたのだ。母親のやり場のない怒りは理解できるものの、秀樹の親とすればとばっちりのように思えてならない。もっともこれも秀樹の側に立っているからこその感想で、世間一般は博美に同情を寄せるのだろう。

「浩二はもうこの世にはおりません。考える限り、一番残酷な方法で殺されました。もうあんな悲劇は二度と起こってほしくないんです」

「心中お察ししますが……」

「でも、幣原秀樹のような軽薄な人間がいる限り、あの悲劇は何度も何度も繰り返されます」

「すみません。お気の毒だとは思いますが、本当にわたしは何も知らないんです」

博美の顔が落胆に染まる。

幣原は背中に痛いほどの視線を感じながら、官舎の中へと入っていった。

2

我が家の前に到着した途端、じわりと緊張感が襲ってきた。

この中に監視対象者がいる。

喫茶店でアブドーラを監視していた最中も、一時間おきに由里子へ連絡して秀樹が外出していないのを確認した。ここからは幣原自らが監視する時間帯となる。

ドアを開けると鼻腔にトマトの香りが広がった。トマト・スープか、それともパスタの類いか何かか。トマトを食材にした料理は秀樹の好物だ。してみると、これが一日遅れの釈放祝いのつもりだろうか。

「早かったのね」

キッチンから由里子が顔を出してきた。

「また定時に戻ったの」

「秀樹はどうしてる」

「自分の部屋と居間を行ったり来たり。ねえ、日中に何度も連絡あったけど、あれはどういう意味。秀樹が外出するのがそんなに心配なの」

少しだけ躊躇ったが、幣原は全てを打ち明けることにした。由里子に内密のまま秀樹の監視を続けても胡散臭がられるだけだし、これ以上隠し事を増やしたら夫婦の亀裂が深まるばかりだ。

「課長と話をつけてきた」

幣原が木津と交わした約束を説明すると、由里子の顔が見る間に険しくなった。

「家庭内の監視ですって」

「大声を出すな。秀樹に聞こえる」

「大声出さないから、ちゃんと事情を聞かせて」

由里子はキッチンのテーブルへと幣原を招く。こぽこぽと鍋が軽快な音を立てる中、幣原は由里子の対面に座る。

「家の中まで刑事のつもり」

「そうだ」

「わたしや秀樹が言ったこと、もう忘れたの。お父さんが公安部の刑事だったのはもうしょうがないにしても、せめて家の中でだけは父親でいてよ」

「それなら昨日みたいにまた盗撮・盗聴機器を仕掛けられたいのか。外出の度、刑事から尾行されたいのか。おれが家の中で秀樹を見張ることが、家族から監視を遠ざける唯一の方法だったんだ」

「監視がついているのは一緒じゃない。それがお父さんか他の人かの違いだけで」

「少なくともプライバシーは守られる。俺に知られて困らないことでも、他人や警察に知られたいじゃないの」

「あのね、秀樹を監視して、一切合財を課長さんに報告するんでしょ。秀樹のプライバシーを暴露するんでしょ。それだったら、暴露するのが秀樹一人なのか家族全員なのかという違いしかないじゃないの」

「家族全員を巻き込むのは避けなきゃならない」

「家族が一丸となって闘うっていう気持ちにはならないの」

由里子の口調は次第に詰問へと変わっていく。

「家族のために秀樹一人を晒し者にするって、いったいどんな感覚しているのよ。そういう考えだから秀樹や可奈絵から嫌われているって、まだ分からないの」

「嫌われようが好かれようが関係ない」

口にする時、ちくりと胸が痛んだ。

「今のままじゃ家族全員を護れない。それならなるべく多くを救える道を探す」

「それがダメだって言ってるのよ」

由里子は汚れたものを見るように顔を顰める。彼女がこんな風に自分を見るのは初めてのような気がした。

「家族だったら、父親だったらどんなに困難でも全員を護る手段を考えてよ。どうしてそんな時に、刑事みたいな言い方するのよ。こんなこと、四引く一は三みたいに簡単に計算することじゃないでしょう」

「簡単だと思うか」

由里子の言葉が熱を帯びてきたので、幣原も負けじと力を込める。

「お前の言う通り全員を護れるなら、とっくにそうしている。だけど俺は長年公安に勤めているから、彼らの執念深さと容赦なさを知っている。彼らは対象者に目をつけたら最後、どんなプライバシーでも暴き立てる。可奈絵にもし付き合っている男子生徒がいれば、その子のプロフィールまできっちり調べられる。現段階ではお義母さんの個人情報だって筒抜けだろう。確認した訳じゃないが、可奈絵がお義母さんに引き取られたことも、お義母さんの親戚についてもきっと調べられている」

話が多英に及ぶと、由里子はますますこちらを非難するような顔をした。

「お母さんは関係ないでしょ」

「血縁の事実だけで既に関係者だ。課長と話をつけない限り、対象者の範囲は拡大していく」

「公安部って病気じゃないの」

「そのくらい捜査しないと、組織を壊滅させられない」

「お父さんと仕事の話をしていると、ここが日本じゃないような気がしてくる」

「俺たちが追っているのは地下に潜っているヤツらだ。同じ仕事は世界中の警察や政府組織がやっている。日本は平和ボケしているから実感が湧かないだけだ」

幣原は仕方なく、由里子の弱点を突くことにした。

「一番気懸かりなのは可奈絵なんだ」

途端に由里子の顔色が変わる。

「お義母さんに引き取ってもらっても、外事第三課から狙われたらプライバシーもクソもない。

また学校に通うようになっても、登下校はもちろん授業中でもずっと見張られることになる。可奈絵がそんな仕打ちに耐えきれると思うか」

「そんな」

「可奈絵だけでも平穏な状態を保障してやりたい。そのためには俺が秀樹を監視し続けるより他に方法がないんだ」

由里子の顔からゆっくりと非難の色が消えていく。

「……そんなことが、いつまで続くの」

「〈啓雲堂〉の事件では他に店主の大滝とジャハルが、まだ取り調べ中だ。二人が知っていることを洗いざらい吐いたら、秀樹を泳がせておく意味も薄くなる。完全になくなる訳じゃないが、そうなったらこの家に関する外事第三課の興味も薄れて監視する必要もなくなる」

「その二人の調べはどこまで進んでいるのよ」

「分からん。取り調べ継続中は同僚にも詳細は知らされないから、それは待つしかない」

「長くなる可能性もあるのね」

「主犯グループはもう検挙されている。それほど悲観することもない」

実際、大滝とジャハルについては送検された上で起訴されるだろうというのが、幣原の個人的な見解だ。起訴後であっても捜査と取り調べは継続される。二人には裁判闘争を視野に入れた駆け引きが続けられ、アメと鞭を駆使した心理戦が予想される。どのみち二人は捜査と裁判両方を通じて、持ち得る限りの情報を吐かされるだろう。

「せめて秀樹には黙っていて」

由里子は不承不承ながら納得した様子だった。

「家の中でも見張られているなんて知ったら、それこそ修復が利かなくなっちゃうわ」

修復という言葉がすんなり出ることから、幣原家に大きな亀裂が走っているのは由里子も自覚しているのだろう。秀樹への監視を内密にする件は、幣原も同意だ。

「もちろん本人には秘密だ。その代わり、俺が仕事で出ている時はそれとなく秀樹の行動を探ってくれ。もし外出したらすぐに俺のケータイへ連絡するんだ」

明らかに気乗り薄な様子だったが、由里子は承諾の印に頷いてみせる。

しかし、この約束はあまり意味がないのではないかと幣原は考えている。秀樹も馬鹿ではない。一緒に暮らしていれば、父親が自分を監視していることに早晩気づくだろう。家の外で尾行されるのならまだしも、家の中では幣原の尾行術も役に立たない。

監視の事実が秀樹本人に発覚しても構わない。重要なのは秀樹が幣原の管理下にあり、外事第三課の出る幕はないと思い込ませることだった。

「夕飯はまだみたいだな。この献立、あいつの好物なんだろ」

「昨日は急に釈放が決まったものだから、用意してなくて」

「俺が呼んでくる」

夕食だからと呼びに行くのは、もちろんそれにかこつけて秀樹の様子を見るためだ。由里子はそれを知ってか知らずか、幣原に冷たい目を向ける。

秀樹の部屋からは明かりが洩れていた。つい職業柄、足音を殺して聞き耳を立ててしまう。

秀樹も可奈絵も専用のパソコンを持っている。スマートフォンの普及でパソコンを扱えない子供が激増し、これでは就職後に困るだろうと買い与えたのだ。

だが秀樹のパソコンとスマートフォンは逮捕直後に押収され、捜査支援分析センターによって徹底的に解析が進められた。釈放時に押収物の返還請求をしたから直に戻ってくるはずだが、それまではシリコンとは無縁の生活を強いられる。

一度、可奈絵がスマートフォンを紛失した時は大変だった。「スマホがないと一日だって生活できない」と大騒ぎだったのだ。デジタル・ネイティヴと呼ばれる世代は多くがそんな風だという。

パソコンもスマートフォンも押収された秀樹が、一人部屋の中で手持無沙汰をどう解消しているのかは、監視対象でなくても興味あるところだ。

聞き耳を立てても大きな物音は確認できない。おとなしく本でも読んでいるのかと一歩近づくと、いきなりドアが開けられた。

「人の部屋の前で何してるんだよ」

秀樹の目もひどく非難めいていた。官舎の住民は幣原家の人間を敵と認識し、家族は幣原を敵と見做(みな)しているということか。

「呼びにきた。夕飯だ」

「それなら、もう少し離れたところから声掛けたらいいだろ。どうせスマホを押収されているから音楽も聴いてないしな」

秀樹は道端の糞を見るような目で幣原を睨む。

「どうせ聞き耳立てて、俺が何をしてたのか探っていたんだろ」

「何を言い出すかと思ったら……」

「それで取り繕ったつもりかよ。親父が定時に帰っているのも、俺を家の中で監視するためなんだろ」

やはり馬鹿ではない。誤魔化しが利かないのなら膝を突き合わせて話すしかない。

「話がある。入るぞ」

「部屋に入らないとできない話なのかよ」

「お母さんに聞かれてもいいのか」

秀樹は唇を不服そうに歪める。テロリスト予備軍として逮捕されても、息子の弱点は母親とみえる。

半ば強引に部屋の中に入ると、本棚とベッドの位置が昨夜と変わっている。コンセントのカバーも外されたままでひどく雑然とした印象を受ける。

「何だ、この散らかりようは」

「盗聴器を探している最中だった」

「あれからチェッカーで徹底的に探したんだ。もうどこにも仕掛けられていない」

「分かるもんか。同じ公安だろ」

「どういう意味だ」

「全部撤去したように見せかけて、一つだけ残しておく。親父が使いそうな手じゃないか」

「俺がそんなことをすると思うか」

「言ったじゃないか。あいつらと同じ公安の刑事なんだ。だったらそれくらいは余裕でやるだろ」

　秀樹の取り調べ担当者は口も足癖も悪かったが殴りはしなかったという。当然だ。いくら被疑者でも怪我をさせたことが明らかになれば、後々になって追及されかねない。それでも秀樹が取り調べに対して憾みがましく愚痴っているのは、よほど酷い言葉を浴びせられたからだろう。

「親父もあんな風に容疑者を取り調べたのかよ」

「仕事だ」

「相手の人格無視したようなこと、平気で言うのか」

「お前の取り調べ担当者が何をどう言ったのかはしらんが、俺の場合は対象がほぼ全員外国人だ。カタコトの日本語とカタコトの外国語、そうじゃなけりゃ通訳を介してのやり取りだ。相手が顔色を変えるような罵倒言葉なぞ使えん。いったいお前は何を言われたんだ」

「言いたくない」

「家族のことを悪し様に言われたか」

　秀樹は唇を噛む。返事がないところをみると図星のようだ。

　秀樹が言葉を弄するタイプの人間でないのは少し話せば分かる。こういう人間から本音を吐き出させるには、まず怒らせ、そして脅かすことだ。そして秀樹を怒らせるのなら、本人よりも家族を罵った方が有効であるのも、すぐに察しがつく。

「親父も相手の弱みにつけ込むのか」

「尋問の基本だ。公安部だけじゃなく、普通の刑事だって同じことをする」

「刑事って最低だな」

吐き捨てるように言われると、さすがに腹が立った。その刑事の給料で生活し大学院までいかせてもらったのは誰だ――喉元までせり上がった台詞だったが、口にすれば己の価値を下げてしまうのが分かる程度には自制心がある。

「その最低の刑事たちが相手にしているのは犯罪者だ。特に公安部は日本国の敵を相手にしている。高潔なだけじゃ対抗しきれない」

「日本国の敵。そのうちの一人が俺ってことか」

「昨夜は中断したが、お前がイスラム国に参加しようとした本当の目的は何だ。イスラムの教義だとか欧米諸国の傲慢さだとか、プロパガンダ引き写しのメッセージじゃなく、お前の言葉で言ってみろ」

再び同じ質問をしたのには理由がある。秀樹自身は否定したものの、この世間知らずをイスラム国に誘った人間が必ず存在する。それが〈啓雲堂〉の店主大滝なのか、それとも別の誰かなのか。それを訊き出すことができれば、それだけ秀樹を監視し続ける理由が消滅していく。

「誰に唆(そそのか)された」

「くどいよ、親父。そんなヤツいないって」

「お前にそんな思想的なポリシーがあったとはとても思えん」

「それは、親父が俺のことを知らないからじゃないか」

「思想にかぶれたヤツの言い方にはもっと熱がこもっているもんだ。心底から傾倒しているヤツの言葉にはもっと説得力がある。今まで多くのテロリスト予備軍を相手にしてきたから、それくらいの判別はつく。お前はどちらでもない」

「放っとけよ、そんなの」

「息子だ。放っておける訳がないだろう」

「公安の刑事の息子だからな。そりゃあ放っておいたら、色々とまずいだろ」

「まるで中学生みたいな拗ね方だな」

「何だと」

「お前の軽はずみな行動で、家族がどれだけ迷惑を蒙（こうむ）っているのか自覚しているのか。俺のことはいい。お母さんや可奈絵に関してだ」

　ふたりの名前を出されると、秀樹は急に黙り込む。この素直さが取り調べ担当者に利用されたのが容易に想像できる。

「釈放された時、お前の顔を隠すのにお母さんがどれだけ必死だったか分かっているのか。テロリストの妹だと言われて学校中からイジメを受けた可奈絵の気持ちが分かるか」

「それは……」

「ここは警視庁の官舎だから、入居しているのは全員警察官とその家族だ。テロリストの家族を出したウチがどんな扱いを受けるか、外へ出なくても大方の予想はつくだろう。それでなくても敷地の外では報道陣が十重二十重に取り巻いてお前と家族のショットを狙っている。マスコミだけじゃない。さっきは大使館事件の被害者遺族から因縁をつけられた。この国の人間でイスラム国の兵士に応募するのは非国民以前の問題だそうだ。お前のような軽薄な人間がいる限り、大使館事件のような悲劇は何度も繰り返されるそうだ」

「そんなのお門違いだ」

「向こうはそう思っていない。応募した時点で、お前もイスラム国の一員にされている。その家族である俺たちも同罪なんだ」

「俺にどうしろっていうんだよ。この家出ていけって言うんなら明日にでも」

「そんなことしたって問題は一ミリも解決しない。マスコミは変わらず家族の情報を得ようとするだろう。可奈絵のクラスメートからは、既に情報が洩れているかもしれない。どんなに逃げたところで、追うヤツは必ず追ってくる」

幣原は秀樹を睨みながら間合いを詰める。こうして迫れば、息子はヘビに睨まれたカエルで決して父親の言うことには逆らえない。昨夜の秀樹との会話で思い出した。中学生時代、タチのよくないクラスメートとつるんで深夜まで遊び歩いていたのを、こんな風にして退路を断ってから殴った。それで秀樹の非行紛いの行為はすっかり影を潜めた。

今でも有効だと思っていた。

「さあ、話せ。いったい誰がお前にくだらん思想を吹き込んだ」

秀樹の両肩を捕まえて逃がさないようにする。

予想外のことが起きた。秀樹がひと振りすると、幣原の手は呆気なく外れた。

体格に見合わない力だった。いや、見合うも何も、息子の腕力がいつの間にか自分と同等かそれ以上になっていることが驚きだった。

「放せよ、親父」

驚きはすぐ別の感情に転化した。

「親に逆らう気か」

「あんたは父親でも何でもない。ただの公安の刑事だ」

そのひと言で自制心がぐらりと揺らいだ。

昨夜だったら聞き流すこともできた。今朝聞いたとしても同様だったろう。

しかし東都テレビの伏屋や被害者遺族の博美から詰問されたことで、自制心に罅が入っていたらしい。

俺がこれだけ心を砕いているのに。

職場で数えきれないものを犠牲にしているというのに。

ほとんど反射的に右の拳が出た。あっと思った時には秀樹の頰を捉えていた。

鈍い音とともに秀樹の身体が大きく傾く。

少し遅れて幣原は脇腹に鈍痛を感じた。

秀樹の右足が脇腹を蹴っていた。体勢を崩したのと同時に右足を跳ね上げていたらしい。ものの弾みではなく、明らかな逆襲だった。あまりの痛さに幣原は膝を屈する。

見上げると、息子の晴れ晴れとした顔があった。

「……いつまでもガキだと思ってんなよ」

自制心が更に綻びた。幣原は秀樹の腰に手を回し、己の体重をかけて床に倒す。段こそないが、週に一度は警視庁の道場で汗を流している。逮捕術の応用はお手のものだった。

「お前は今でもガキだ」

馬乗りになって、もう一度頰を殴る。

「違うっ」

「違わないっ」

そして右腕を振り上げた瞬間、横から猛烈な勢いで突進されて幣原の身体は床に転げた。

「あ、あなたたち何をやっているの」

目を向けると、由里子が秀樹を抱き起していた。

「怒鳴り声がするから何かと思えばこんな……どうして」

「家の中でも取り調べ続行なんだってさ」

口の中が切れたのか、秀樹の唇からは血が流れていた。

「何で家の中で、こんなことしなきゃならないのよっ。家の外があんな風だから、せめて家の中くらいは平穏にしておきたいと思ってたのに」

幣原の胸の中は憤怒と後悔、使命感と自己嫌悪が綯い交ぜになっていた。いくつかの言葉が浮かぶものの、どれもこの場には相応(ふさわ)しいものと思えなかった。

「はっきりしなきゃいけないことがある」

やっと搾り出した言葉がそれだった。

「いつも外では、そんな風に仕事しているの」

「お前には関係ない」

「関係ないなら出ていって。この家に必要なのはお父さんで、刑事じゃない」

由里子はそう言うと、秀樹の手を引っ張って部屋を出ていった。

後に残された幣原は、腰を落としたまま床を睨んでいた。

脇腹の疼痛がまだ続いていた。

3

「口の中、見せて」

キッチンまで秀樹を引っ張ってきた由里子は、まるで手術が必要な大怪我をしたといった様子でこちらの顔に触れてくる。大袈裟だと思ったものの、勇一郎に殴られた左頰は存外に痛むので、触られた瞬間反射的に手を払い除けた。

「血が出てるのよ」

「知ってる」

頰の感覚が痛みで麻痺していても、鉄錆の味が広がっているので口の中が切れているのが分かる。舌でなぞると、内側に亀裂を見つけた。小さな亀裂らしいので、こちらは放っておいても、直に塞がると思えた。

由里子は湿布薬を頰に貼りつける。ひやりとした感触が激痛を疼痛に変える。ずいぶん昔、こんな風に手当してもらったのを思い出す。最後に殴り合いの喧嘩をしたのは中学二年の頃だったはずだ。相手は家族ではなく、同じ学校の生徒だった。思い出そうとしたが、不思議に顔も名前もすぐには浮かんでこない。

父親が殴り掛かってきたのは予想の範疇だったが、意外だったのは勇一郎の拳だ。いつからか父親の背を越し、体力も自分の方が勝っているとばかり思っていたのに、その拳は思いのほか破壊力があった。

広がる痛みとともに、奇妙な安心感があった。

親父、まだいけるじゃないか。

「もう、家の中でこんなことはやめて」

秀樹の思惑とは別に、由里子は怒気を孕んだ声で抗議する。

「先に殴りかかってきたのは親父の方だよ。俺は別に……」

「あんたは全然悪くないって言うの」

「何がだよ」

「お父さん、脇腹押さえてたじゃない。あんたも反撃したんでしょ」

「弾みたいなもんだよ。倒れる時に足が出て、親父の腹に当たった」

しかし由里子は、そんな言い訳など聞く耳を持っていないようだった。

「お父さんのやり方にも問題があるけどね。そもそもあんたが妙な募集に応じたのが原因だったんじゃないの」

「妙な募集って何だよ。自分の知らない宗教や組織だからって色眼鏡で見んなよな」

「ええ、知らないわよ、イスラムなんて。何が悲しくて親戚の間に一人の信者もいないような宗教にあんたがハマらなきゃならないのよ。いくら就活が大変だからって、何で月給十五万円ぽっちの兵隊に志願しなきゃいけないのよ」

テーブルを挟んで対面に座った時から警戒するべきだった。由里子がこんな風に自分を座らせる時は、大抵説教を始める前兆だった。

警視庁公安部の尋問を受けた被疑者に今更説教か――母親の顔でくどくどと話し始めた由里子

を、秀樹は白けた気持ちで見るしかない。

「月給十五万円以上なら、飲食業だろうが宅配業だろうが、何だってあるじゃないの。あんた大学院生なんでしょ。だったら家庭教師の口だって探せば見つかるはずじゃないの」

「カネの話ばっかりじゃないかよ。働き甲斐とかはオフクロの頭にはないのかよ」

「人殺しのどこが働き甲斐よ。バカも休み休み言いなさい」

「だからさ、イスラム国に参加してシリアに派遣されたところで銃を持たせてもらえるかなんて分からないんだってば。俺なんて日本人の中でも華奢な方だから、パソコンだとかYouTubeで動画作るような部署に回されるに決まってるって」

「あんたって子はホントにバカなのね。大学院までいかせてこんなんなら、泣くに泣けないわ」

今まで感情を溜め込んでいたのだろう。一度口を開くと、由里子はとめどなく叱責の言葉を吐き出した。

「ほとんど毎日流されているイスラム国のニュース、あんた見たことないの。元々イスラム国の兵士ならともかく、募集でほいほい集まってきた欧米人やアジア人なんて、女は性処理の道具、男は人間の盾に使われるのが関の山なのよ」

「それも偏見なんだって。向こうだって兵士が不足しているから、わざわざ全世界に向けて募集をかけているんだぜ。電子工学が得意なヤツや編集作業に秀でたヤツなら、当然そういう特技を見込まれて適材適所に配属されるさ」

「じゃあ、あんたには戦争に役立つどんな特技があるっていうのよ。せいぜいネットでどこかのサイト眺めるか書き込むかくらいでしょう」

喋りながら由里子の表情は歪んでくる。自分の感情を理性が抑えきれず、顔に出てしまっている。

秀樹は半ばうんざりしながら由里子の顔を見つめる。さすがに怖いという印象はないものの、母親にそういう顔をさせている自分が情けない。思えば秀樹が物心つく頃から由里子の怒り方は変わっていない。中学生の時分、素行のよくない友人とつるんで補導された際も、就職ができず大学院に留まることが決まった際も、由里子は怒りを溜めるだけ溜めてから一気に放出した。

良妻賢母であろうとしているのは、子供の目からも明らかだった。感情を顔に出さず、常に冷静でいようとしているが、元々そういう性格ではないのでどうしても無理が生じる。そして何かのきっかけで感情のマグマが噴き出すといった具合だが、叱られる方は堪ったものではない。これくらいなら普段から物分りが悪く、叱る時には拳骨一発を見舞う父親の方がよっぽど後腐れがないと思う。

「お母さんだってね、あんたが逮捕されてから何も調べなかった訳じゃないのよ。イギリスとかフランスとか、自分の国で自分を認めてくれないって駄々をこねた子たちがイスラム国に志願して、結局はいいように利用されて人生を棒に振っているだけじゃない。イスラム国とか名乗ってるけど、あんなの国でも何でもなくて、ただ野蛮なだけのテロリスト集団じゃない」

「それじゃあ、偏向したマスコミに躍らされているその他大勢と一緒じゃんか。たまにはアルジャジーラの報道とかも見ろよ」

「人を殺さなきゃ言い分を通せないなんて、ヤクザよりタチが悪い。そんなの偏向でも何でもない、真っ当な見方よ」

そう言われると返す言葉がない。

母親というのはどこもそうなのかもしれないが、由里子は勇一郎と違って知っている語彙が少ない。だから理屈を闘わせれば秀樹が勝つ。ところが由里子の方は理屈を闘わせようなどという気はさらさらないらしく、息子を叱責する時には常識論ばかりを振り翳してくる。

母親の繰り出す常識論は最強だ。就職もできず、未だに親の脛を齧っているという自覚があるから抗いようがない。

「確かに真っ当な見方じゃないかもしれないよな、少なくともこの国じゃ」

母親の常識論に立ち向かうには、屁理屈しかない。自分でも次元が低いと思うが、この場から穏便に逃げ去るにはこれより他に手段を思いつかない。

「この国じゃあさ、俺の個性っていうか実力を生かしきれないんだよ。何社か企業説明会や面接を受けて悟ったんだ。どこもかしこも学歴や筆記試験の点数を重視しやがる。そんなのが仕事に何の関係があるっていうんだ。どうせ入社してから何年もかけて社員教育するんだから、そんなものどうでもいいじゃないか」

喋っていて顔が熱くなる。自分でも負け惜しみであるのが分かっているからだ。

「あんた、それ本気で言ってんの」

由里子の声が更に尖る。こうなるのは織り込み済みだ。一度激昂した由里子は溜め込んだものを全部吐き出さない限り平常に戻らない。

常々不思議に思っているのは父親と母親の関係だ。家の中ではさほど雄弁でもない勇一郎は、どんな風に由里子を制御しているのだろうか。由里子の話を信じる限り、勇一郎は自分が公安部の刑事であることを今までに告げたことがないらしい。まさか給料さえ運んでくれれば夫の仕事の内容などどうでもいいと思うはずもなく、普通なら由里子も疑問に感じただろう。それにも拘わらず秀樹が逮捕されるまで知られなかったのは、由里子の好奇心を抑えるほど勇一郎の威厳があったということなのか。

「あんたがこんなに世間知らずだなんて。これじゃあ、何のために院までいかせたか分からない」

大学や大学院にいったからといって世間が分かるとは限らない。所詮、学校の中は特殊な閉鎖空間で、習うことも世知ではなく知識だ。教鞭を執る者も常識人はあまりいなかったように思う。

「俺は、この国の規格に合わないんだよ。就職できたとしても給料を稼ぐのが精一杯で、自分の理想を追求できやしない。個性を出そうとしたら打たれる。それこそ社畜になって働くしかない。そういうのは嫌なんだよ」

「そういう生意気は、ちゃんと就職してから言いなさい」

「就職する前から分かるさ。親父を見れば」

由里子の顔に険が走る。同時に、秀樹もしまったと思った。

ここで勇一郎の話を持ち出すつもりはなかった。

「お父さんの仕事がどうしたっていうのよ」

追い詰められれば、言葉を濁す訳にもいかなかった。やむを得ず、秀樹は言葉を続ける。

「刑事は刑事でも、みんなが知っているような仕事じゃなかった。泥棒や人殺しみたいなはっきりした犯罪者を捕まえるんじゃなくて、思想犯とか過激派とか、物差しの加減や国の考え方で有罪にも無罪にもなるような人間を取り締まる部署だった。今だから言うけどさ。取り調べで刑事が俺から引き出そうとしたのは、仲間がいるかとか、リクルートするのは誰だとか、そんな話ばっかりだ。俺がしたことの善悪を問うのじゃなくて、あくまで情報を欲しがっていた。情報を得るためには、同僚の部屋に盗撮や盗聴の装置まで仕掛ける。あんなの警察じゃない。ただのスパイだ。親父はそのスパイの一員だった。だから今の今まで自分の所属をオフクロにさえ打ち明けなかった。自分の仕事が家族にも話せないのを知っていたからだ」

「それはちゃんとお父さんから説明があって。自分の身分を知られたら、いつ容疑者に公安部の存在を嗅ぎつけられるか分からないから、仕方がなかったんだって」

「ほらみろ。やっぱりスパイの仕事じゃないか。家族にも話せない職業なんて最低だ」

次の瞬間、右頬に平手が飛んできた。ひらりと軽やかだったが避けきれなかった。

叩かれた瞬間、じんと痛んだ。理由は分からないが、勇一郎の拳よりも痛いように感じた。

「何てこと言うのよ」

少し涙声だった。

「お父さんが働いてくれてるから、あんた大学もいけたのよ」

大学を希望したのは秀樹の意思だから、これは分が悪い。

「オフクロのことだからそう言うと思った。殴ったのも予想通りだ」

右頬のひりつきに同調したのか、左頬の疼痛がぶり返してきた。

「キリスト教徒でもないのに、どうして両方ともぶたれなきゃいけないんだか。やってらんないよ」

殴られたのは、話を終わらせるちょうどいいきっかけだった。秀樹は椅子から立ち上がり、廊下に向かう。

呼び止められたが、返事をすればまたぞろ説教の繰り返しになる。聞こえないふりをしてキッチンを出る。

「秀樹」

書斎を横切り、自分の部屋に籠もる。しばらく聞き耳を立てていると、勇一郎がキッチンに入って由里子と話をし始めたようだ。どうせあの流れなら、由里子は勇一郎に矛先を替え、またぞろ感情を吐き出さずにおられないだろう。

家族にも秘密を貫き通してきた父親と、溜まった感情を吐露せずにはいられない母親。あの二人がどうして今まで夫婦でいられたのか。考えれば考えるほど分からない。

それにしてもやはり衝撃を受けたのは、父親が公安部の刑事だった事実だ。逮捕された際、高頭との間に交わされた言葉でそうと知ったのだが、その瞬間に足が止まった。ただの警察官として認識していた秀樹にしてみれば、あれこそが青天の霹靂だった。もし事前に知っていたなら、あんな計画は立てなかった。〈啓雲堂〉などには立ち寄らず、もっと別の手段を考えただろう。

二人が当分キッチンから出てくる様子がないので、秀樹は可奈絵の部屋に足を踏み入れる。本人が不在で助かった。もし部屋にいたら、いくら実の兄妹でもおいそれと許してくれないかもしれない。

秀樹は持参したドライバーで、早速部屋のコンセントに屈み込み、カバーを外す。裏側を確認して盗聴器が仕込まれていないかを確認してからカバーを戻す。

次に部屋を見渡し他に盗撮・盗聴機器が埋め込まれていないか、壁に顔を近づけて探っていく。勇一郎は昨夜の時点で、チェッカーなる機械で全ての部屋を調べ終えたと言った。だが痩せても枯れても勇一郎は公安部の刑事だ。言ったことをそのまま鵜呑みにはできない。家族に内緒で一つか二つかは残しているかもしれないではないか。

実の父親に対してさえ猜疑心を抱かざるを得ないほど、公安部の取り調べは執拗でしかも陰湿だった。その一員であるというだけで、既に勇一郎は信用できない。

取り調べの際、担当の刑事と交わした言葉一つ思い返すだけではらわたが煮えくり返る。思想信条はもちろん、大学の友人、高校時代の友人、そして家族についてイスラム国と関わりがあるのかないのかを根掘り葉掘り訊かれた。高頭という刑事に至っては、黙秘を続けるなら友人・知人にも累が及ぶと脅してきた。

だが幸か不幸か秀樹は〈啓雲堂〉を訪ね、大滝と二、三言葉を交わしただけでイスラム国の詳細を聞かされた訳ではない。知りもしないことを答えるのは不可能であり、結果として秀樹はほとんど公安部の喜ぶような情報を提供できなかった。

ところが、あろうことか公安部は秀樹の供述を最初から疑っているようだった。知らぬ存ぜぬを通しても、機密を秘匿しているとしか考えつかなかったらしい。自分が存外早く釈放されたのは、おそらく泳がせるためであろうことは秀樹にも察しがついた。

部屋には可奈絵の匂いが染みついていた。可奈絵がまだ幼稚園に入る前に発していたミルク臭さとはほど遠かったが、どこか懐かしさを感じさせる。年頃だろうが何だろうが、やはり異性というより家族なのだ。

四方の壁と天井、そしてベッドの下まで隈なく調査し、それらしいものが見当たらないのを確認して、ようやく秀樹はベッドの端に腰を据える。可奈絵所有のパソコンは本人が持ち去ったので、部屋には見当たらない。もし残っていれば、それも情報が盗まれていないか調べる必要があった。

今頃、可奈絵は何をしているのだろうと想像した。可奈絵は幼い頃から多英に懐いていたから、一時避難として同居することには何の問題もないだろう。問題はそれがいつまで続くかだ。

自分はクラスでも浮いている方だと、可奈絵が言っていた。理由は秀樹にも察しがつく。可奈絵は昔から自己主張が明確で、嫌なものは嫌、間違っているものは間違っていると、はっきり口にする人間だった。

今がそういう時代なのかそれとも可奈絵のクラスがそうなのか、はっきり意見を主張する人間は疎ましがられる。きっと大半の人間が望んでもできないことだからだろう。

そして疎ましい人間に対する反応はいつでも同じだ。無視するか、徹底的に排除する。秀樹自身、覚えがあるから合点もする。十三歳から十五歳まで。なりたい自分と現実の自分の乖離に嫌気が差し、十人並みを嫌う癖に十人並みにもなれないと鬱屈する年代だ。心細いから徒党を組みたがり、組んだら組んだで、仲間にならない者を排斥したがる。グループに所属しないのは全てのグループに反旗を翻すことと同義だった。

可奈絵がクラスで浮くのも無理ない話だった。その上、可奈絵は一人でいることに恐怖を覚えない性格だったから、余計に敵を作る結果となった。由里子がぼやいたことによれば秀樹の逮捕が報道された日も、可奈絵は『今日がこんな日だから行く』と言ったらしい。

『今日、行かなかったら逃げたと思われる。あいつら、逃げた人間には余計に容赦ないから』

逮捕された際、報道各社は秀樹の名前を公表した。幣原という苗字は珍しいから可奈絵のクラスでは、すぐに秀樹との関係が発覚する。イジメの理由としては格好の材料になる。それにも拘わらず登校したというのだから、可奈絵の覚悟は推して知るべしだ。

ずいぶん無理をしている、と思う。元々、可奈絵はそれほど強靱な性格ではない。思ったことをはっきり口にするのと性格の強さは比例しない。可奈絵の場合はいくぶん虚勢に近いところがあり、本人が言うほどには肝が据わっていないのだ。虚勢を張り続けなければ心の芯が折れてしまうので、崖っぷちで必死に堪えているような印象がある。

無論、秀樹は可奈絵がそうせざるを得ない理由も知っていた。これはおそらく由里子も詳しくは知るまい。可奈絵本人と秀樹だけが裡に秘めた出来事だったのだから。

秀樹が十四歳、可奈絵が八歳の秋だ。可奈絵は新しいクラスで早速イジメに遭っていた。イジメの理由は、別のクラスメートが苛められているのを見た可奈絵が、担任に訴えたというものだったらしい。

当時可奈絵の通っていた小学校と秀樹の中学校は近接しており、通学路は全く同じだった。だから下校途中の秀樹がその現場を発見したのも、ある意味では必然だったのかもしれない。

その日、秀樹が帰路に就いていると途中の公園で小学生女子たちの一群を見た。普段なら見過ごしたであろう彼女らの姿が目に留まったのは、その中に可奈絵が交じっていたからだ。

公園の端には小規模ながら林があり、可奈絵たちはそこへ消えていく。それだけならまだ秀樹の関心を呼ばなかったのだが、可奈絵がひどく顔を強張らせていたのが気になった。加えてその一団からは、何やら不穏な雰囲気も漂っていた。

秀樹は公園に足を踏み入れ、可奈絵たちの後を追う。

小規模ながら高い杉の木々で形成された林は陽光と人目を遮断するにはうってつけだった。そのため、時折変質者が出没することでも有名な場所だった。

お前ら、そんな場所に何をしにいくんだ。

下草が繁茂する中を分け入っていくと、間もなく可奈絵たちを見つけた。

あっと思った。

可奈絵の他には同級生らしき女子が四人。その四人が可奈絵を取り囲んでいる。

可奈絵は四人から突かれていた。

「何よ、自分だけいいカッコして」

「あたし、前からあんたのこと嫌いだったんだー」

「隣の席の広大(たけひろ)くん、ちらちら見てさ。ちゃんと知ってんだから」

「得点稼いで嬉しい?」

ねちねちと嫌味を言われながら突かれているが、四方を囲まれているため可奈絵は彼女たちの包囲網から抜けられない。

可奈絵の顔が不安と嫌悪に歪んでいる。秀樹は無意識のうちに進み出ていた。

「何やってんだよ、お前ら」

努めて平静な声を上げたつもりだったが効果は絶大だった。四人はぎょっとしてこちらを振り向き、可奈絵だけは地獄で仏に会ったような顔をした。

「この林、変なオッサンが出没するんだろ」

苛めている方も苛められている方も八歳の女の子だ。妹に集中砲火を浴びせていたことに言及しないのは、秀樹なりのせめてもの気遣いだった。

「そいつ、俺の妹なんだ。物騒だから連れて帰るな」

そう宣言して四人の輪に近づく。そっと輪の隙間から手を伸ばし、可奈絵の腕を摑めばそれで万事収まるはずだった。

ところがそこに伏兵が潜んでいた。

「俺がちゃんと見張っているから物騒じゃねえぞ」

野太い声に振り向くと、真横の茂みからのそりと黒い人影が現れた。黒いのも道理、相手は秀樹と同じ学生服を着込んでいた。

秀樹と同じ中学に通っているらしいが、初めて見る顔だった。おそらく上級生なのだろう。秀樹よりも頭一つ分上背があり、にきび面がひどくふてぶてしく映った。よく見れば四人の中の一人と顔の造作が似ていた。

「こいつらはこいつらで話し合いの最中なんだ。兄貴だからって口出すなよな」

形勢逆転。どうやら四人は用心棒を雇っていたらしく、今度は彼女たちがほっと安堵の表情を浮かべる番だった。だが秀樹もおめおめと引き下がる訳にはいかない。

「何が話し合いだ。四対一じゃないか」

「一対一だろうが四対一だろうが、平和に話し合っているなら問題ねーだろ」

「話し合いには見えない」

「そりゃあ、お前の目が節穴だからだよ」

上級生は肩を怒らせてこちらに近づいてくる。

「とにかく相手はちびっこたちだからよ、どっちにしても俺たちの出る幕じゃないよな」

横柄な物言いに、秀樹の自尊心も刺激された。

「とにかく妹は連れて帰る」

「待てよ」

一歩踏み出したところを片手で制される。見掛け以上の力だった。

「何するんだよ」

「中学生は中学生同士で話し合おうや」

「そんな必要ない」

「こっちにあるんだよ」

いつの間にか肩をがっしりと摑まれていた。

「まあ、俺たちは向こうで話し合おうや」

「可奈絵っ」

呼んでみたが、可奈絵は悲しげにこちらを見るだけで返事はしなかった。

抗ってみたものの、歴然とした体格差はそのまま体力の差でもあった。秀樹は為す術もなく可奈絵たちの集団から離され、林の別の場所で殴る蹴るの暴行を受けた。

喧嘩早い方ではなかったから、暴力に免疫がなかった。痛みにも耐性がなかった。顔面と腹に二発ずつ拳を受けると、それで闘争心は完全に潰えた。

下草の上にだらしなく伸びていると、涙目に小さな空が映っていた。既に上級生は立ち去った後らしく、近くに人の気配はしない。

上半身を起こした途端に腹が鈍痛を訴えた。どうやら腿の辺りを蹴られたらしく、上手く立ち上がることができなかった。

可奈絵。

思いついて元いた場所に戻ると、可奈絵はそこにうずくまっていた。

四人のうち誰かがハサミを持っていたのだろう。可奈絵の髪はところどころが切られ、その残骸が周囲に散らばっていた。

「可奈絵」

近づくと、咄嗟に可奈絵は顔を逸らした。幸い顔に殴られたり引っ掻かれたりした痕はないようだが、可奈絵は顔を見られるのを懸命に拒んだ。よく見ると、肩から先が小刻みに震えていた。

一気に首から下の体温が下がり、逆に頭の中は沸騰した。

「大丈夫か」

聞いてから後悔する。

大丈夫なはずなんて、ないじゃないか。

打ちのめされた兄と髪を切られた妹。二人で並ぶと惨めさが一層堪えた。

可奈絵の頭を自分の学生服で隠し、秀樹は林を出る。

妹の手を引いてやるのは何年ぶりだろう。本人が拒まないので何気なく握ったのだが、今更ながらその小ささと華奢さに気が塞いだ。

こんなに小さな妹を護ってやることができなかった。

己の不甲斐なさと申し訳なさに身が縮む思いだった。可奈絵がこちらを見上げたら、恥ずかしくて今度はこちらが顔を背けそうだった。

「……ごめんな」

だが、可奈絵は頷くことすらしなかった。

たった一人の妹も救えなかった。

暴力に何の抵抗もできなかった。

生涯で、あれほど自分が嫌いになった時はない。

まだ痛む身体を引き摺りながら秀樹は思った。

強くなりたい。

自分の大切にしているものを、護るくらいの力を獲得したい。

家に向かう間、秀樹はずっと同じことを考え続けていた。

家に帰ると、可奈絵はやっと持ち前の虚勢を取り戻した。ざんばら髪に驚く母親がいくら詰問しても可奈絵は理由をひと言も口にしなかった。妹が最後に護っているのが自尊心であるのは分かっていたので、秀樹も口を噤んでいた。

思い浮かべるだけで胸が苦しくなるような光景がある。塞がったはずの瘡蓋（かさぶた）が取れ、新しい傷口を見せるような記憶がある。

あの秋の日の出来事がまさにそれだった。以来、秀樹も可奈絵も触れることはなかったが、妹はともかく自分が忘れることは金輪際ないだろう。

しばらくして、今度は由里子が夕飯だと呼びにきた。

「口の中が切れて食べられない。今夜はいいよ」

「少しでもいいから、何か口にしときなさい」

「痛みを堪えながら食べるものでもないだろ」

「でも」

「傷ができた時には、そっとしておくのが一番だろ」

秀樹がつっけんどんに答えると、由里子は別の話を振ってきた。

「今からでも遅くないから、お父さんに謝っておいで」

「直接親父が聞いた訳じゃない。ひょっとしたらオフクロ、言っちゃった?」

「言える訳ないじゃないの」

「だったら黙っとけよ。これ以上、余計な揉め事見たくないだろ」

「……ラップに包んでおくから、お腹空いたら自分でチンして」

諦めたように言うと、由里子はキッチンへ戻っていく。これでまた勇一郎がやってきたら鬱陶しいと思ったが、それはないようだった。

ふと、ある人物に連絡してみたくなった。

逮捕されてからというもの、その人物とは顔も合わせていない。勾留中だったから仕方がないといえばそれまでだが、訊ねてみたいことが色々ある。

だが秀樹のパソコンとスマートフォンは未だ警視庁公安部が預かったままだ。父親の話では一両日中に返却される予定らしいが、どうせ返ってきても自分の手元には戻らない。

『次にイスラム国の関係者と連絡を取ったら、間違いなく再逮捕される。そうならないように、返却されるパソコンとスマホは俺が管理するからな』

部屋中の盗撮・盗聴機器を解除した後で、勇一郎が告げた言葉だった。どうせ返却される電子機器には何らかのプログラムが仕込まれ、メール通信やLINEのやり取りなどは公安部に筒抜けになっているのだろう。それなら勇一郎に管理されようが自分の自由になろうが同じことではないか。

連絡が取れないのであれば、直接会いにいくしかない。だが生憎、今の自分は軟禁状態だ。家の中では勇一郎に一挙手一投足を監視され、外では有象無象の報道陣に待ち伏せされている。報道陣をやり過ごすのもうんざりだが、勇一郎の監視を逃れるのは更に至難の業だ。

さてどうするか――秀樹は考えを巡らせ始めたが、解決策は案外早く見つかった。

思い立った秀樹は自室を出ると、足音を忍ばせてキッチンへと近づく。どうやら由里子の長い愚痴を聞き終えて、ようやく勇一郎が食事を始めたらしい。

ここ最近の勇一郎なら、夕食後には間を措かず風呂に入るはずだ。それなら秀樹には好都合だ。咄嗟の中のひりつきは大分治まってきた。同時に、勇一郎に放った一撃が気になり出した。咄嗟の出来事だったとはいえ、手応えは相当だった。秀樹も喧嘩慣れしている方ではないが、自分の力がどの程度であるかくらいは心得ている。肋骨の一本でも折れていなければいいのだが。

由里子の前では口にしなかったが、秀樹にとって勇一郎は鬱陶しくも畏敬の対象だった。いくら公務員とはいえ、都心でこれだけのマンションに住み、子供を大学院にまで進ませる家庭は多くない。さほど世間も広くないが、高校時分の同級生たちの家庭環境との比較でそれくらいは見当がつく。

父親が公安部の刑事であったのは意外だが、それより以前から警察の中でもエリートと呼ばれる存在であろうことは想像していた。秀樹が物心つく頃から家ではあまり顔も合わせず会話も少なかったが、勇一郎の勤勉さと実直さは背中を見ているだけで分かる。

だからこそ父親の信頼を裏切るような真似は苦痛だった。秀樹がイスラム国の兵士に志願したと知った時の顔が容易に予想できた。ただ父親を裏切るのではなく、警察官の息子が犯罪者に成り下がるのだ。おそらく職場での立場や信頼も粉微塵に砕かれるだろう。自分に対する憤怒も当然湧き上がるだろう。

だが仕方がなかったのだ。現状を打破し、自分が守護者の立場でいるためには志願するしかなかったのだ。

秀樹は胸の裡で父親に詫びる。この件については、いずれちゃんとしたかたちで謝罪しなければならないと思う。そうでなければ父親は恥晒しのままだし、己も裏切り者のままだ。

必ず謝罪する。それがどんなに惨めったらしい姿であってもだ。しかし、それは今ではない。今はまだ、与えられた使命がある。

息を潜めて様子を窺っていると、果たして勇一郎は脱衣所に移動したようだった。チャンス到来。いかに有能な刑事であろうと、全裸では俊敏に動くのもままならないだろう。

秀樹は自室のドアをゆっくりと閉め、内側から鍵を掛ける。

ベッドの上に腰掛けていると、予想通りぱたぱたとスリッパの音が近づいてくる。間違いなく由里子の足音だった。

『秀樹？　入るわよ』

ドアを開けようとするが掛かった鍵が乱暴な音を立ててるだけだった。

『鍵掛けてるの？』

「うん。今、部屋に入ってほしくない」

『開けなさい』

「拒否。どうせ親父から様子見てこいって言われたんだろ」

秀樹はわざとぶっきらぼうに答えた。

「自分が風呂に入ってる時は、代わりに監視してこいって。そうなんだろ」

返事はない。図星ということなのだろう。

「パソコンもスマホもない。できるのは読書だけだ。いい機会だから積ん読だった本を片っ端から読破するつもり」

『だからって、何も鍵を掛けなくたって』

「監禁されているようなものなんだからさ、鍵掛けとくのは当然だろ」

ドア越しの会話でも、由里子が困惑気味なのが分かる。申し訳ないと思う一方、ここは演技に徹しなければならない。

『開けなさいったら』

「どうせ逃げ場所なんてないんだからさ、これくらいの抵抗は許容範囲だろ」

しばらくすると諦めたのか、スリッパの音が遠ざかっていった。

さて、ここからだ。

勇一郎の入浴時間は大体三十分程度と把握している。言い換えれば、その三十分間に脱出しなければならない。

秀樹は窓を開け、ベランダに出る。秀樹と可奈絵の部屋はベランダに面しており、洗濯物を干す時など由里子は可奈絵の部屋から出ることが多い。

幣原家はマンションの三階にある。ベランダから飛び降りでもしたら無傷では済まないから、勇一郎もここが脱出口だとは考えていまい。

だが、そこが狙い目だ。

ベランダのほぼ中央には六十センチ四方の平たいアルミの上蓋がされている。上蓋には〈避難はしご〉とある。この上蓋を外せばまず二階のベランダまでは降りられるはずだった。

二階のベランダに降りられたら、次にまた避難はしごで地上に降りる。マンションの裏手はゴミの集積場になっている。そこにも報道陣が屯しているはずだが、少なくとも正面よりは人員を割いていないと思われる。

秀樹は再びドアに駆け寄り、耳をそばだてて両親の動向を窺う。幸い二人の気配は感じられない。勇一郎は浴室で、由里子はキッチンでそれぞれ思い悩んでいるのだろう。

早速、蓋に書かれた使用方法に目を走らせる。

①上蓋を少し開き、ロックアームを内側に押してロックを解除して下さい。
②階下の安全を確かめてレバーを押して下さい。

③はしごが伸びきったことを確認して階下へ下ります。

読む限り何も面倒な作業はないようだ。考えてみれば、緊急時に使用するものだからややこしさは危険に直結する。

上蓋に手を掛けると、わずかな力で開けることができた。手元にあるロックアームを押すと、ロックは簡単に解除できた。

手元のレバーを押す。すると畳まれていたはしごがするすると伸び、端が階下のベランダに達した。危惧していたような大きな音ではなかったので、ほっと胸を撫で下ろす。

進入口からは階下の明かりが見える。室内の明かりが洩れているのだが、それほど明るくないのはカーテンを閉めているからだろう。これは秀樹にとって幸いだ。窓を開けられていたのでは、部屋からの脱出が丸見えになってしまう。

はしごを降りる段になって、秀樹は重要な忘れ物に気づいた。

靴だ。

一階に降りたはいいが、まさか裸足のまま往来を歩く訳にもいかない。歩きづらさはもちろんのこと、目立つこと請け合いだ。所持金はあるものの、最寄の靴屋までは相当距離がある。

今から玄関へ取りにいこうか――一瞬そう思ったものの、すぐに自分で却下した。玄関までいけば、否応なくキッチンにいる由里子の目に留まる。靴を隠し持っていれば不審な行動と思われる。由里子が風呂に入る頃には、勇一郎が見張っているだろうから、こちらは更に警戒が厳しくなる。そうかといって二人が寝静まるのを待ってもしょうがない。勇一郎のことだから、秀樹の行動に絶えず目を光らせているに違いない。

ふとベランダを見ると、可奈絵の部屋の前に脱ぎ捨てられたサンダルに目がいった。由里子が洗濯物を干すのに使っているもので、外履きにしてもおかしくない。

履いてみるとそれなりに頑丈で、アスファルトの上を歩いても支障はないように思える。第一、他に選択肢がない。

秀樹はサンダル履きのまま、はしごを降り始めた。作業に時間を食ってはいられない。ぼやぼやしていたら階下の住人に気づかれ、それこそ大騒ぎになる。

案の定階下はカーテンを閉めたままだった。よほどの物音を立てなければ早々に気づかれることもないだろう。ここでも息を殺し、避難はしごの上蓋を開けて同じ作業を繰り返す。

数分後、秀樹は敷地のアスファルトの上に立った。月はなく、自分の姿を照らしているものは街灯の光だけだ。

ゴミの集積場から裏口に出ると、ここも予想通り報道陣はまばらだった。眺めてみればカメラを担いだクルーが一人とレポーターらしき男が二人。

秀樹は着ていたジャンパーのフードを被り、両手をポケットに突っ込んだ。サンダル履きにしたのは怪我の功名だった。この恰好なら、官舎の住民がふらりと買い出しに出掛ける姿に見えないこともない。

果たして裏口に向かうと、レポーターらしき男が近づいてきた。

「あの、失礼ですが……」

「ごめんなさい。急ぐんで」

一連の報道で秀樹の顔は割れてしまったが、声を聞いているのは公安部の刑事たちだけだ。素っ気なく対応していれば、それほど怪しまれもしないだろう。

「このマンションに住んでいる幣原という家族のことで……」

「ごめんなさい。ホント、連れと約束あるんで。あなただって、自分の彼女を怒らせたくないでしょ？」

我ながら上手い断り方だと思った。男も納得した様子で取り出していたＩＣレコーダーをすぐに仕舞ってくれた。

「呼び止めて悪かったね。いってらっしゃい」

「有難う」

礼の言葉は心からのものだった。

裏口から往来に出る。ここから最寄りの駅に向かい、相手の家を目指す。いや、その前に公衆電話から連絡しておいた方がいいだろうか。

自然に鼻歌が出た。

＊

風呂から上がると、幣原は身体を拭きながらキッチンに向かった。キッチンでは由里子がテーブルに頬杖を突いてぼんやり虚空を睨んでいた。

「秀樹は」

「パソコンもスマホもないから、本を読むって」

秀樹の部屋には平積みになった書籍が数冊あった。積んだまま読んでいない本を積ん読というらしいが、これを機に読破するつもりなのだろうか。いずれにしても妙な行動に出るよりはよほどマシだが、何もすることがないから取りあえず本を読むというのは収監された被疑者や囚人の行動原理なので苦笑したくなった。

「どうせ監禁状態なんだからって、あの子、内側から鍵まで掛けちゃって」

「何だって」

聞くや否や、幣原はパンツ一丁で駆け出した。秀樹の部屋の前に立ち、ドアをノックする。

「秀樹、いるか。いるんだったら返事をしろ」

それから更に数回ノックするものの、応答は一向にない。

内側から鍵を掛けただと。

馬鹿な。ただ本を読むだけで鍵を掛ける必要がどこにあるというのか。鍵を掛ける理由はただ一つ、室内で自分がしているのを知られたくないためだ。どうしてその程度のことが由里子には分からないのか。

幣原は可奈絵の部屋からベランダに出てみた。

やられた。

ベランダのほぼ中央、避難はしごの上蓋が外され、ぽっかりと口を開けていた。いつもは脱ぎ捨ててあるベランダ履きも見当たらない。

避難はしごまで駆け寄り、脱出口から真下を見下ろす。階下のベランダも大きく口を開けていた。念のためにベランダから秀樹の部屋に入ったが、無論どこにも姿はない。上着がないところを見ると、財布も持っていったようだ。

くそ、と声に出し、急いで着替えに戻る。

「どうしたのよ、いったい」

騒ぎを聞きつけてやってきた由里子はベランダの有様を見るなり声を失った。

「お前が考えているほど、あいつは殊勝じゃないし行儀もよくない」

最低限のことを告げて幣原は家を出る。脱出は幣原の入浴中三十分間に決行された。避難はしごを使って一階まで降りるのに五分。正面は今の時間帯も報道陣の目が光っているから、中央突破するような無謀はすまい。敷地から逃げ出すとすれば、ゴミ集積場のある裏口からだろう。では残り二十五分でどこまで逃げられるか。秀樹の所持金を考えれば電車もタクシーも使える。

スマートフォンを取り出し、木津を呼び出そうとした直前で指が止まった。

木津に通報すれば、幣原が逃走を見逃したとして、秀樹は再び公安部の管理下に置かれる。それでは元の木阿弥だ。

五分、いや十分だけ自力で捜してみよう。相手はサンダル履きだ。いざ追い掛ける段になれば幣原が有利だ。

職業倫理と木津の顔が邪魔をしたが、幣原はそれらを振り切って駆け出した。この時間、秀樹が立ち寄りそうな場所はどことどこか。必死に考えながら大通りに出た。

4

深夜零時過ぎ、秀樹は官舎から一キロほど離れた場所で死体となって発見された。

四　見知らぬ娘

1

「秀樹が」

知らせを受けた時、幣原はそう洩らしたきり絶句した。

一瞬、頭の中が真っ白になる。

今まで走り回り、額からの汗で顔中がぬらぬらしていたが、瞬時にその感覚さえも失せた。時間も止まったようだった。

『あなた、今どこにいるのっ』

由里子の声はまだ上擦っている。

「ＴＯＫＹＯ　ＭＸの前にいる」

『ベルギー大使館の近く。すぐに行って！　わたしも今からそこに行くから』

電話はそれで切れた。声の調子から由里子が相当に狼狽していたのが分かる。いや、由里子の狼狽ぶりを言えた義理ではない。幣原自身が現状を把握しきれずにいる。

とにかく今は現場に向かわなければならない。幸い、この付近は自分の庭のようなものだから、建物の位置は手に取るように分かる。幣原は西に向かって、また駆け出した。

既に日付は変わっているが、アスファルトから立ち上る日中の残滓が身体に纏わりつく。深夜を過ぎればこの界隈の人通りは皆無に近くなり、道の真ん中を走っても邪魔になるものは何もない。

自宅に連絡を寄越したのは警視庁の人間らしい。らしいというのは、由里子が所属も階級も告げなかったからだ。相手が名乗らなかったのか、それとも由里子の記憶が飛んでしまったのか。

いや、そんなことはどうでもいい。

電話を掛けてきたのは刑事部の人間だったか、それとも公安部の者だったか。通常、死体発見の通報が為されると一番に駆けつけるのは交番勤務の巡査、ついで所轄署強行犯係の刑事だから、流れを考えれば刑事部から連絡がくるはずだ。しかし一方、官舎外において、高頭たちが幣原家の動向を探っていたという可能性も否定できず、その場合は公安部から連絡がきたことになる。

いや、それすらどうでもいい。今は事実を確認するのが先決だ。

秀樹が死んだだと。

馬鹿なことを言うな。あいつがベランダの避難はしごを伝って家を出てから二時間強、自分がどれだけ駆けずり回ったと思っているのだ。二十四時間営業のファストフード店、コンビニエンスストア、最寄駅の構内に地下道、思いつく場所は全て捜した。それなのに秀樹の立ち寄った痕跡すら見当たらなかった。

既に半蔵門や麴町の外に出てしまったのだろう——そう当たりをつけていた頃に由里子から連絡が入ったのだ。それが、官舎とは目と鼻の先にあるベルギー大使館近くで見つかっただと。ふざけるな。

最前、秀樹に蹴られた脇腹はようやく痛みを感じなくなっていた。それでも体軀は蹴られた瞬間の衝撃を憶えている。あの蹴りを食らわした秀樹がもうこの世にいないだと。

馬鹿なことを言うな。

何かの間違いに決まっている。顔の造作や体格の似ている人間はざらにいる。人違いに違いない。

ベルギー大使館まであと四百メートル足らず。幣原は脇目も振らずに走り続ける。懸命に身体を動かしているうちは不吉な考えに支配される余裕もなかった。

あと五十メートルの地点まで来ると、彼方から煌々とした明かりが洩れているのが見えた。幣原には見慣れた光景だ。あれは現場で焚くライトの明かりに違いない。おおよその場所も特定できる。大使館の手前、地階まである商業ビルの辺りだ。近づくにつれ、立ち回る制服警官と鑑識課員の姿も視界に入ってくる。

警察官に身分を明かして現場の中に入ろうとした時、矢庭に横から伸びてきた手に腕を摑まれた。

高頭だった。

何故という疑念と、やはりという確信が綯い交ぜになる。

「手を放せ」

「その前に約束しろ。所轄や刑事部の連中に余計なことは喋るな」

この期に及んで、まだ情報の秘匿を強いるのか。

だが向かっ腹が立つ以前に高頭と言葉を交わしていること自体が、秀樹の死を追認するようで怖気（おじけ）を誘った。

「放さないと、その腕叩っ切ってやる」

手荒く腕を振り解き、幣原は現場に踏み込んだ。

制服警官たちがブルーシートでテントの設営を始めている。ただし死体や検視官の姿は見当たらない。現場を隈なく眺めていると、地階に続く外階段に男たちが群がっているのが分かった。

あの階段に死体がある。

一歩踏み出したところ、今度は見知らぬ捜査員から制止された。焦れる気持ちを抑えながら身分を明かすと、相手の表情が俄に硬くなった。

「警視庁捜査一課の綿貫（わたぬき）です。ああ、そう言えば官舎はこの近くでしたね。だからこんなに早く……」

「家内が連絡を受けました。死んだのが秀樹だというのは本当なんですか」

「パスケースの中に学生証がありました」

言葉にならない声が喉に詰まった。

「息子であることを確認したい」

「まあ、遅かれ早かれ親御さんには確認してもらわなきゃいけませんから」

綿貫が案内役を買って出ようとした時、幣原の背中に悲痛な声が届いた。

「あなた」

振り向けば由里子がこちらに駆けてくる最中だった。由里子は制止しようとする警察官の手を振り払って幣原の許に辿り着く。

「家内です」

そのひと言で綿貫は納得し、二人を階段のある方向へと先導する。

階段の降り口は石段だった。地階にはレストランやカフェが入っており、この界隈の住人がランチやディナーを楽しむに相応しい構えということか。既にブルーシートで歩行帯が設えられている。

下を覗き込むと、検視官と数人の捜査員が円陣を組むように固まっていて死体は足首の先しか見えない。

だが死体の傍に置いてあるサンダルは見覚えのあるベランダ履きだった。

綿貫の声に呼応して捜査員たちが左右に分かれる。

「ご両親が到着した。道を空けてくれ」

幣原の足が階段の途中で止まる。

そのまま動かしていれば、足を踏み外す危険があった。

石段の真下、ごろりと横たわっているのは間違いなくジャンパー姿の秀樹だった。

「秀樹っ」

先に石段を駆け下りたのは由里子だった。瞬間、習い性になった〈現場保存〉という鉄則がその身体を引き留めさせた。

「放して。秀樹が、秀樹が」

「触っちゃいかん」

しかし、細い身体のどこにそんな力が隠れていたのか、幣原が渾身の力を込めないと縛めた手を解かれそうになる。

「秀樹ぃ、秀樹ぃ」

由里子の肩越しに死体の全身を見下ろす。秀樹は横臥姿勢で横たわっており、頭部は血溜まりの中にある。目を閉じているので眠っているようにも見える。

「秀樹ぃ」

不意に由里子の身体から力が抜け、幣原の腕からずるずると落ちていく。

力が抜けていくのは幣原も同じだった。身の回りの全てに現実感がなくなり、踏ん張っていないと膝から崩れ落ちそうになる。それを辛うじて刑事としての矜持が支えている。

「息子さんに間違いありませんか」

背中から綿貫の声がした。殊更事務的に聞こえるのは、幣原たちの心情を慮ってのことだろう。

「間違い、ありません」

「死因はおそらく頭部打撲による脳挫傷。検視官の見立てで詳細は解剖結果を待たないとなりませんが、石段を滑落して頭部を強打したのでしょう。ほら、段の縁に毛髪と血がこびりついています」

「事件性はあるんですか」

「事故というのは考え難いでしょうなあ」

綿貫は申し訳なさそうに頭上を指差した。

「レストランにいく客の安全を図って、この通り深夜でも明かりが点っている。闇夜で足元が狂った可能性も皆無ではありませんが、それよりも誰かに突き落とされたと考えるのが妥当でしょう。鑑識が下足痕（ゲソコン）を採取していますが、争った形跡らしきものもあり……」

そこまで言ってから綿貫は口を噤む。

「失礼。この場ではあなたは警察官ではなく、被害者のご家族に過ぎませんでした。これ以上は捜査情報の漏洩と受け取られかねませんので、勘弁してください」

事件性が否定できない限り、こうした異状死体は司法解剖に回される。次に幣原たちが秀樹と対面できるのは解剖が済んだ後になる。そして現段階では、手を触れることも許されない。

石段にしゃがみ込んだ由里子の暴走を抑えるため、その肩を摑んでおく。由里子の震えが手を通じてこちらに伝わってくる。

幣原は再び息子の死体に視線を注ぐ。死後何時間が経過したのか、おそらく現時点で綿貫は教えてくれまい。いずれにしても死後硬直は二時間から三時間の間に発現するので、まだ肉体上に変化は認められない。眠ったように見えるのもそれが一因だ。

本当に眠ってくれていれば、どんなにいいことか。

幣原は思考を明晰にしようとするが、まだ一部が夢見心地から醒めようとしない。刑事としての頭の隣で父親の意識が現実を認めようとしていない。

何故、死んだ。

いや、どうして殺されなければならなかった。

自問しても答えが返るはずもなく、胸中は疑問と憤りが渦を巻いている。監視下に置いたはずの息子をみすみす死なせてしまった不甲斐なさと、子供を亡くした喪失感が背中に伸し掛かる。

殺されたのではない。

俺が殺してしまったも同然だ。

頭の中が沸騰しているのに、首から下はどんどん冷たくなっていくような感覚に襲われる。まるで自律神経が変調を来たしたようだ。

早く冷静になれ。

警察官幣原勇一郎が父親の感情を束の間封じ込める。

いったい誰が秀樹を殺害したのか。

秀樹が自宅から抜け出したのが午後十時過ぎ、死体発見の知らせがあったのが深夜零時過ぎ。この二時間がほぼ死亡推定時刻になるはずだった。従って、犯人にはこの時間帯のアリバイが成立しない。

次に動機。秀樹に死んでほしい人物、もしくは秀樹が憎くて憎くてならなかった人物は誰と誰だったか――。

そこまで考えて幣原は愕然とする。不意に思い出したのだ。幣原秀樹を、自国民を公開処刑したテロリストに志願した非国民を、憎悪した人間が日本中に何人いるのか。

日本国民だけではない。秀樹が想像以上にイスラム国と接触していた場合、口封じに国内で暗躍するテロリストが凶行に及んだ可能性もあるではないか。

いや、彼らだけではなく、もっと強い動機を持つ者がいる。秀樹の逮捕によって生活を狂わされた者たちだ。

自分を除いた家族、由里子と可奈絵。秀樹が逮捕されてからというもの、二人の生活は破壊され蹂躙(じゅうりん)された。由里子は碌に外出することも叶わず、可奈絵に至っては祖母の許に身を寄せるような有様だ。家族だからといって恨まない理由にはならない。いや、家族だからこそ憎しみが倍加することもあり得る。

何を考えている。

今まで抑えられていた父親の意識が抗議の声を上げた。

選りに選って自分の妻と娘を疑うとは何事だ。二人が秀樹に抱いていた思いは、お前も知っていたはずだろう、確かに秀樹のせいで生活は破壊されたが、それ以上に世間から非難を浴びる家族に対する心痛があっただろう。

否、ともう一人の幣原が反駁する。

知った風なことを言うが、ではお前は家族の何を知っているというのか。一日のほとんどを対象者の尾行・盗聴・盗撮に明け暮れ、家族との触れ合いなど皆無に等しかったお前がどの口で家族の思いを知っていたとほざくのか。家族とは一番身近にいる他人であることを忘れたのか。

二つの立場のせめぎ合いで身動きできなくなっていると、綿貫に肩を叩かれた。

「申し訳ありません。幣原さんにお話を伺いたいのですが、ご同行いただけませんでしょうか」

「事情聴取ですか」

「形式的……いや、またもや失礼。これはあなたには不要な言葉ですな」

「家内も一緒にですか」

「できればそう願いたいですな。ただし聴取はお一人ずつになりますが」

何が形式的なものか。声の調子で分かる。綿貫は、いや捜査一課は間違いなく幣原と由里子を疑っている。おそらく可奈絵にも捜査の手を伸ばすに違いない。

自分を含めて家族が被疑者リストに載ることには相当な抵抗がある。しかし任意同行を拒否すれば、捜査陣の心証を悪くしてしまう。どちらにせよ、ここは事情聴取に応じる他ない。

「なるべく早く済ませてください」

「それはあなた方次第でしょう」

幣原は由里子を無理に立ち上がらせる。華奢な体つきなのに、脱力しきった由里子はひどく重たかった。


綿貫とともに警視庁に向かうと、早速幣原は由里子と離れ離れにさせられた。時間差ではなく、由里子は別の捜査員が担当するのだろう。

取調室ではセオリー通り綿貫の他に一名の捜査員が記録係としてパソコンの前に陣取っていた。

事情聴取される側になるのは初めての経験だったが、まだ感情の昂りが収まらず立場の逆転を面白がる余裕など欠片もない。とにかく秀樹が殺害された時の状況を詳しく知りたい一心だった。

「まずはご愁傷さまでした」

対面に座る綿貫は軽く一礼する。あまりに浅いので額を突き出したようにしか見えない。

「秀樹くんについては連日の報道で幣原さんもご心痛だったでしょう」

「まあ……」

「ましてやあなたは公安部の刑事だ。その息子がテロリストに志願して、同僚に逮捕される。こんな屈辱は他にない。いや、同情しますよ」

だが綿貫の顔には同情の色など微塵もない。

「肉親に逮捕者を出して、通常業務を任せられるはずがない。自宅待機かさもなけりゃ書類仕事。公安畑一筋の幣原さんには、それこそ針の莚(むしろ)でしょう。しかも住まいは官舎だから近所からも白い目で見られる」

「何が言いたいんですか」

「警察官という身分だから、一般の親とは迷惑の度合いが違う。言ってみれば不倶戴天の敵と一つ屋根の下にいるようなものだ。当然、そんな人間がいれば生活は壊れたままだし、仕事だって普通にはできない」

「だから、いったい何を」

「息子さんが障害になると思ったことはありませんか」

綿貫の目は粘着質だった。じっと正視されていると、顔中を舐められているような生理的な嫌悪感を覚える。不意に、自分も被疑者を尋問する際にはこんな目をしているのかと省みる。

「もちろん息子さんだから当たり前に愛情はあるでしょう。しかし、一家のお荷物になり、しかも国民全員の敵と見做されるようになったら」

「だからわたしが秀樹を殺したというんですか。馬鹿馬鹿しい」

「わたしには馬鹿馬鹿しい話とは思えませんね。同じ警察官として、あなたの心情は痛いほど分かる」

「あなたはわたしじゃないし、わたしはあなたじゃない。想像でものを言うのはやめてくれ」

「わたしも刑事畑一筋だが、それでも公安部のキツさは聞き知っています。身内がテロリストなんておよそ考え得る最悪の状況だ。警察官だったら、誰しも同じことを考える。こいつさえいなければと」

「くどいですよ。わたしはそんなことを一瞬たりとも考えたことがない」

口に出してから幣原は自問してみる。

本当にそうなのか。

違う。

秀樹が高頭に連行された時は、絞め殺してやりたいとすら考えた。だが、今それを口にはできない。

幣原の迷いを知ってか知らずか、綿貫は薄笑いを浮かべて質問を切り替えてきた。

「秀樹くんが官舎を出たのは午後十時過ぎ。それは間違いないんですな」

「わたしが風呂から上がってみると、もう息子の姿はありませんでした。だから正確な時間までは分かりません」

「しかし出ていったのを他のご家族が見ているでしょう」

「ベランダから避難はしごで脱出したんですよ」

綿貫は狐につままれたような顔をしたが、幣原の話が冗談ではないと気づいて頭を掻く。

「呆れたな。まるで中学生の家出だ。それで幣原さんはすぐに追いかけたんですね」

「官舎から新宿通りを出て麴町へ。それから永田町に回っても見つからなかったので、半蔵門方向に引き返しました。深夜零時を過ぎた頃、家内から連絡をもらい現場に駆けつけたんです」

「その二時間、ずっと隼町の周辺を一人で駆け回っていたんですか」

「家内は家でわたししか秀樹の連絡を待っていましたからね」

「じゃあ、あなたの横には誰もいなかった訳ですか」

「アリバイを証明してくれる者という意味なら、何人か歩行者とすれ違いましたよ」

「あなたを知っている人間に会いましたか」

「いや、それはありませんでした」

　永田町はともかく、深夜近くの麴町や半蔵門では通行人もまばらだった。そう言えば一人の警察官にも出くわさなかった。

「知人や警察官には出くわさなかった。しかし、防犯カメラには映っているはずだ。照会してくれたらすぐに分かる」

「それはそうなんですけどね。幣原さん、奥さんから連絡をもらった時にはどこにいましたか」

「TOKYO　MXの前です」

「現場からは約一キロの距離ですよね。幣原さんの足で何分でしたか」

「さあ、十五分はかからなかったと思いますが」

「まあ、そうでしょうね。つまり十五分もあれば、犯行後にTOKYO　MXまで辿り着けることを意味します」

「それなら死亡推定時刻を精緻に詰めていけばいいでしょう」

「司法解剖待ちですがね」

「司法解剖だけじゃない。現場周辺の防犯カメラを軒並み調べれば、秀樹が最後に姿を見せた時刻からもっと絞り込める」

「誰を相手に講釈垂れているんですか。わたしだって刑事ですよ。しかもあなたたちの扱わない殺人や強盗が担当だ。第一、防犯カメラを軒並み調べるといっても、公用のもの以外は半分以上がダミーであるのをあなたも知らん訳ないでしょう」

綿貫は温度の感じられない目でこちらを睨んだ。

「まあ、エリート揃いの公安部から見れば、我々なんぞは交番勤務の巡査に毛が生えた程度なんでしょうけどね。それでも凶悪事件の八割がたは検挙している。甘く見ないでほしいもんだな」

「そんなつもりで言ったんじゃない」

「だったら、こちらの捜査に口出ししないでくれ。公安での立場はどうだか知らないが、今のあなたはただの事件関係者に過ぎない」

そう言って、幣原の顔を覗き込む。

「なあ、幣原さん。さっきも言ったが、公安部と刑事部の違いはあっても同じ警察官だ。身内から犯罪者を出した時の絶望と困惑は、他の職業の人間には分からないだろう。だから仮にあなたが息子さんの殺人に関わっていたとしても心情的に責められるもんじゃない」

「わたしは殺(や)っていない」

「仮に、ですよ。それにしても半径およそ一キロの範囲を行ったり来たりしながら、それでも息子さんに会えなかったんですか」

「まさか大使館方面だとは予想もしていなかった」

「ほお。しかし言っちゃあ悪いが、息子さんはテロリスト志願者ですよ。大使館の破壊工作に走る可能性は考えなかったんですか」

「募集に応じただけで、テロリストに認定された訳じゃない」

「だからこそ実績を挙げて、リクルーターにいいとこ見せようとしたんでしょう」

「リクルーターのジャハルは既に拘束してある」

「そのジャハルという男だけがリクルーターとは限らないでしょう。それとも公安では、リクルーターに関する確証を摑んでいるんですか」

「秀樹が殺害された事件とは関係ないでしょう」

「そうとも言い切れない。短い時間ではあったにしろ、息子さんはイスラム国と接点を持っていた。テロについて何かの情報を得ていたのかもしれない。その息子さんが公安の監視下にあったらいつ漏洩するか分からない。それなら手っ取り早く始末してしまった方が後腐れなくっていい」

さすがにその程度のことは刑事部の人間でも考えつくらしい。だが、一番疑っている対象は幣原だろう。

「どんな風に想像を巡らせてもらっても結構だが、その程度では状況証拠にすらならない。わたしとしては一連の関係者の逮捕・勾留で、秀樹とイスラム国との関係は途絶したと考えていた」

「では、どんな可能性を考えていましたか。大使館にテロ攻撃を仕掛ける以外に、彼はどんな行動を取ると予想していましたか」

質問の仕方があんまり執拗だったので、つい本音が頭を擡げた。

「綿貫さん。じゃあ、あなたがわたしの立場だったらどうだ。逮捕され、いったん釈放された息子が監視の目を掻い潜って家を出た。官舎の周辺にはマスコミの連中がワンショットでもカメラに収めようと目を光らせている。そういう人間を捜しに出た時、あなたは絶えず冷静でいられるのか。最寄りの駅やコンビニ、ファストフード店を駆け回るのが精一杯じゃないのか」

思いがけない方向からの反撃に、綿貫は少し面食らったようだった。しかし、どうやらこの男は執拗さが身上らしい。すぐにふてぶてしさを取り戻し、こう言い放った。

「普通の父親だったら、まあそうでしょう。しかしあなたは泣く子も黙る天下の公安刑事だ。そういう弱音はポーズにしか見えませんな」


結局、事情聴取は一時間以上に及んだ。ところが質問の内容は動機とアリバイに関することを繰り返しただけで、要は同じ質問の反復の中で証言の齟齬(そご)を掘り返すのが目的だった。もちろん幣原にとっても自家薬籠中の手法なので易々と引っ掛かることもなく、却って素人扱いされたのが業腹に思えたくらいだ。

だが繰り返しに終始する問答は予想以上の疲労をもたらした。加えて二時間の追跡行で体力もひどく消耗している。取調室から解放された時には、少し足元がふらついた。

聴取に費やす時間に大差はないだろうからと一階の廊下で由里子を待っていると、向こう側から一番会いたくない男がやってきた。

「終わったのか」

高頭はひどく不満げな顔をしていた。まるで自分の獲物を他人に盗られたようだ。そして高頭の後ろには、これも公安部の佐伯が従っていた。

「終わったが、それがどうかしたのか」

「ヤツらに何を訊かれた」

「お前には関係ないことだ」

「アリバイの有無と動機。現段階では尋問できる内容はその程度だろう」

「だったらどうした」

「今度は俺たちの聴取に付き合ってもらう」

「何だと」

幣原が抗うよりも二人に両腕を摑まえられる方が早かった。

「刑事部には順番を譲ってやった。だから俺たちの聴取には真摯に答えろ」

高頭も佐伯も体格に似合わぬ腕力があり、幣原も数時間前からの体力消耗で抵抗する力は残っていない。半ば引き摺られるようにして、勝手知ったる公安部の取調室へ連れていかれた。

事情聴取のダブルヘッダーか——固い椅子に座らされ、最初に浮かんだ感想がそれだった。疲れていると人間は碌でもない思考をするらしい。

対面に座ったのはやはり高頭だった。

「本来殺人は刑事部の管轄だが、殺されたのがテロリスト志願者なら話は別だ」

「公安部も検視や地取り鑑取りをするのか」

「その必要はない。解剖報告書も鑑識の報告書も数時間以内に入手できる」

もう手を回しているのか、と幣原は自分の部署ながら感心する。正式な申請などせずとも、庁内を報告形式で行き来するものは全て公安部に筒抜けになっている。この事実を綿貫に伝えれば、どんな顔をすることやら。

「それなら俺を取り調べる必要もないだろう。公安部のほしいものは全て入手できるんだからな」

「生憎、供述調書だけは捜査一課が握っているから、送検するまでは手出しができん。だからお前を連れてきたんだ」

「やっていることは刑事部と同じく犯人捜しか」

「正直言えば、犯人が誰かということにはあまり興味がない」

高頭は眉一つ動かさず、警察官にあるまじきことを言う。これもまた綿貫に聞かせてやりたい台詞だ。

「犯人よりも動機、か」

「そうだ。幣原秀樹がイスラム国またはジャハルから連なるメンバーについて、口封じのために殺されたのか。もしもその仮定が正しいのなら、再度彼の周辺を洗う必要があるからな」

「泳がせていた魚が死んで大慌てか」

皮肉を利かせたつもりだったが、相手には伝わらなかったようだ。

「魚が死んだのは毒を流し込まれたのか、それとも別の魚に食われたのか。それさえ分かればさほど慌てることもない。そのくらいはお前だって承知しているだろう」

「理由はどうであれ、犯人捜しをすることに変わりはあるまい」

「検挙率の問題じゃない。我々が被疑者を逮捕したら捜査一課に引き渡すさ。もちろん本人からありとあらゆることを訊き出した上でな。向こうに渡した時には出涸らししか残っていない」

傲然と話し続ける高頭を前に、幣原はようやく自分の役目を思い出した。

「解剖報告書は、もう入手したのか」

「ああ」

「教えろ。秀樹が殺された時間は絞り込めたのか」

「それを聞いてどうする」

「聞きたがらない親がいると思うか」

するると、初めて高頭は表情を変えた。こいつがこんなことを口にするのかと意外そうな顔だ。

「……まあ、喋ったところで今からアリバイ工作も何もできまい。胃の内容物の消化具合によって午後十時三十分から十一時三十分の間に絞られている。現場周辺で有効に稼働している防犯カメラの映像を鑑識で集めている最中だ。結果が出れば更に絞り込める。ひょっとしたら、お前と二人で映っている映像が残っているかもしれんな。ただ、それさえも俺たちにとってはあまり意味のないことだ」

そして高頭は本当に、興味なさそうに質した。

「単刀直入に訊く。お前が殺したのか」

あまりにあっけらかんとした訊き方だったが、高頭がどういう男か幣原も承知しているのでさほど驚きはない。

「俺じゃない」

「そりゃあ、よかった。お前が犯人だと、邪魔な家族を殺害したっていう単純な動機でお終いになる。他のテロリストが絡んでくれていれば、殺人容疑で引っ張ってとことん情報を絞り出せる。俺たちの立場では、断然そっちの方が有意義だからな」

　そして声が低くなる。

「だが、違うと答えられてハイそうですかと簡単に済まされる話でもない。お前が犯人かそうでないか、こちらはこちらで捜査する。お楽しみはお前の身の潔白が証明された後になるな」

「気の済むまで調べるがいい。どうせ空振りに終わるぞ」

「空振りになるかヒットになるかはお前の配球次第だろう。じゃあ早速、被害者とどんな会話を交わしたのか、そこから供述してもらおうじゃないか」

「釈放後、あいつとどんなやり取りをしたのかは木津課長に報告済みだ」

「報告書に全てが網羅されている訳でもないだろう。報告書から洩れ落ちた情報を教えろ。高校や大学の友人に妙な思想の持主はいなかったか。〈啓雲堂〉には、自分以外にどんな客が来店していたのか」

　結局、高頭の事情聴取も一時間を超えた。犯人捜しが最重要ではないため質問は綿貫のそれと異なっていたが、同じ問いを何度も繰り返すやり方は一緒だった。これは刑事部も公安部も同じフォーマットということか。

　今度こそ疲労困憊となり取調室から解放されると、廊下に由里子が待っていた。

「ここにいるって聞いて」

「ああ、今やっと終わったところだ。何を訊かれたんだ」

「秀樹が外出してから死体で見つかるまで、お前はどこで何をしていたかって。それから明日、可奈絵にも話を訊きたいから連れてきてくれないかって」

幣原に負けず劣らず、由里子も相当に消耗している様子だ。幣原のように走り回るような真似はしなかったものの、秀樹の死体を目にした時から精神を支えている芯がへし折れたような印象がある。

こんなにも憔悴しきった妻を見たのは初めてだった。仕事の必要上、精神も肉体もタフに鍛えられた自分とは訳が違う。だが、それでもこの場で訊いておかなければならないことがある。

「それで、どこで何をしてたと答えた」

「どこも何もない。あなたは一人で飛び出していっちゃうし、秀樹がすぐ帰ってくるかもしれないから、わたし一人で留守番してるしかないじゃない」

「一歩も外に出なかったのか」

「出なかったんじゃなくて出られなかったのよ」

力こそないものの、言葉の端々が尖っている。決して楽観できる精神状態ではなさそうに思える。

「可奈絵には、お義母さんにはもう知らせたのか」

「さっき二人に電話を掛けたけど、もう寝ているみたいで……一応、可奈絵の方にはメールを送っておいた」

「可奈絵には改めて電話しておこう。秀樹と会えるのは朝になるそうだ」

「何時なの」

「九時と聞かされた」

「あなた、警察官でしょ。今すぐ会えないの。わたし、二時間くらいならここで待っていてもいい」

疲労しているはずなのに、由里子の目は爛々と昏く輝いている。母親としての執念だけが彼女を支えているようで、ひどく痛々しかった。

「無茶を言うな。警察官だから規則には従わなきゃならないんだ。いったん家に戻ろう。そして改めて秀樹に会いに来よう」

由里子は一度頷いた後、なかなか顔を上げようとしなかった。

「おい」

肩に触れようとした瞬間、由里子は嗚咽を洩らし始めた。

やがて嗚咽は細く長い泣き声となって廊下に響き渡った。

2

自宅に戻って仮眠を取ろうとしたが、心身が疲れ切っているはずなのになかなか寝つかれなかった。

隣で寝ている由里子もぐすぐすと鼻を鳴らすだけで、一向に寝息を立てようとしない。実際、狂ったように泣きわめくのを連れ帰るだけでもひと苦労だった。あれだけ泣いたのだからベッドに入ればすぐに眠りに落ちるだろうと高を括っていたのだが、甘かった。

　しかし、由里子の身を案じていたせいで幣原自身は感傷に浸る暇もなく、まだ正気を保っていられた。

　秀樹の死体を手が触れるほどの距離から確認したというのに、まだ息子に死なれたという実感が湧かない。そのくせ、欠落感と後悔はきりきりと胸に刺さっている。

　結局、幣原はまんじりともせずに朝を迎えた。眠れなかったのは由里子も同じらしく、窓から朝陽が射す頃には、もぞもぞとベッドから這い出してきた。両目を真っ赤に泣き腫らしており、正視に堪えなかった。

「何か食べる？」

　食欲はなかったが、今日一日の行動を考えると無理にでも詰め込んでおいた方がよさそうだ。

「いつも通りでいい。お前も食べるんだろ」

「わたしはいい」

「食べろ」

　つい、きつい言い方になった。

「少しでも食べておかないと、後で辛くなるぞ。まだこれから……」

　秀樹の遺体を引き取って、葬儀の準備をしなければならない――そう言おうとして、口を閉ざした。

　言葉にせずとも察したのだろう。由里子は蒼い顔でこちらを振り向いた。

　朝食はトーストと目玉焼きだったが、まるで味はしなかった。

午前七時過ぎ、由里子のスマートフォンに着信があった。

「可奈絵から」

由里子はのろのろとした手つきで端末を持ち上げ、電話の向こう側にいる娘に昨晩の経緯を説明し始めた。

どうして、本当に、という叫びにも似た声が端末から洩れている。受け答えするうち、由里子はまた嗚咽を洩らし始めた。

「学校には、わたしが事情を、説明するから、あなたもお兄ちゃんに、会ってやって。お、お願い」

どうやら、可奈絵に代わって多英が電話に出たらしい。由里子はますます泣き声になって同じ説明を繰り返す。

幣原はいたたまれなくなってキッチンから出る。

一睡もしていないので少し朦朧としてきた。顔を洗うために洗面所に立って驚いた。自分も由里子に負けないほど憔悴した顔をしていた。


事前に新百合ヶ丘に立ち寄り可奈絵を連れていこうとすると、多英までがついていくと言い出した。孫が殺されたとなれば遺体に会いたいという気持ちも理解できないではないが、まずは家族で対面したいと思ったので遠慮願った。

可奈絵はよほどショックだったとみえ、幣原たちといても終始無言を貫いた。哀しみというよりも怒りを堪えているような表情だった。

「昨夜、母さんが連絡した時に返信がなかったみたいだが、寝ていたのか」

「何時に寝たんだ」

それとなく質問してみたが、返事はなかった。

午前九時、警視庁内の安置室にて、解剖済みの秀樹と対面する。

秀樹の顔面が晒されると、由里子と可奈絵は口々に呻いた。頭部の致命傷と切開の痕はいくぶん修復されているものの、青白くなった皮膚には禍々しい刻印として鮮明に浮かび上がっている。

最初に乱れたのは、やはり由里子だった。

「秀樹ぃ」

ふらふらと遺体に寄り添ったと思うと、覆い被さるように抱き締め、また嗚咽を洩らし始める。いったい涙の泉が涸れることはないのかと思えるくらい泣く。

続いて可奈絵が駆け寄る。

「お兄ちゃん」

普段は乱暴にお兄としか呼ばない可奈絵が、絞り出すような声でそう呟いた。

狭い安置室に二人の泣き声が流れる中、不思議に幣原は泣けなかった。哀しみも喪失感もあるが、それよりは憤りと自責の念の方が深い。

いったい誰が息子を殺した。

どうして自分は護ってやれなかったのだ。

遺体に取り縋る二人を見ていると、もやもやと疑念が湧いてくるのを抑えることができない。

大袈裟に泣いているが、だからといって二人が秀樹の死に関与していない証明にはならない。今まで幣原が相手にしてきた被疑者たちは、尋問から逃れるためなら役者顔負けの演技を披露したものだ。中には本当に泣き出す者や精神障害のふりをする者までいた。この二人がそうではないと誰が言い切れるのか。

秀樹がテロリストに志願しているのが明らかになってからというもの、幣原には家族が分からなくなってしまった。小生意気なだけの常識人だと思っていた秀樹がそんな人間だったり、気の強さが身上と思っていた可奈絵が実際にはひ弱だったり、そして何より自制心が強いと思い込んでいた由里子がこんなにも感情を露わにするのは意外でしかなかった。

今まで公安部の仕事に傾注し過ぎて、家族を顧みなかった報いなのかもしれない。被疑者に向ける観察力や洞察力を家族に向けていたら、こんな裏切られたような気分にはならなかっただろう。

幣原はここでも居たたまれなさを覚え、そっと安置室を出る。秀樹の死に顔もさることながら、遺体に取り縋る二人に疑念を抱く自分が堪らなく呪わしかった。

安置室の外で壁に凭(もた)れていると、廊下の向こう側から見慣れた顔がやってきた。

「ご苦労さま」

「課長」

「この度は大変だったな。まずは悔やみの言葉を言わせてもらおう」

「いえ……」

「ご家族はまだ中にいらっしゃるのか。思いがけないことが連続したから、さぞかし堪えているだろう。しばらく放っておいてやった方がいい」

「ええ」

「ところで葬式はどうする」

「息子が逮捕されたという事情もあるので、密葬で執り行なおうかと考えています」

「一考の余地があるんじゃないのか」

木津の口調が変わる。

「まだ二十代半ば、学校の友人も多いだろう。彼らにもお別れを言ってもらったらどうだ」

いやに積極的なので訝しく思っていると、すぐに木津は本音を曝け出した。

「率直に言おう。なるべく多くの参列者が来られるよう、大きな斎場で告別式を開いてほしい」

何故、と問う前に木津の目論見が透けて見えた。

放火犯は焼け跡を訪れ、殺人犯は被害者の葬儀に顔を出したがる。己が手を下した行為の結果を見たいという心理からだが、木津はそれを利用しようというのだ。

「告別式に参列できなくとも、犯人が遠巻きに眺めている可能性がある。息子さんを殺害した犯人を検挙するために協力してくれ」

「あんな事件を起こした本人です。そうそう多くの参列者が来てくれるとは思えません」

「それなら不審な人物を絞り易くなって尚いい」

「マスコミの連中が、どっと押し掛けてきます。そうなればわたしはもちろん家族の面が割れてしまいます」

「公安刑事の顔が割れるのがまずいのは承知している。だが顔は映さないよう注文をつけることくらいはできる。最近はテレビ局内もコンプライアンスに煩いからな」

話を聞いていると、むくむくと反抗心が頭を擡げてきた。

「命令、ですか」

「提案だ。息子を殺した犯人を一刻も早く逮捕したいだろう」

「それで家族のプライバシーをエサにしろと」

「公安の刑事にプライバシーなんかあると思うか。いったい誰を相手に闘っている。国の敵だぞ」

木津は何を今更という口ぶりで話す。

「国家の転覆を狙う思想犯を捕える。その目的のために家族を顧みなかったことは数えきれんほどあるだろう。何故それができたかと言えば、家族を顧みるのと引き換えにしてでも国を護るという自負があるせいだ。違うか」

昂っていない分、胸に食い込んでくるような言葉だった。

返事を躊躇っていると、追撃がきた。

「刑事としても父親としても、犯人を捕まえたい気持ちは一緒だろう。だったら犯人が姿を見せる機会を無駄にするな」

いつしか逆らう気持ちは押し流されていた。

木津が立ち去った後、告別式の件を切り出すと由里子はゆらりと幣原を睨んだ。

「嫌です。これ以上、秀樹を晒し者にしたくありません」

「あいつにも別れを惜しむ友人たちがいるだろう」

「別れを惜しむ人たちより、後ろ指を差したい人たちの方が多いでしょう。せめて最後は安らかに見送ってあげたい」

「密葬なんかにしたら、余計に後ろ暗く思われる。それじゃあ秀樹も肩身が狭くなる」

喋っていて、これほど胸糞の悪い話もない。

「堂々と秀樹を見送ってやろう。あいつだってこそこそした真似は嫌なはずだ」

渋り続ける由里子を半ば強引に説得する。途中から由里子は諦めたように項垂れた。

可奈絵は黙したまま、じっと父親を睨んでいた。


秀樹が死亡した事実は早々にマスコミに知られた。

『〈啓雲堂〉事件の幣原さん、死亡』

『口封じか　幣原氏死亡』

『事件か事故か　問われる監視態勢』

『秘密を抱えたまま物言わぬ帰宅』

庁内に届けられていた朝刊にはそんな見出しが躍る。

さすがに逮捕時よりは抑え気味の扱いだったが、それでも記事を読む気には到底なれず、幣原は目を逸らした。

連絡のついた葬儀社に搬送車を手配してもらい官舎へ戻る。せめて車中にいる時くらいは静かにさせてやりたかったが、官舎の敷地に入る手前で報道陣に取り囲まれた。

「幣原さん、乗っているんですよね」

「事故ですか、それとも事件ですか」

「やっぱり秀樹さんも責任を感じていたということでしょうか」

「これで禊が済んだとお思いですか」

「今のお気持ちをひと言」

官舎に入ると、行き交う住人に頭を下げられた。いくら警察の裏切り者であっても、死ねば皆仏様ということか。

棺を居間に安置し葬儀社の人間が退出すると、ようやく静謐が下りてきた。

由里子は秀樹の遺体に触れたまま、何かをぶつぶつと呟いている。可奈絵は可奈絵で呆然と秀樹の死に顔を眺めている。

幣原は居心地の悪さを感じた。まるで二人から同席を拒まれているように思う。息子の死まで捜査に利用するつもりか――二人の背中が暗にそう責めているようだった。

言葉を交わすのも気詰まりになり、幣原は居間を出る。足は自然に秀樹の部屋へと向かっていた。

主を亡くした部屋は、狭いはずなのに茫洋と感じられた。

避難はしごの蓋は脱出当時のままになっている。シーツが乱れたままのベッド。幾度となく盗撮・盗聴機器の捜索を続けたために雑然とした書棚。そして秀樹の残り香。

由里子によれば秀樹の部屋には未だミルク臭が混じっているのだという。おそらくは母親だけが嗅ぎ取れる臭いなのだろう。こうして幣原が鼻をひくつかせても、成人男性特有の牡の臭いしか嗅ぎ取れない。

ふと机の抽斗を開けてみる。高頭たちが浚った後なので大したものは残っていない。大学院で使っていたらしきノート、学内で渡されたであろうチラシ、広告入りのポケットティッシュ、バイト雑誌に新型スマートフォンのカタログ。

指先が硬い紙片を探り当てた。取り出してみると一枚の写真だった。

家族四人が多英の家の前で写っている。まだ携帯端末で写真を撮るのが一般的でなかった頃、多英が撮ってくれた。秀樹が小学生で、可奈絵はまだ入学前の幼い顔をしている。幣原もすっかり忘れていた一枚だった。

不意に目の前が熱くなり、どうしようもならなくなった。

3

秀樹の通夜は公営の斎場で執り行なわれた。木津の要請に逆らって比較的手狭な場所を選んだのは、参列者一人一人を確認しやすくするためだった。

幣原が公安部へ配属されてから学んだことの一つに感情を殺す術がある。

幣原たちの相手の中には、時として人間的な魅力を持つ者がいる。思想犯には一途な者が多い。一途だから思想犯になり得たという言い方もできるが、被疑者の中には尊敬できる人格の者もいる。事実、被疑者の人間的魅力に取り込まれ、敵側のスパイにされそうになった事例も存在する。

従って捜査・取り調べに当たる捜査員は自身の感情を殺して接しなければ足を掬(すく)われかねない。尊敬と軽蔑、共感と反発。諸々の感情を理性で押し留める。ところが長年のうちに習い性となり、感情を吐露することに抵抗を覚えるようになってしまう。

通夜の席の幣原がまさにそうだった。秀樹の眠る棺を前にしても、人前では感情を押し殺す癖がついているので無表情になるらしかった。参列者には、さぞ冷たい父親との印象を与えたことだろう。

もっとも通夜にきてくれた者はさほど多くなかった。高校・大学の友人、恩師、全部合わせても十人程度で、やはりテロリスト報道が影響しているのだろう。逆に報道があったにも拘わらず参列してくれるのは、どんなに感謝してもし足りないほど有難かった。

由里子は焼香の始まった頃からずっと俯き加減でいる。焼香する参列者にお辞儀はするもののまるで目の焦点が合っておらず、幣原は彼女の精神状態を疑いかけたほどだった。

一方、可奈絵の方は怒りとも哀しみともつかぬ表情で、秀樹の遺影を見つめている。こちらも精神が安定しているとは思えず、とてもではないが目を離していられない。喪主である幣原の務めは式次第を恙なく進行させることだが、こうして由里子と可奈絵の様子も見守らなければならない。

厄介な役目だが、幣原にとっては都合がよかった。二人の挙動に気を配っているうちは己の感情に溺れずに済むからだ。感情を押し殺すのには慣れているが、さすがに息子の死に直面してどこまで維持できるかは分からない。斎場では公安部の人間のみならず刑事部の捜査員も張っている。彼らの前で素の自分を曝け出すのは、自尊心が許さなかった。

そしてもう一つ。

喪主の立場で取り乱していては、死んだ秀樹に申し訳ないような気がしたのだ。公安部の刑事である自分を罵り、煩悶し、慟哭するのは参列者が立ち去った後でいい。この期に及んであっさり父親面を下げたら、天上の秀樹から蔑まれる。

秀樹のクラスメートらしき若者たちが次々に焼香を済ませていく。

しばらく焼香が続いた後、やはり秀樹のクラスメートと思しき青年が祭壇の前に立った。

その時、今まで客の顔を目で追うだけだった可奈絵が腰を浮かし、青年に近づいた。

「ひょっとして加山？　加山菜摘のお兄さん？」

「そうだけど……」

「何で、あんたが焼香にくるのよ」

「えっ。いや、俺、秀樹くんとは中学が一緒で」

次の瞬間、可奈絵は目にも止まらぬ早さで加山に飛び掛かった。その勢いで真横に倒れた加山に馬乗りになり、顔を床に押さえつけた。

「あたしが忘れたとでも思ったのっ」

「な、何だよ」

「あんた、昔、学校から帰る途中の公園でお兄をぼこぼこに殴ったでしょ。あたしも菜摘には四人がかりでいたぶられた。髪まで切られた。確かお兄の一つ上よね。それだけの間柄で、どうして来たのよ」

加山の顔が奇妙に歪んだ。

「昔苛めた下級生が死んだから？　違うよね。今はテロリストだって騒がれてる下級生の葬式に乗り込んで、面白おかしく話のネタにしようってんでしょ」

あまりに急な出来事で呆気に取られていたが、ようやく幣原は我に返って可奈絵を引き剝がそうとした。


「やめなさい、可奈絵」

「テロリストって騒がれているうちは怖くて近寄りもしなかった癖に、死んだと分かった途端にこれ？　ふざけるんじゃないわよっ」

「離れなさいっ」

「俺はただ、あの時のことを謝りたくって」

「嘘吐いてんじゃないわよ。仮に本当だったとしても遅い。そういうのは本人が生きているうちに言うものよ」

　可奈絵の手が加山の首に掛かる。

　他の焼香客は呆気に取られて身じろぎ一つできないでいる。この華奢な身体のどこに秘めていたのかと思うほど、可奈絵の力は強かった。

「離れろと言ってるんだっ」

　幣原が渾身の力を加えると、ようやく二人を離すことに成功した。

「放せ。お兄の代わりに殴ってやる」

「いい加減にしろっ」

　少しでも気を許すと、たちまち振り解かれそうだった。

「後を頼む」

　おろおろしている由里子にその場を任せ、可奈絵を隣の部屋へと引っ張っていく。

「放せ。放せったら、クソ親父」

自分の娘とは思えないほど汚い言葉だった。

ここで可奈絵を張り飛ばすのは簡単だ。無意識のうちに幣原は右腕を上げる。

だが、すんでのところで理性が働いた。

秀樹を殴った時の感覚が拳に甦る。あんな思いは、もう二度としたくない。

腕の中で暴れる可奈絵を包み込むように抱き締める。

「何するんだっ、放せよっ」

どんな罵詈を浴びせられても、幣原は両手を緩めない。ここで可奈絵を手放してしまったら、もう取り戻せなくなるような怯えがあった。

「クソ親父」

ああ、好きなだけ詰るがいい。

死んだらそれもできなくなる。

死んだら、こんな風に触れ合うこともできなくなる。

そのままの体勢を保っていると、やがて抗う力が弱まっていった。

「……ねえ、放してよ……あいつ殴ってやんなきゃ、お兄が可哀想だよ」

「彼を殴って、本当に秀樹が喜ぶと思うか」

「あいつ、お兄を嗤いにきたんだ。昔ボコボコにした相手に、また唾を吐きに来たんだ」

「そうかもしれない。だが、そうじゃないかもしれない。昔やったことを後悔して、詫びに来たのかもしれん。もしそっちだったら、彼を追い返していいのか」

「お兄だったら、あんなヤツに焼香してほしくないって思う」

「そんなに秀樹は料簡の狭い人間だったと思うのか」

噛んで含めるように話すと、抵抗がなくなった。

「テロリストになった動機はともかく、昔受けた傷を数えるような人間じゃなかった。過ちを犯した人間を、結局は赦してしまえる人間だった……そうじゃないのか」

ゆっくりと両手の力を緩めてみる。

「お前の都合で秀樹を悼もうとする人間を選ぶな」

「じゃあ、誰が選ぶのよ」

「選ぶ必要はない。秀樹を知っている者が焼香しに来てくれた。それだけで、もういいじゃないか」

すると可奈絵はゆっくりと顔を持ち上げて、こちらを見た。

目は昏く濁っていた。

「知った風なこと言わないでよ」

「お兄のことも、あたしのことも全然知らない癖して、こんな時だけ父親面しないでよ。あの日、二人ともボコボコにされた時、近くにいてくれたのはお母さんだけだった」

言い返す言葉もなく、幣原は口を噤む。

「どんなに大事な仕事だったかしらないけど、あたしたちが一番しんどい時にいてくれなかった。遅いのよ、何もかも」

幣原が怯んだ隙に、可奈絵はするりと縛めを解いて立ち去っていった。

吐き捨てられた言葉が、まだ頭の中で反響している。普段であれば苦笑して済ませられる言葉が、息子に死なれた直後では腹に堪える。

遅いのよ、何もかも。

言われてみれば、その通りだ。

秀樹がテロリストに応募したのを知らなかったこと。

秀樹を死なせてしまったこと。

家族を蔑ろにしていたのを気づけなかったこと。

幣原は立ち上がろうとしたが、身体はひどく重かった。

まだしばらくは由里子に座を持ってもらおう――情けない話だが、どこかで気を落ち着かせなければ、通夜の客に見せられる顔ではないと思った。長く留守にはできない。しかし、せめて外の空気を吸って一服したい。

ホールを出てひと息吐く。見上げてみるが、東京の空に星は見えない。いや、雲が厚く、星どころか月さえも見えない。

そう言えば最後に星空を見たのはいつだっただろうか。

唐突に思い出した。まだ秀樹が五歳の時、今より仕事が繁忙でなかったのも幸いして、家族で奥多摩(おくたま)に出掛けた。夜まで遊び、秀樹と一緒に見上げたのが満天の星だった。

今、あの星空は見えない。

傍らに秀樹もいない。

通夜の席で抑えていた感情が胸底から湧き上がりかけた時、不意に声を掛けられた。

「秀樹くんのお父さん、ですよね」

声のした方に顔を向けると、そこにさっきの加山が立っていた。

「ああ、娘が大変失礼してしまった」

「いえ、妹さんの言ったことは事実ですから」

加山は殊勝に頭を下げた。

「俺の妹が四人がかりで妹さんを苛めてたのもその通りだし、助けにきた秀樹くんを俺がタコ殴りしたのも事実です。でもですね、きっと妹さんはその後のことを聞いてないんですよ」

「その後のこと？　続きがあるのかい」

「リターン・マッチですよ。翌日、絆創膏だらけの顔して、秀樹くんは俺のクラスまでやってきたんです。それで再戦ですよ」

加山は拳を固めて自分の頬に当てた。

「あの時分、俺も突っ張っていて大抵バカでしたから、返り討ちにしてやるって放課後また喧嘩ですよ。でも秀樹くん、二戦目はとても手強くて結局引き分けました。年下相手に引き分けたのは、後にも先にもそれっきりです。それで秀樹くん、目の上をぱんぱんに腫らして言ったんですよ。兄貴に用事はない。ただ四人がかりで妹を苛めたことは本人の口から謝らせてくれって。俺もいい加減しんどくなったんで、妹に謝らせるのを約束したんです」

「妹さんは可奈絵に謝ってくれたのかな」

「妹は妹で変な意地があったみたいで、遂に謝らなかったみたいです。それでその話は終わったんですけど、どうにも秀樹くんのことが強烈に記憶に残っちゃって」

加山は照れ臭そうに頭を掻く。

「秀樹くんの死亡記事を読んで、一遍にあの時のことを思い出したんです。それで焼香に来たんです。噓うつもりなんて、これっぽっちもありません。それだけは知っておいてほしくて」

再び頭を下げた加山に、幣原は掛ける言葉を探す。

その時、頰に水滴が当たった。

一滴、二滴。

加山も手の平を上に向けて空を見上げた。

雨だ。


ぽつぽつと降り始めた雨は夜半に本降りとなり、翌朝まで続いた。そのせいか、ただでさえ参列者の見込めない告別式は更に寂しいものとなった。

ただし寂しいのは斎場内だけで、塀に囲われた外では報道陣の群れがカメラの砲列を向けている。見るからに野次馬と思しき連中も大挙して押し寄せている。参列者が少ないのは、彼らの好奇の目に晒されるのが嫌で欠席する者もいるからだろう。

斎場側は急遽（きゅうきょ）、記帳所周りにテントを設営してくれたが、それでも傘は必要だ。お蔭でテントの中にいない限り、参列者の顔は見づらくなっている。

参列者の顔は見づらい。しかし喪主として立っている自分の姿は克明に映し出されているに違いない。公安部からの要請で、オンエアされる際はモザイク処理がされるとしても、これで幣原勇一郎とその妻由里子の顔はマスコミに知られることとなった。今後は官舎の前で質問をはぐらかすのも難しくなってくる。

記帳を終えた参列者に一礼しながら、今頃公安部や刑事部の連中は腐っているに違いないと想像する。彼らが斎場で張っているのは、秀樹を殺害した犯人が参列者や野次馬の中に紛れ込んでいる可能性があるからだが、この雨では一人一人の顔を写真に収めるのもひと苦労だろう。

参列者の顔ぶれは、やはりクラスメートをはじめとした学校関係者がほとんどだった。警察関係者は皆無。秀樹がテロリスト志願であった事情を考慮すれば当然かもしれないが、ここでも幣原は組織の冷徹さを思い知る。

記帳が続けられている最中、斎場の外からはひっきりなしに野次が飛んでいた。

「テロリストに葬式なんて必要ねえだろー」

「イスラム国で国葬してもらえー」

「国賊だぞ。分かってんのかあ」

「焼くな。犬に食わせろー」

まともに取り合うなと思っていても、ついつい耳が拾ってしまう。拾ってしまえば心がじわじわと焦げてくる。

あの野次馬に比べれば、控えめな弔意を示してくれた官舎の住人や欠席しただけの警察関係者の方がはるかに温和だった。身内だからと言えばそれまでだが、少なくとも群衆の中から面罵するような卑怯さは見せなかった。

不意に秀樹の薄っぺらな主張を思い出した。

息子はこの国に絶望していた。視野狭窄で稚拙な主張だったが、感じていた絶望は本物だった。この国を悪しき思想から護る。突き詰めれば、幣原たち公安部の仕事はそれに尽きる。だが、この国とやらは家族を顧みず、己の心身を擦り減らしてまでも護る価値があるのだろうか。

今まで露ほども疑わなかった価値観が大きく揺さぶられている。野次馬たちから罵倒される毎に揺れは大きくなってくる。

そして、とうとうこんな声が響き渡った。

「いっそ家族で心中しちまえ」

瞬間、我を忘れた。

幣原は記帳所を飛び出した。雨に濡れるのも構わず、報道陣と野次馬たちが陣取る塀に近づく。

「今、声を上げたヤツは誰だ。出てこい」

ざわめいていたギャラリーたちが一様に押し黙る。ここまで至近距離にくると、彼ら一人一人の顔が克明に見える。

非難・敵意・誹謗・排斥・抗議・中傷・好奇・揶揄・嘲笑・冷笑・そして悪意。

「息子がテロリスト志願になったのは父親である俺の責任だ。認めてやる。認めてやるから、ここに来て正々堂々と俺を詰ったらどうだ」

ギャラリーたちは尚もひと言も発しない。ただ数人のカメラマンたちが職業意識を発揮してシャッターを切り始めたくらいだ。

「息子はもう死んだ。何も聞けないし、何も喋れない。だったら俺が代わりに聞いてやる。そして反論してやる。どうした。早く名乗りを上げろ。それとも遠巻きでしか詰ることもできないのか、卑怯者」

聞こえるのは相変わらず雨音とシャッター音だけだ。

雨の冷たさが幣原から次第に熱を奪っていく。熱が冷めると、自制心と後悔が胸に雪崩込んできた。

何をやっているんだ、俺は。

全身をずぶ濡れにして、幣原は踵を返す。

「カッコつけやがって」

「馬鹿野郎」

「えっらそーに」

背中に罵倒を浴びるが、どこか悔し紛れの響きがあったので無視した。

記帳所に戻ると、由里子が今にも泣き出しそうな表情をしながら、取り出したハンカチで幣原の顔を拭き始めた。

「本当に、あの人たちは……あの人たちは」

ハンカチが水を吸い、用を為さなくなっても由里子は手を動かし続ける。

「酷い、酷い、酷い」

尚も幣原の顔を拭く手を摑まえ、首を横に振ってみせる。

「もういい」

由里子は力なく頷くと、また記帳台の前に立った。記帳を再開した弔問客は気まずそうに幣原たち夫婦を一瞥し、そそくさと斎場の中へと入っていく。

やがてホールの中で読経が始まった。うっすらと漂う線香の臭いが少しだけ気分を落ち着かせてくれる。ひょっとしたら、線香には沈静成分が含まれているのかもしれない。

気分が落ち着くと、今度は切なさとやり切れなさがぶり返してきた。自分を客観視するとぞっとする。くよくよと後悔し、そうでない時は誰かに怒っている。これでは情緒不安の子供と同じではないか。

横に座る由里子は無言のまま顔を上げようともしない。可奈絵は可奈絵で、悔しさを堪えるようにずっと唇を噛み締めている。

読経が流れているものの、ほぼ無信心の幣原には何を言っているのか全く理解できない。それでも僧侶がテロリスト志願の若者のために祈ってくれているのは確かなので、神妙に頭を垂れる。

頼むから今は何の邪魔も入らないでくれ。

せめて葬儀が終わるまでは誰も茶々を入れないでくれ。

外に対しては切実な願いを、そして秀樹に対してはひたすら問い続ける。

教えてくれ。お前がテロリストに志願した本当の動機は何だったんだ。

本気で家族と祖国を捨てる気だったのか。

そして、いったい誰がお前を殺したんだ。

回答の得られない疑問を繰り返すのは、そうでもしなければ抑えている感情がまた爆発しそうだからだった。

さっき野次馬たちに向かって大見得を切った時には自分でも驚いた。マスコミに顔が割れたという踏ん切りがあったにせよ、あの場所にいた全員に顔を晒して喧嘩を売った。普段の幣原からはまるで想像もできないような軽挙妄動だった。

幣原は自分の神経が疲弊しているか、あるいは変調を来たしているのを認めざるを得ない。そうとでも考えなければ、自分の行動に説明がつかない。

秀樹が死んだ、自分がみすみす殺してしまったという思いが通夜の席から強くなってきている。あまりの突発事に麻痺していた感覚が遺影を見せられ、香を嗅がされたことで現実感を伴ってきたに違いなかった。

幣原は我が身に戦慄を覚える。

秀樹が公安部に逮捕された時も、テロリストに志願したと知った時も、職業的倫理観に根ざした自制心が働いていた。だから混迷し憤慨することはあっても、行動原理までが変わる訳ではなかった。

だが今、幣原の中に渦巻いている感情は噴出寸前のマグマのように滾っている。堤が切れた瞬間、自制心も組織への忠誠心も完膚なきまでに粉砕してしまうだろう。

読経を聞きながら、幣原は肩を小刻みに震わせていた。


弔問客が秀樹との最後の挨拶を終えると、棺の蓋が打ちつけられる。かんかんと乾いた音が響く度に、由里子は引き攣るように嗚咽を洩らす。

その時、背後から幣原の肩を摑む者がいた。

高頭だった。

「さっき、マスコミ相手に切った大見得はよかったぞ」

高頭は珍しく上機嫌だった。

「あの演説はインパクトがあった。もし犯人があの中に紛れ込んでいたら、きっと顕著な反応を示すだろう」

「仮定の話にしているところをみると、誰が不審な動きをしたか確認できなかったようだな」

「いきなりだったからな。監視している俺たちだって呆気に取られていたんだ」

高頭はにやにや笑いながら言った。

「もう一度やってくれ」

「何だと」

「出棺直前に喪主の挨拶があるだろ。その時、もう一度ギャラリーを焚きつけるような台詞を吐け。犯人が地団駄踏んで、お前や他の家族を憎悪する言葉を考えろ。今度こそ俺たちが野次馬たちの中から、妙な仕草や表情をしたヤツをマークする」

「本気で言ってるのか」

「俺がお前に冗談を言ったことがあるか。愁嘆場を晒すのもいいし、犯人に対して挑戦状を叩きつけるのもいい。とにかく犯人の心理を揺さぶるようにしろ。その間、俺たちは弔問客と野次馬の一人一人に目を光らせているからな」

「断る」

「ああ?」

高頭はまるで聞こえないというように顔を顰めてみせた。

「息子の葬式を、これ以上捜査に利用したくない」

「今更だな。息子を家に閉じ込めて監視していた男の言葉とも思えない。散々、自分の息子を捜査に利用したのは手前ェじゃないか」

「何と言われようが、これはプライベートな領域だ。公安部の勝手にはさせん」

「木津課長にも同じことが言えるか」

「今、ケータイで呼んでもらっても構わん」

「調子に乗るなよ」

高頭はいきなりこちらの胸倉を摑んできた。剣呑な空気を察知して、弔問客がこちらに怯えた視線を送ってくる。

「手前ェの息子がテロリストと断定された時点で、お前にはもう選択肢がなくなったんだ。組織に殉じろ」

「息子は、もういない。だからテロリスト云々の話はなしだ。当然、こっちには選択肢がある」

「理屈、言ってんじゃゃねえ」

「最初に理屈を捏ねてきたのは、そっちだろう」

「公安部の指示だぞ」

高頭は胸倉を摑んだまま、更に捻り上げてきた。

格闘術は幣原も体得している。高頭の身体を引き寄せ、密着した状態で片足を絡めて一気に押し倒す。二人とも床に勢いよく倒れ、哀れ高頭は背中と後頭部を強打した。

ぐふ、と大量の息を吐いた高頭はすぐに戦闘意欲を失くしたらしく、立ち上がろうとしなかった。幣原は床に伸びた同僚を見下ろしたが、勝利感と呼べるものは微塵もない。ただうそ寒い風が胸の中を吹き抜けるだけだ。

「公安部の刑事として仕事は全うする。しかし殉じるつもりはない。課長には、そう伝えておいてくれ」


出棺した後、幣原たち家族と多英を乗せた霊柩車は町屋駅近くの火葬場に到着した。

「これが最後のお別れとなります」

棺の窓が開けられ、秀樹の死顔が覗く。顔には全く生気がなく、静物にしか見えなかった。

やがて、その窓も閉じられた。

職員が棺をストレッチャーから火葬炉の中に送出しようとした途端、突然由里子が彼の手にしがみついた。

「秀樹ぃ、秀樹ぃ」

「あの、手を放して」

「まだ焼かないで、焼かないで」

痛々しくて見ていられない。幣原は由里子の手を摑むと、強引に職員から引き剝がした。

「もう、いいだろう。このままじゃ秀樹が成仏できなくなる」

「今だって、今だって成仏できる訳ないじゃないの」

「焼いて埋めてやらないと、手を合わせてやることもできないんだぞ」

尚も抵抗する由里子を押さえつけ、職員に続行を促す。

「棺、入ります」

棺が完全に炉の中に入り、扉が閉じられた。

「点火スイッチを押すのは喪主の方になります」

今度は幣原が促される番だった。炉の横にある制御盤。赤いスイッチには分かりやすく〈点火〉の文字が刻まれている。

右手が汗ばんでいた。幣原はズボンで汗を拭い、静かにスイッチを押す。

少し遅れて炉の向こう側から作動音が聞こえてきた。

「合掌してください」

火葬炉の前に設けられた小さな祭壇に向かって手を合わせる。だが手を合わせているのは幣原と可奈絵と多英だけで、由里子は炉の正面に立ち尽くしている。

「秀樹ぃ、秀樹ぃ、秀樹ぃ」

とうとう、その場に泣き崩れてしまった。

「お義母さん。すみませんが、由里子を控室に連れていってくれませんか」

「勇一郎さんはどうするの」

「終わるまでに一時間半かかるそうです。その間、線香の火を絶やすことはできないので……」

多英は由里子に肩を貸す格好で、可奈絵とともに控室のある方向に消えていった。

職員も立ち去り、ごうごうと音を立てる炉の前には幣原しかいなくなった。

炉の前に設えられた小さな祭壇には、秀樹の遺影が立て掛けられている。

ぐおっ。

遺影の秀樹を眺めていると、突然胸の奥から獣のような唸り声が噴きこぼれてきた。嗚咽を堪えようとして、そんな声になってしまった。

ぐおっ、ぐおっ。

必死に口を押さえていると、今度は止め処もなく涙が溢れてきた。まるで堤が決壊したようだ。もはや自分の意思ではどうすることもできず、幣原は声も涙も出るに任せるしかなかった。

誰にも見られてはいないが、そんなことを気にする余裕もない。唯々、自分の中にこれだけみっともない声と大量の涙が溜まっていたことが意外だった。

ひとしきり嗚咽を洩らした後、ハンカチで顔を拭った。たった一度拭っただけなのに、びしょ濡れになっていた。

不意に居たたまれなくなり、その場から逃げるように火葬場を出る。

外では依然として雨が降り続いていた。ちょうどいい。これなら大の大人が頬を濡らしていても誰にも咎められずに済む。

見上げると、棟の真ん中に屹立する煙突から白い煙が棚引いている。

秀樹が天上へ還っていく——。

幣原はずぶ濡れになるのも構わず、いつまでもその煙の行方を目で追っていた。

4

子を亡くした時の忌引きは七日間と決まっている。警視庁公安部もその例外ではないが、規定通り休む者は少数派だった。

幣原も葬儀と同日に初七日を済ませると、その翌日に登庁した。由里子と可奈絵は非難がましい目で見たが、幣原には追悼よりも優先するものがある。

庁舎に入った幣原は先に課長の机へ向かう。これから自分のすることについて、まず木津には仁義を通しておく必要があった。

「何だ。もう来たのか」

木津は意外そうな顔で幣原を迎えた。

「丸々七日休んだっていいんだぞ。公務員の権利だ」

「権利なら、自分でどう行使しても問題はないでしょう」

「仕事で息子を亡くした悲しさを紛らすつもりか」

木津は鼻を鳴らして言う。

「その程度の仕事に思われているとはな。公安部も舐められたものだ」

「これでも公私の別は弁えているつもりです」

「ああ、それは分かっている。高頭から報告は受けているからな。プライベートな領域は公安部の勝手にさせせんと豪語したそうじゃないか」

高頭という男は忠実だと感心した。ちゃんと依頼通り、自分の言葉を届けてくれたらしい。

「刑事部ならあるいは通用する理屈かもな。しかし公安部は別だ。幣原秀樹が死んでも尚、彼を取り巻く情報網は未だに生きている。彼の葬儀に犯人もしくは関係者が来ていた可能性は非常に高かった。君の協力次第じゃ、そいつを目立たせることだってできたかもしれん。残念だよ。まさか土壇場で協力を拒否されるとは思わなかった」

協力すると思われていたのか。

「君の、公安部に対する忠誠心は評価に値したからな」

「過去形ですか」

「協力を拒否したんだ。過去形にするのは当然だろう」

「外事第三課は腕っこきばかりが集まっていると思っていたのですが」

「どういう意味だ」

「腕っこきなら対象が顕著な反応を示さずとも、マークするのは朝飯前でしょう」

「そうくるか」

　木津は苦笑したが、目は全く笑っていなかった。

「君の協力が不可欠なほど、我々は揃いも揃って木偶の坊という訳か」

「テロリスト志願者の葬儀です。弔問客は少なく、ほとんどは秀樹のクラスメートでした。あの中にイスラム国の関係者が紛れていたとは考え難い。一方、斎場の外はマスコミを含めて黒山の人だかりでした。紛れているとしたらそっちの方の可能性が高い」

「それはそうだ」

「雨の中でしたから、喪主の挨拶もホール内でした。それをわざわざホールの外で、しかもマイクを使ってやれば不審がられるだけです。ちょっと頭の回るヤツなら警戒して、却って平然さを装いますよ」

「理屈だな」

「我々はそれだけ狡猾なヤツらを相手にしているんじゃなかったんですか」

「道理だな」

「課長」

幣原は正面から木津を見据える。ここで逃がしたら、今後自分に目はなくなる。

「わたしが高頭に伝えたもう一つの言葉をお忘れですか」

「何だったかな」

「テロリスト志願者だった息子は、もうこの世にはおりません。従ってわたしに課せられていた諸々の制約も必要がなくなったということです。四六時中、家族を監視せずに済む。官舎に盗撮・盗聴機器を設置せずに済む。わたしを通常業務に戻すことができる」

「すっかり元の態勢に戻せということか」

「わたしは外事第三課で無能ですか」

「皮肉を言うな。君の能力を一番高く買っているのは俺だ」

「加えてわたしには二重の目的が生じました。隠れたテロリスト関係者であり、息子を殺害した犯人を燻し出すことです」

「だから主力部隊に投入しろというのか」

「口幅ったい言い方になりますが、建設的な具申と自負しています」

「ふん」

生意気を言う――木津の顔にはそう書いてあった。だが生意気だからという理由で排除しないのが、この上司の長所だった。

「息子の無念を晴らす、か。それ以外のアドバンテージは何がある」

「秀樹が殺害された同時刻、わたしはあいつを追って現場近辺を走り回っていました」

「しかし犯人を目撃した訳じゃあるまい」

「人間の記憶の不思議さは課長もご存じの通りです。直後には思い出せなかったことが翌日、あるいは一週間後、不意に甦る。意識していなくても視覚情報を脳が記憶しているからです」

「捜査を続けていくうちに、重要な手掛かりを思い出せるだろうって？　偶然頼みというものだろう」

「有益な情報が偶然から得られる事例は少なくありません」

束の間木津はこちらを冷たく睨んでいたが、やがて鼻を鳴らして口角を上げた。

「朝イチにここへやってきた目的は、それだけじゃあるまい」

「斎場で弔問客ならびに野次馬たちの写真を撮りまくったでしょう」

「セオリー通りな。しかし傘を差している連中が多かったから、まともに顔を写せた被写体は限られていた」

「拝見できますか」

「その中に、君の記憶から甦る人物が紛れていたら僥倖（ぎょうこう）というものか。いいだろう。写した写真は別アングルからのものを含めて四百枚程度。後で閲覧できるようにしておく」

「有難うございます」

木津は釘を刺しておくのも忘れなかった。

「写真を見るのはいいが、心当たりにぶつかったらすぐに知らせろ。捜査一課の奴らから何かを聞いた時もだ。くれぐれも自分一人で抱え込むような真似だけはするなよ」

「承知しました」

「望み通り、今日から通常のシフトに戻してやる。自分から言い出したんだ。もう普通のサラリーマンみたいに働けるとは思うなよ」

「最初から期待していません」

「こっちは期待しているんだがな」

木津の笑いは次第に不敵なものへと変化する。

「俺が君を買っているのは、そういうしたたかさを持っているからだ。刑事部はともかく、公安部ではそういうしたたかさがどうしても必要になるからな」

褒められたのか単に皮肉を言われただけなのか判然としないが、いずれにしても捜査する環境は与えられたようだ。

「もう一つ、言っておく」

一礼して机を離れようとする際、背中に声を掛けられた。

「幣原秀樹殺害の被疑者として、君はまだリストに挙げられたままだ。それを忘れないように」


次に幣原が訪ねたのは刑事部だった。

受付で刑事部捜査一課の綿貫を呼び出す。ものの数分も経たぬうちに綿貫がフロアの向こう側からやってきた。

「何だってまた、わざわざこんなところへ」

綿貫は、幣原が自ら捜査一課へ足を運んだことが意外でしょうがないといった体だった。

「とにかく落ち着いて話のできるところにいきましょう」

それなら、と幣原はこちらから場所をリクエストする。

「取調室というのはどうですか。もちろん余人を交えず」

意表を突かれたかたちの綿貫は顔を顰めてみせたが、マジックミラーのない取調室なら秘密が保てることに思い至ったのか、渋々承諾した。

「いったい、どうしたんですか。まさか自首しに来たんですか」

取調室に入るなり、綿貫はぞんざいに訊いてきた。

「以前にも供述した通り、わたしは潔白です」

「同じ供述を繰り返しに来たんですか」

「申し入れですよ。綿貫さん、率直にお伺いします。秀樹の葬儀に、捜査一課さんは人を寄越しましたか」

綿貫は口を噤んでいる。幣原が事件の関係者であるという位置づけを変更するつもりはないらしい。

「外野席は報道陣と野次馬たちで鈴なりになっていた。それらしき人間を四、五人見掛けた。被害者の葬儀に現れる犯人を捜していたんでしょう」

「さあ」

「外野席には公安部の人間もいて、必死にシャッターを押していた。彼らには気づいていましたか」

「失礼な言い方になるが、公安さんには独特の臭いがあるからね」

暗に綿貫本人が人ごみに紛れていたのを打ち明けたかたちだった。

「弔問客、それから野次馬の顔はちゃんと撮れましたか。あの雨の中、傘を差してきた者も多い。全員をデータに収めるのは至難の業だったんじゃないですか」

「あなたには関係のないことでしょう。刑事部の捜査に首を突っ込まないでください」

腹立たしげな口調は、撮影が不首尾に終わったことを物語っていた。

「隠し撮りなら公安部に一日の長がある」

幣原は自慢話にならないよう、慎重に言葉を選んだ。

「葬儀の席のみならず、衆人環視の中だったり、個室だったり、ひどい時にはラブホテルで隣室の睦ごとを盗聴・盗撮しなきゃならないから、その辺のスキルには歴然とした差がある」

「あまり自慢できる話ではありませんね」

「自慢しているつもりはありません。しかしスキルに差があるから、同一条件上でもより多くの情報を収集できる。公安部では、別アングルのものを含めて約四百枚のショットを所有しています」

四百枚という数字を聞いて、綿貫の表情は劣等感に歪んだ。やはり四百枚よりは相当少ない収穫だったのだろう。

「葬儀で怪しい人物を見掛けましたか」

「あなたに教える義務はない。あなたは依然被疑者リストに挙がったままだ」

ついさっき木津から同じことを言われたばかりだ。

公安部からも刑事部からも被疑者と目される男が外事第三課と捜査一課の間を行き来しているというのは、我ながら奇妙な状況だと思った。

「ひょっとして一課の進捗状況を確認しに来たんですか」

「まあ、当たらずといえども遠からずです」

「呆れたな。被疑者の一人にほいほい捜査状況を洩らすと、本気で思っているのか。捜査一課もずいぶんと舐められたものだ」

これもまた木津が洩らした言葉と瓜二つだ。プライドの高い人間は吐き出す言葉も似てくるものなのだろうかと、幣原は胸の裡で苦笑する。

「早合点しないでください。何も無条件で情報をくれと言ってるんじゃない」

粘着質な綿貫の目がわずかに色合いを変えた。

「見物に来た野次馬や他の人物の写真データ四百枚はわたしも閲覧できる。閲覧できるならコピーも可能だ。何ならあなたに提供したっていい」

「……交換条件という訳ですか」

「あなたたちにはただの被疑者の一人なんだろうが、わたしは秀樹のれっきとした父親だ。息子を殺した犯人を捕まえたいのは当然でしょう」

「普通の親ならそうでしょうが、警察官という身分では賛否が分かれるでしょうね。公権力を私怨に行使するとなれば職権乱用の誹りも免れない」

「犯人を見つけ出したら、その場で私刑に処すとでも？　お言葉ですが、そこまで箍が外れてはいませんよ。犯人を逮捕したら、粛々と送検手続きに移行するだけです」

「公安部の刑事が刑事部捜査一課の刑事を相手に駆け引きですか」

「わたしものっぴきならないところまで追い込まれていましてね。もう手段を選んでいる余裕なんてないんですよ」

「その四百枚のデータと引き換えに何をお望みですか。いや、まだ提案を受け容れると決めた訳じゃない。あくまでも条件を訊いているだけだ」

条件を確認している時点で受け容れる気満々ではないか。

「犯行現場およびその周辺に設置された防犯カメラに不審な人物は写ってなかったのか。その後の捜査で、わたし以上に疑い濃厚な被疑者が現れたのか。現場から採取された手掛かりで有望なものはあったのかなかったのか」

「……欲張りですな。四百枚のデータと等価とは思えないが」

「全部でなくてもいい。可能性を潰してくれるだけでも大助かりです」

綿貫はまだ逡巡している様子だった。幣原は残り一枚のカードも開くことにした。

「わたしの方で犯人の目星がついたら、公安部より先にあなたに教えましょう。その条件でどうです」

さすがに綿貫は呆れた顔をした。

「自分とこの手柄まで交渉のテーブルに載せようというんですか」

「言ったでしょう。もう、のっぴきならないところまで追い込まれていると」

綿貫は尚も迷っている。だが脈ありだ。こういう時は、いったん退くのも交渉の肝要だ。

「今すぐ返事を寄越せとは言いません。しかし悠長なことも言ってられないので、今日中に返事をください」

そう言い残して幣原は席を立つ。これで主導権はこちら側が握ることになる。

取調室を出ようとすると、また背中に声を掛けられた。

「いいのか、幣原さん。色んなものを失うことになるぞ」

「あなたが心配されることではないでしょう」

諸々を捨てることは最初から覚悟している。捨て去ったものよりも大きなものを獲得すれば上出来ではないか。

取調室を出た瞬間、幣原は後戻りできないことを実感した。帰属する公安部と敵対する刑事部を両天秤に掛けるような真似をしている。木津に発覚したらただでは済まされないだろう。

だが、引き返して堪るものか。

どんな手を使っても構わない。

見ていろ、秀樹。

お前を殺したヤツは、必ず俺が挙げてやる。

五　見知らぬ明日

1

　翌日、幣原は捜査一課に綿貫を訪ねた。外事第三課の仕事をしている最中であっても、殺人事件の関係者として出頭を求められれば応じない訳にはいかない。

　もっとも、これは綿貫の許を訪れるための方便でもある。綿貫と木津二人に捜査協力を約束する一方、それぞれから捜査情報を引き出して取引の材料にする。綿貫には外事第三課の、木津には捜査一課の情報を握らせることで己は双方の情報を得る――二人が知れば激怒するような話だが、警視庁内部の味方をなくした幣原には窮余の一策だった。もちろんこんな綱渡りが長続きする訳もなくいずれ破綻するのは目に見えているが、それまでに犯人に繋がる手掛かりが入手できればいい。

　我ながら刹那的な考えであり、戦術としても手法としても褒められたものではない。以前の幣原なら決して選ばないであろうやり方だったが、公私ともに追い詰められたかたちの幣原に選択の余地はなかった。

綿貫との会合の場は事前に取調室と決めてある。無論、通常の取り調べではないので相手も綿貫一人だけだ。記録係もつけない一対一の聴取はマニュアルから逸脱しているが、そもそも他部署からの情報をリークする行為自体が逸脱しているので、綿貫も納得ずくの聴取だった。

「それにしても動きが早い」

取調室に入るなり、綿貫はまじまじと幣原を見た。

「もう材料を用意したんですか」

幣原は無言で超小型のＵＳＢメモリーを差し出す。中には高頭たちが葬儀の席で隠し撮りした約四百枚の画像が収まっている。

「コピーなら数分もあれば事足ります」

「しかし外事第三課の刑事部屋で作業したんでしょう。度胸ありますね」

「度胸のあるなしを言ってられないんですよ、わたしは」

綿貫は訳知り顔で頷いてみせるが、こちらに調子を合わせているようにしか思えない。追い込まれた者とそうでない者の間には、想像で補えない隔たりが歴然と存在する。

実際、データの複写作業は短時間で済んだが、精神的な圧迫が凄まじかった。外事第三課で幣原の相手をしたのはいつもと違い、佐伯だった。葬儀の席で幣原に押し倒されて以来、高頭が現れたことはない。高頭自身が敬遠しているというより、幣原と相対した際の無用なトラブルを避けるために木津が配慮したのだろう。

佐伯はまだ経験も浅く、密かに幣原に敬意を抱いているようだった。どこか遠慮がちな応対でそれを悟っていた幣原は、絶好の機会を逃さなかった。

公安部での事情聴取は四百枚の画像の中から、事件当日に見掛けた顔がないかどうかを確認する作業だった。目の前に置かれたパソコンの画面で、次々に画像を切り替える。別アングルからの画像も含まれているので人数としては二百人程度の野次馬だが、そのほとんどはマスコミ関係者だ。その中には東都テレビのレポーター伏屋も交じっている。マスコミ関係者以外となると幣原に食ってかかった山際博美、他に近隣住人の姿が確認できた。

幣原が確認をしている間も佐伯が正面で目を光らせていたが、作業が三十分以上にも及ぶとさすがに警戒心が薄れてきたようだった。幣原は頃合いを見計らい、佐伯が脇目をした瞬間にパソコンにUSBメモリーを挿入した。手の動きも見せず、音もさせずに細工するのは細心の注意を必要としたが、若い佐伯をまんまと出し抜くことができた。

同僚の目の前で情報を窃盗するのに躊躇がなかったと言えば嘘になる。経験はなかったが、万引きをする人間の心理とはこのようなものかとも思った。背徳感とスリルが綯い交ぜになり、職業倫理が抵抗する。それでも幣原は背任行為に手を染めた。

職業倫理では秀樹を護れなかったからだ。

「で、結果はどうだったんです。収められた画像の中に、記憶を呼び覚ます一枚はありましたか」

「いいえ」

幣原はゆるゆると首を横に振る。傍目にはひどく疲れたように見えるかもしれなかった。

「事件当日に見掛けた顔はありませんでした。もちろん、わたしの記憶が曖昧だと言われればそれまでですがね」

「幣原さん。あなたたち公安部の仕事は日がな一日人の顔を見ることだ。人ごみの中でたった一人の対象者を追い続けることだ。刑事部でも似たようなことをするが、悔しいことにそのテの訓練は公安部に一日の長があるという話で」

最後まで聞かなくても、綿貫の言わんとすることは理解できる。公安部の警察官は対象団体のメンバーの顔をどこまで記憶に刻みつけられるかが資質の一つに挙げられる。面識率と言われているが、街角を歩いている時、何かの集会に出掛けた時、対象者を発見して尾行・逮捕に結びつけるために必要不可欠の技能だ。外事第三課のエースと謳われた幣原も、当然面識率の高さを誇っており、綿貫がそれを知らないはずもなかった。

逆に言えば、綿貫は幣原の証言を疑っている。幣原が情報を秘匿していると勘繰っているのだ。

「もし四百枚の中に当日見た顔があったのなら、あなたにわざわざ全ての画像データを開陳するようなまどろっこしい真似はしませんよ」

綿貫の疑惑を払拭するため、少し語気を強めた。

「これと決めた一枚を渡し、捜査一課の機動力を利用してでも、対象者の身元を洗おうとするでしょう」

「先に、外事第三課の捜査力を利用するんじゃないですか」

「約束は守りますよ」

「そうあってほしいものですね」

綿貫は穏やかに返してきたが、目は少しも穏やかではなかった。

「現場周辺に設置された防犯カメラの分析が進んでいるはずです。ＵＳＢメモリーに収められた画像と照合すれば、わたしの記憶より早く被疑者が絞り込めるでしょう」

「理屈はそうなんですがね、幣原さん。画像の分析には存外に時間が要る。未だに息子さんの姿さえ抽出できていないらしい」

「まさか。ベルギー大使館の近辺であれば複数台のカメラが設置されているはずだ」

「大使館の周囲三百六十度を網羅している訳じゃない。死角も存在しているということです」

綿貫は露骨につまらなそうな顔をする。ただし、相変わらず目だけは猜疑心に凝り固まった色をしていた。

「幣原さんには伝えておいた方がいいでしょう。ひょっとしてご家族が犯人ではないかと疑っていませんでしたか」

当然、可能性の一つに考えてはいたが、他人に面と向かって言われると改めて堪える。幣原の心痛を知ってか知らずか、綿貫は淡々と話を続ける。

「もし疑っていたのなら、可奈絵さんについてはひとまず安心してもらって結構ですよ」

「アリバイが成立しましたか」

「アリバイも、です。新百合ヶ丘にある奥さんの実家に身を寄せているんですよね。当日、お祖母さんの多英さんは午後十時三十分に玄関ドアを施錠しています。秀樹くんの死亡推定時刻は十時三十分から十一時三十分までの間なので、犯行は事実上不可能。可奈絵さんには鍵が与えられていないため、彼女が実家を出て犯行を終えた後に舞い戻るというのも無理がある」

説明を聞きながら幣原は綿貫の捜査に甘さを感じ取る。

新百合ヶ丘の実家がその時刻に戸締りをした事実は、幣原自身が多英から聞いていた。だが親族である多英の証言は説得力に欠ける上、鍵の保管が厳重でなければ、可奈絵の犯行が不可能とは言い切れない。

だが次のひと言で、綿貫への評価は元に戻った。

「もちろん、お祖母さんも親族ですから、証言を百パーセント信用する訳にはいきません」

「当然、そうなるでしょうね」

「しかし別の理由で可奈絵さんはシロです。事件発生直後、わたしは可奈絵さん本人からも事情聴取しましたし、彼女の靴も調べさせてもらいました」

「現場に残っていた下足痕と一致しなかったんですね」

「それもありますが、一番の決め手は土ですよ。幣原さんもロカールの交換原理はご存じでしょう」

幣原は無言で頷く。鑑識の知識があれば誰もが一度は耳にした原理だ。フランスの犯罪学の権威エドモンド・ロカールが提唱したもので、異なる二つの物質が接触する時、一方から他方へ接触した痕跡が相互に残るという内容だった。

「たとえば被害者の爪に加害者の皮膚が残る一方、加害者には被害者の爪跡が残ります。同じことは靴底の土にも言える。加害者が自らの生活空間の土を現場に残す一方、現場の土が加害者に運ばれます」

「しかし現場といっても被疑者も都内の住人であれば、交換されたところで似たような種類の土でしかないでしょう」

「それが違う」

綿貫はほんの少しだけ優越感を面に出した。

「ベルギー大使館というのは結構歴史が長くて、平成二十一年に建て替えを行なっています。改築工事を請け負った竹中工務店は現在のベルギースクエアにある庭を造る際、大使館の要望で珍しい土を運び入れたんです。褐色でやや酸性の土。聞けばベルギーの山間部ではよく見られる土だそうで」

ベルギースクエアと聞いて、幣原はすぐに反応した。

「秀樹の死体が発見されたビルはベルギースクエアの中に位置している」

「ええ。従って現場に足を踏み入れた人間は、この土を踏んでいるはずなんです。ところが可奈絵さんの靴底からは、この土がひと粒も検出されませんでした。彼女が犯行現場にいた可能性は極めて小さいと言わざるを得ません。もっとも犯行専用に靴を一足用意したのなら話は別ですが、それでは階段から突き落としたという衝動的な犯行と計画性がそぐわなくなる」

幣原は我が身を顧る。自分と由里子は現場に足を踏み入れているので、当然土を運んでいる。

「言い換えれば、わたしと由里子の靴は既に現場の土を運んでいる。だから被疑者リストから外すことができないという訳ですか」

「秀樹くんの関係者でアリバイが立証できなければ、それもやむを得ないでしょう。ただし、土の違いは犯人を特定する要素の一つになります。今後どんな被疑者が浮上しても、その一点が証言を覆す切り札になるかもしれない」

綿貫は勝ち誇るように語る。それは目の前に座る幣原への皮肉にも聞こえる。

「土以外に判明した事実はありますか」

「四百枚の画像に相当する情報なら、これくらいですかね」

更に有力な手掛かりがあるにも拘わらず、被疑者の一人である幣原には話せないのか。それとも単に幣原の反応を窺っているだけなのか。

綿貫はまだ疑いの目でこちらを睨んでいる。それならこちらから揺さぶりをかけてみるまでだ。

「今しがた、娘については嫌疑が晴れたと言ってくれましたが、由里子の方はどうなんですか。わたしと同様、未だに最有力の被疑者扱いですか」

「最有力なんて誰が言いましたか」

「訊かなくっても分かる。親子であっても、いや親子だからこそ、テロリストに志願したような息子は邪魔な存在でしかない。愛情が深ければ深いほど反転した時の憎悪は濃密なものになる。わたしが綿貫さんの立場でも由里子を疑う」

「しれっと厳しいことを言うんですね」

ひどく意外そうに言われたが、これは社交辞令のようなものだ。綿貫は間違いなく由里子のアリバイを調べ尽くしているはずだった。

「ただ事件当夜、わたしは現場周辺を走り回り、由里子は自宅で連絡待ちでした。衆人環視の官舎だ。官舎周辺には報道陣も居座っていた。とても人目を避けて外出できる余地はないはずですよ」

「普通に考えればそうでしょう。しかし、幣原さん。秀樹くん自身が人目につかないよう、外出することに成功しているじゃありませんか」

やはり気づいていたのか――幣原は心中で舌打ちをする。

秀樹が避難はしごを伝って官舎から抜け出したのを知った直後、幣原も急いで後を追った。捜索した挙句に秀樹の死を知らされたので、はしごを回収したのは翌日になってからだった。つまり避難はしごはひと晩中開放されていた訳であり、由里子がこれを使えば玄関からでなくても外出が可能であったことを示している。

「警察官とその家族が居住するマンション。しかも敷地の外には寝ずの番の報道陣。少し考えると蟻の這い出る隙もない状況だが、秀樹くんが既に風穴を開けていた。人知れず外に出るには格好の状況です。現に幣原さんがマンションを飛び出したのは衆人が目撃しているが、秀樹くんについてはそれがない。つまり秀樹くん以外の人間が同じ方法を採っても人目にはつかなかった可能性を示唆しています」

「しかし由里子がはしごを使ったという証拠は……」

言いかけて、あっと思った。

捜査一課がその可能性に着目していながら放っておくはずがないではないか。

「お察しの通り、避難はしごは幣原さんの不在中に押収させていただきました」

避難はしごに使用されているワイヤーロープの材質は何だったのか。材質によって指紋や繊維の残留する量は変わってくる。こちらの考えを読んだかのように、綿貫は悠然と説明を始める。

「官舎に戻って確認すればすぐに分かることなので言ってしまいますが、避難はしごのロープ部分はタングステンで構成されています。滑り防止のために細かい溝まで刻んであります。指紋も繊維も付着しやすい素材ですよ」

「そういう言い方をされているのは、既に分析結果が出ているからなんでしょうね」

幣原は綿貫を正面に見据える。相手がどんな手札を持っているのか、ここで見極めなければ後になって響く。

しばらく沈黙が流れる。表面上は穏やかな睨み合いに見えるだろうが、実際は鍔迫り合いのようなものだ。

ややあって、綿貫の方が先に緊張を解いた。

「一課や刑事部の思惑はともかく、鑑識の報告は公安部に筒抜けらしいですからね。これは隠しておく必要もないでしょう。結論から言えば、避難はしごからは秀樹くん以外の指紋および皮脂は採取されませんでした」

幣原はほっと安堵する。幣原が言えた義理ではないが、由里子が避難はしごを使った痕跡が出ていたら、自分は徹底的に妻を追い詰めなくてはならない。

「手袋を嵌めていれば指紋や皮脂の付着は避けられますが、これも先刻言ったことと同様、衝動性と計画性が相反するので可能性は乏しくなる。もちろん避難はしごを使わずに外出したというのなら話は別ですけどね」

可能性の羅列に終始する綿貫を見ていて確信した。未だ捜査一課は決定的なピースを手にしていない。被疑者を絞れないまま、有り得ない可能性を一つずつ潰しているだけなのだ。

「言い方は悪いんですが、今日びテロリストに志願するような人間を擁護する者は少ない。家族にしてみれば厄介者でしかないし、そもそも殺人の七割は近親者の犯行だ。疑われても当然だくらいには考えてください」

外事第三課に戻り、アブドーラの張り込みに外出しようと支度していた矢先だった。

「今からお出かけか」

高頭が目の前に立っていた。見下ろすような視線は以前にもまして冷ややかで、まるで温度を感じさせない。

無視していると、言葉を重ねてきた。

「そうつんけんするな。これでも敬意を払っている」

「そうか」

「特に女房の教育が行き届いている。俺もあやかりたいものだ」

「どういう意味だ」

「何だ、知らなかったのか。今、お前の女房が張り込んでいたマスコミ相手に一席ぶっていた。さしずめ加害者家族からの逆襲といったところだな」

まさか。

「いずれにしてもテロリスト志願者が死んだことで下火になりかけていた報道合戦が、再び燃え上がっている。実に効果的な燃料投下だ。帰ったらたっぷり褒めてやることだな」

額に入れて飾っておきたいような憎まれ口を残して、高頭はその場からすぐに立ち去る。要は嫌味を言いたかっただけなのだろう。

高頭の姿が消えるなり、幣原は机上のパソコンを立ち上げて最新のニュースを検索する。〈テロリスト志願者〉、〈幣原容疑者　母〉というワードを入力すると、たちどころに該当の記事がヒットした。迷わず動画つきのニュースを選択して、サイトを開く。

最初に由里子の顔が大写しで現れた。全体にモザイクが掛けられ声にも加工が施されているが、着ている服は今朝見たものと同一だった。

周辺の状況から、場所が官舎の真ん前であるのが分かる。画面の端にマイクやＩＣレコーダーが映り込んでいるので、報道陣を前にして喋っているのも明白だ。

『息子が……秀樹がテロリストを志願して逮捕されてから、あの子とわたしたち家族はとてもひどい仕打ちを受けました。それまで、わたしはこの国に住む人はみんな良識があって、まだ何も悪いことをしていない人間に冷酷な仕打ちができるなんて想像もしていませんでした。でも現実は違いました。まだ何もしていない息子に対して、あなたたちは罵倒し、唾を掛け、石を投げました。その挙句、息子を殺しまでしました』

音声が加工されていても声が上擦っているのは聞き取れる。そもそも大勢を前にして演説できるような女ではない。幣原には、由里子が正気を失っているようにしか思えなかった。

『わたしは、息子の選んだことが間違っているとは思えません』

いったい何を言い出した。

耳障りな声だが、話す内容は更に受け容れ難いものだった。由里子が喋っているのは分かっていても、本人の発言とは到底思えない。

『イスラム国という組織が良識ある人たちから非難を浴びているのはわたしも知っています。でもイスラム国の戦争に参加したいという人たちが、短期間で増えたことも知っています。きっとその大義に賛同したからだと思います。若い人たちをそれほどまでに魅了したイスラム国の何もかもが間違っているとは思えません。間違っていると断定するのは、大義に賛同して参加した若い人たちを否定することだからです』

やめろ。

マスコミの前でそれを言うな。お前の言うことは間違っている。いや、百歩譲って間違いではないにしろ、邦人の犠牲者を出して国全体が神経質になっている時に言っていいことではない。

だが幣原の祈りも空しく、由里子は禁断の言葉を吐き続ける。

『世界中の人が非難し続けても、イスラム国に参加しようとする人は一向に後を絶ちません。それがどうしてなのか、あなたたちは一度でも考えたことがありますか。国の教育制度とか社会の仕組みが至らないこと、自分たちの躾がなっていなかったことを棚に上げて、よく分かりもしない分かろうともしないイスラム国にその責任を押しつけているだけじゃないんですか』

黙れ、それ以上喋るな。

逮捕されてからというもの、秀樹は日本国民の敵だと攻撃された。幣原一家も同様だ。国賊だ非国民だと詰られ、誹謗中傷の渦に呑み込まれた。だが秀樹が死ぬと人々は怒りの矛先を失い、幣原たちへの風当たりもいくぶん緩和されていた。

そのさ中に由里子の暴言だ。これで国民は再度、憎悪の牙を剝く。遠慮会釈もなく幣原たち家族に襲い掛かってくる。

『イスラム国に参加しようとした人たちは、多くが絶望と希望を持っていたと思うんです。この国への絶望と、まだ見たことのない世界への希望を。それが誤解や錯覚だというのなら、彼らに夢を与えてやれなかったわたしたちの罪や責任はどうなるんですか。みんなみんな、頬かむりをしているだけじゃないですか』

もう、やめろ。

それはイスラム国の事件を知った全ての人間が、イスラム国に若者の参加を許してしまった全ての国々が己の心と口を塞ぎ、決して認めようとしなかった事実だ。それを口に出すのは、本当に全世界を敵に回すことだ。

頼む。頼むからやめてくれ。

これ以上、俺たちの居場所をなくすつもりなのか。これ以上、俺たちに矢を向けさせるつもりなのか。

『息子は殺されました。死んでしまった今、あの子の遺志を代弁できる者は母親のわたし以外にいません。だから改めて言います。秀樹がイスラム国に参加しようとしたのは、秀樹なりに正しい選択でした。母親であるわたしは、それを支持します。もし、秀樹をイスラム国に誘った人が訪ねてくれたら』

その先を口にするな。

『わたしは迷わずイスラム国への参加を希望します。あの子の遺志を引き継ぐために』

直後、マイクを向けていたレポーターたちが一斉に質問を繰りだした。あまりに多くの声が重なり合い、明瞭に聞き取れる質問は一つもない。

『それは大使館事件の被害者遺族に対する』

『今のは息子さんの在籍していた大学への抗議』

『本気で仰っ』

『では、幣原さんは世界で発生しているテロを容認』

『今の言葉はご主人も同じ考え』

動画はそこで途切れた。

無関係な動画が再生されても、しばらく幣原は停止できずにいた。朝、自分を見送ったばかりの妻とは別の由里子が喋っていたようにしか思えなかった。

だが動画につけられたキャプションが、幣原秀樹の母親の声明であることを証明していた。

そうだ、まさしくこれは声明に相違ない。息子を殺された母親が全世界に向けて発信した異議申し立てだ。申し立てることで己と家族にどんな追撃が襲いくるのかは、由里子自身がこの数日間で身に沁みているはずだ。それにも拘わらず口に出したからには、相応の覚悟があるからに違いなかった。

しかし何故急に、という戸惑いがある。目的も不明だ。せめて夫である自分には相談するべきだろう。それとも、自分は相談相手にも値しないと最後通告を叩きつけられたのだろうか。

思考が千々に乱れる中、唐突に声を掛けられた。

「幣原さん」

声の主は佐伯だった。

「課長がお呼びです」

由里子の動画がアップされた直後の呼び出しだ。何をどう言われるかおおよその見当はつく。

重い足を引き摺りながら応接室の前まで辿り着いた。ノックをすると、張りのある声が返ってきた。

「失礼します」

「朝から呼び出して済まない」

済まないと言いながら、木津はどこか上機嫌だった。声には出ずとも口元が綻んでいる。

「呼び出されたのは家内についてですか」

「そうだ。どうした？　そこいらに掛けないのか」

叱責を受けるものとばかり思っていた幣原は、勧められるまま応接セットの椅子に腰を下ろす。

「奥さんの所信表明は先ほど拝見した。なかなかの名演説だったじゃないか」

「ご迷惑をおかけします」

自分には何の相談もなく、と打ち明けるつもりはなかった。

「いや、特に迷惑とは思っていない。むしろ歓迎しているくらいだ」

口元が更に緩んでいるのを見て、幣原は木津の思惑が自分の予想とは全く相違していたのを知る。

「あれは君の入れ知恵か」

それには答えず、木津の真意を確かめることにした。

「妻の発言が外事第三課の利益になるんですか。公安部に勤めている警察官の妻として推奨できるものとは思えませんが」

「表向きはそうだな。間もなく俺の耳にも内外から雑音が入ってくるだろう」

「それなのに歓迎ですか」

「幣原秀樹の死でジャハル以外のリクルーターが地下に潜った。実際、ジャハルの逮捕以降は対象者も鳴りを潜めた」

「殺人事件が絡んで、我々以外に刑事部が嗅ぎ回っていますからね。変に波風を立てるような真似は危険と察知したのでしょう」

「そこに君の奥さんが大きな岩を投げ込んでくれた。かなりの波紋が生じる。波紋に反応して、またヤツらが動きを活発にしてくれるかもしれん。君もそれを期待して奥さんに言わせたのだろう」

　木津は思わせぶりに笑ってみせる。

「無論、君には息子を殺害した者を刺激する意図もあっただろう。私怨交じりである点は褒められたものではないが、それでイスラム国の関係者が動いてくれるのなら結果オーライだ。というよりお互いの利害が一致したとみるべきかな」

「また網を張るんですか」

「奥さんは自分もイスラム国に参加する意志があると表明した。リクルーターにとってはさぞ甘い誘惑に駆られることだろう。向こうが誘いに乗ってくれるのなら、こちらが何もしない訳にもいかん」

「見え透いた罠と看破される可能性も大きいですよ」

「看破されるのも織り込んだ上での話だ。イスラム戦士を熱望しながら志半ばで斃（たお）れた若者。そしてその遺志を継ぐ母親。イスラム圏内で母子人情ものが通用するかどうかは不明だが、革命を錦の御旗にしている連中なら美談として利用するだろう。己の主義主張をプロパガンダするには格好の材料でもある。ダメ元で母親に肘鉄食らって、万一釣り上げることができたなら、見栄えのいい広告塔に仕立てられる。リクルーターが捕まったとしても極東の工作員が一人使えなくなるだけだ。ヤツらにとっちゃあ痛くも痒くもない」

並べ立てられてみると、確かにイスラム国にはメリットが多い。同時に外事第三課にも都合のいい話だ。テロリストを擁護する発言も幣原本人が口にすれば公安部の責任問題になるが、家族であればぎりぎり致命傷にはならない。夫の幣原一人に詰め腹を切らせれば済む話であり、公安部が責任を追及されたとしても間接的な範囲に留まる。それこそ木津の言い分ではないが、雑音にしかならない。これでイスラム国の関係者が接近でもしてくれれば、外事第三課は新たな情報源を獲得できるのだから言うことはない。まさにローリスク・ハイリターンだ。

「一見、破天荒で無茶なやり方だが、落ち着き先は真っ当だ。君らしい深謀遠慮だが、さぞかし奥さんを説得するのに苦労しただろう」

幣原の反応を愉しむかのように、木津はこちらを覗き込む。幣原は無表情を貫くが、頭の中では木津の真意を探りにかかっていた。

木津は由里子の意思表示が幣原の差し金と信じて疑わないようだ。それならば幣原が密かに抱いている疑念には気づいていないのか、あるいは気づいていないふりをしているのか。

由里子はマスコミの前で公然とイスラム国を擁護したが、幣原もそれが本意だとは信じていない。息子を死に追いやった元凶をどこの母親が庇うものか。

それでも由里子が意に反する行動に出たのは、自身の犯行を誤魔化すためではなかったのか。幣原家にとって邪魔な存在となった秀樹を殺害する動機を、覆い隠してしまうための芝居ではないのか。

由里子の性格と、秀樹が逮捕されてからの変調を知る幣原には何もかもが嘘臭く見える。木津は破天荒で無茶と評したが、どれもが計算した上での行為に映る。夫唱婦随のように言われたが、とんでもない話だ。夫唱婦随どころか腹の探り合いをしているに等しい。

「雑音の方は気にしなくていい。とにかく君は通常業務を遂行するふりをしながら、奥さんあるいは君自身に接触してくるのを待っていろ。何か異状が認められれば、すぐに我々が動く」

言い換えれば、従来以上に幣原家を監視するという意味だ。

幣原はやはり無言のまま一礼した。


アブドーラの監視を終えて官舎に帰宅すると、報道陣の数が増えている。明らかに由里子の発言が原因だろう。

既に幣原の面は割れており、官舎の正門前で取り囲まれた。

「幣原さんですよね、もうとぼけられませんよ」

「奥さんのイスラム国参加発言、あれはご主人の同意あっての話なんでしょうか」

「警察官としてどうお考えなんですか」

「父親としても夫としても責任が問われるところですが」

「もう出処進退の話は出ているのでしょうか」

どいつもこいつも判で押したように月並みで下世話な質問を繰り出すものだと思う。しかもマイクを突き出している本人が半ば倦み飽きた顔をしているのは、あまり考えもせず脊髄反射のような質問を繰り返しているからだろう。報道の世界に身を置いているのだから、各人は相応の教育を受け、高い学歴の持主に違いない。そういう人間なら自分の発している質問の下衆さ醜悪さを自覚できないはずもない。

訊く方も訊かれる方も、うんざりしながら受け答えをしている。そんな質疑応答をいったい誰が欲し、どんな意味があるのか。考え出すとひたすら空しくなるので、幣原は感情に蓋をした状態で彼らを押し退ける。

「幣原さん、答えてください」

「何かひと言」

「あなたにとって警察官という仕事は何なんですか」

群がり迫る様をウンカのごとくと形容する時があるが、彼らはウンカどころか飢えた野生動物だった。幣原が強行突破しようとしても、ジャケットの裾を摑み、腕に縋って放そうとしない。

エントランスに辿り着いた時にはジャケットが脱げかかっていた。

家の中に入ると、由里子はキッチンにいた。

「ああ、おかえりなさい」

相変わらず生気の乏しい顔をしており、声のトーンも普段より一段落ちている。インタビューに答えていた時に比べると別人のようだった。いや、そもそも動画で声明を出していた由里子こそが別人だったのか。幣原も曖昧になっていた。

「お前の話で持ちきりだった」

抑えたつもりだったが端々に憤怒が聞き取れたらしく、由里子は視線を落とした。

「ごめんなさい……」

「悪いことをしたという自覚はあるみたいだな」

食事をする気も起こらない。今は由里子を問い質すことしか頭にない。

「何だって、あんなことをしたんだ。誰かに唆されでもしたのか」

思わず語尾が跳ね上がりそうになり、慌てて自制する。絶えず自分を律していないと、今にも手が上がる気がする。

「課長からは見当違いに褒められた。俺が画策してお前にあんなことを言わせたんだとな。秀樹の母親であるお前にイスラム国への参加を表明させれば、またイスラム国の関係者が接触を試みるからだそうだ」

由里子は俯いたまま、口を開こうとしない。悄然（しょうぜん）とした態度だが、幣原の怒りは少しも減じない。

「犯人を挙げるためには、情報を得るためには躊躇いなく家族を使う人間だと思われている。それがあたかも優秀な警察官の証であるように思われている。俺は決して」

そうよ、と由里子が言葉を挟んだ。

「お父さんは刑事として優秀かもしれないけど、家族をダシにするような真似は絶対にしない。たとえ秀樹を殺した犯人を捕まえるためであっても、わたしたちを犠牲にはできない。そんなこと分かってるわよ。長年、夫婦やってるんだから。でも、それじゃあ秀樹の無念は晴らせない」

項垂れたまま、次第に言葉が強くなる。妻としての力ではない。あくまでも母親としての力に思えた。

「それじゃあ、何もかも自分で考えた上での行動だったのか。秀樹の遺志を尊重するのも、お前自身がイスラム国への参加を希望するのも」

「ああ言えばマスコミは黙っていない。必ず面白おかしく取り上げてくれる。大きく取り上げてくれたら犯人の目にも留まる」

「まさか、自分が囮（おとり）になるつもりなのか」

「悪い？」

こちらを見返した目は挑発の色に染まっている。

「わたしにしかできないことをしたまでよ」

「他の家族への迷惑は考えなかったのか。あんな報道がされたら可奈絵はますます肩身が狭くなる。今までは外野でいられたお義母さんも無理やり引っ張り出される羽目にもなりかねんのだぞ」

「お母さんには、あの後で言っておいた。可奈絵にも伝えた……二人とも納得してくれた」

言葉の間が空いたのは、二人の納得が得られるまで紆余曲折があったことを窺わせる。多英にしてみれば秀樹を殺した犯人は憎いものの、これ以上可奈絵に余計な気苦労はかけさせたくないはずだ。おいそれと由里子の決断を快諾する訳もなかった。

「俺には事前の相談もなくか。しかも事後の報告さえなかった」

「相談したら、うんと言ってくれた？　お父さんがそんなこと言う訳ないじゃない」

「決めつけるな」

「お父さんの優先順位、一番は家族じゃないでしょ」

由里子の目には熱が籠もっていなかった。絶望か諦念か、温度の低い感情が鈍い光を放っている。

「本当ならお父さんがイスラム国への参加を訴えれば、もっと効果的だと思った。でも公安部に勤めるお父さんは、警察の面子や体面を考えて絶対にそんな真似はしない。だからわたしがやろうと思った。わたしが暴走したらお父さんには迷惑だろうけど、警察が責任取るほどじゃないでしょう」

くそ、何てことだ。

思いついたのが幣原か由里子かの違いだけで、おおよそは木津の予想した通りだった。

「お父さんに迷惑がかかるのは分かっている。だから覚悟している」

由里子はゆっくりと面を上げる。顔を見て幣原はぞっとした。

まるで幽鬼のように見えた。

「離婚してくれてもいいのよ」

「ふざけるな」

言葉が石のような塊になって、なかなか吐き出せない。

「マスコミへの放言からお義母さんへの報告、それだけじゃ飽き足らず離婚の申し入れまで主導権を握るつもりか」

「……何を言ってるのよ」

「お前の好き勝手にできると思ったら大間違いだ。いいか、お前が仮想敵にしているのはテロリストたちだぞ。俺や公安部のフォローなしに、単独で渡り合えるとでも思っていたのか」

由里子の両肩を摑んで引き寄せる。それでも彼女の目から何を考えているかは読み取れなかった。

依然として自らの容疑を他へ向けさせるための陽動という可能性は残っている。怖ろしくも情けない話だが、二十数年来ともに暮らしていたはずの女房の真意がまるで分からなくなっている。

不意に告げられた離婚の二字がじりじりじりと胸に忍び入ってくる。

こんなはずではなかった。

公安部ではエースと謳われ、家庭でも頼り甲斐のある父親と慕われていると思っていた。だが今や勤め先では道具扱いされ、家に帰ってもまるで役立たずのように思われている。

いったい、どこで狂ったのか。それとも自分が勝手に思い込んでいただけなのか。

「言ってしまったものは仕方がない。今更取り返しのつくことじゃない。お前一人で判断したのも間違っている」

由里子から逃げるな。

自分から逃げるな。

幣原は由里子を正面から見据える。

「だが尻拭いは二人でできる。この先どんな結果になろうが、俺は逃げるつもりなぞさらさらないからな。最後まできっちり見届けてやる」

2

翌日になっても報道の余波は収まらなかった、それどころか無責任で正義漢ぶりたい部外者たちの参入で、騒ぎはますます拡大していた。

朝のニュース番組では由里子の声明をトップで扱った。未だに顔はモザイク処理で下の名前は伏せられていたが、この分では顔と名前が明かされるのも時間の問題だろう。

テレビはいくぶん行儀がよかったものの、ネットではその分由里子への個人攻撃が熾烈だった。いちいち全てを眺めるまでもなくその論調は秀樹が逮捕された時と同じ内容で、『非国民』だの『人殺し』だのといった単語を並べ立て、どうせなら早く出国して人間の盾にされろと結んでいた。

罵詈讒謗の数々を由里子の目に触れさせるつもりはなかったが、由里子の方はテレビの音声が耳に入ってもさして気にする様子ではなかった。なるほどこれも覚悟のうちなのかと、少し感心した。

「何かあったらすぐに連絡しろ。何時でも構わん」

玄関を出る時、そう命じた。由里子は悄然としたままだったが、それでも意思表示と分かる程度に頷いてみせた。

「くれぐれも自分一人で片づけようなんて思うな。女だけじゃどうしようもできないことは山ほどある」

「はい」

「インターフォンが鳴ってもすぐに開けるな。必ずモニターで身分を確認しろ」

「はい」

「身分を確認しても迂闊にドアを全開にするな。たとえ知った顔でもドアチェーンは外すな。宅配便はドアのところまで来てもらわず、手間でも宅配ボックスの中に入れてもらえ」

自ずと小学生に留守番をさせるような物言いになるが、由里子は眉一つ動かさない。こんな状態で一人きりにしておくのは気が引けたが、そうかといって幣原が一日中付き添う訳にもいかなかった。

「わたしのことは大丈夫だから、早く行って」

最後は押し出されるように家を出た。

エレベーターで一階エントランスまで下りていくと、ドアが開いた瞬間に目の前の女性と目が合った。

四十代後半、野暮ったい服装と幸薄そうな細面。先日、幣原に詰め寄ってきた大使館人質事件の被害者遺族だった。

心中で舌打ちをする。どう見ても主婦の身なりだ。官舎の住人を装い、誰かの後につけばエントランスまでは入ってこられる。

「幣原さん、ですね」

葬儀の日、ギャラリーに向けて喧嘩を売った。あの中に博美もいたので、当然彼女にも面は割れている。

「ここの住人じゃありませんね。知られたら不法侵入の罪に問われますよ」

「構いません。訴えるのなら、とっとと訴えてください」

少々の脅しで引き下がるようにはとても見えなかった。

「わたしを憶えていますか」

「山際博美さん。大使館人質事件で犠牲になった方のご遺族でしたね」

「あなたがお父さんだったんですね」

「他人のふりをしたのは……」

「分かっています。わたしもそうとは知らずにひどいことを口にしました。だからおあいこです」

素性を明かさなかったのと非国民呼ばわりされるのを同列に扱われるのには抵抗があったが、触れないでおこうと思った。

「幣原さん、少しだけいいですか」

「今度は妻を問い詰めようというんですか。昨日のことについてならノーコメントですよ。あなた方、被害者遺族には腹の立つ訴えだったかもしれませんが、これはあくまでもウチの問題であって」

「早とちりしないでください。わたし、抗議に来たんじゃありません」

博美はこちらを、きっと見据える。

「腹立たしい気持ちはもちろんありますけど、それ以上に奥さんの真意が知りたいんです」

「よく分かりませんね」

「腹を立てるなら、相手を非難するなら相手の言い分を聞いてからにしたかったんです」

「ますます分かりませんね。山際さんは不幸な事件で息子さんを亡くされた。あなたには不幸を呪う権利も、テロリストに志願した人間を詰る資格もある。存分に罵ればいいじゃないですか」

「でも奥さんはわたしと同じ立場になりました。だって息子を失ったんですもの」

幣原は言葉に詰まった。

「子供に先立たれた点で奥さんはわたしと同じです。だから奥さんの真意を確かめないことには、わたしは自分の行いを決められないんです。奥さんが半分意地で息子さんの遺志を継ぐというのなら、何の躊躇いもなく詰ってやりたいと思います。間違った遺志を継ぐとしたら、わたしたち遺族に対する嫌がらせみたいなものですから。でも、別の意図であんなことを仰ったのなら、それはできません」

幣原はしばし考え込む。

博美の言い分が全く理解できないではないが、やはり母親の理屈なのだと思う。所詮父親である幣原にはどうしても言葉にできないもどかしさが残る。

「その顔は、理解しかねるという顔ですね」

博美は訳知り顔で言う。二度しか会っていない相手に言われるのは業腹だ。図星を指されたので尚更だった。

「怒らないでください。ウチも似たようなものですから。母親と父親って根本的に違うんです」

「何が違うっていうんですか」

「月並みな言い方だけど、それこそ腹を痛めたかどうかですよ。妊婦が分娩室でどんな苦しみを味わうのか、決して男には分かりません。こればかりはどんなに言葉を費やしても、産道を通るあの痛みと産み落とした感動は女にしか分かりません」

　言葉に優越感が仄見えた。

「母親にとって子供は自分の一部、もう一人の自分なんです。だから浩二が大使館で嬲り殺しにされた時なんか、わたしもその場で死ぬかと思いました。飾った言葉でなく、盛った話でなく、本当にそう思ったんです」

　声を張り上げるでもなく、幣原に詰め寄るでもない。穏やかな口調だったので、逆に迫るものがあった。

「中継されていた映像、今でもひとコマ残らず頭に思い描けます。浩二はただの旅行者で、アルジェリアには気ままな一人旅だったんです。海外でいい身なりをしていると襲われやすいからって、それはもう本当にラフな恰好で。人質にされた時も近所のコンビニに出掛けるような服でした。こ、殺される時にはせめてもっと見栄えのする服を着せたかったなんて馬鹿なことを思ったりしました。幣原さんの奥さんもそうなんでしょうけど、母親って、そんなつまらないことをいつまでもいつまでも後悔しているものなんです」

　息子の死に様を思い出したのか、博美の言葉は徐々に熱を帯び始める。目にも涙が溜まってきた。

「目の前で息子が嬲り殺しにされているのに手を出すこともできない。こちらがどれだけ叫んでも命乞いをしても、向こうには届かない。日本政府にもアルジェリア政府にも期待できず、ただ息子が殺されていくのを見ていることしかできなかった。あの悔しさと悲しさは、きっと死ぬまで忘れることができません。テロリストへの恨みも、イスラム国に対する憎しみも同じです。あれからヤツらが全員殺されるのを夢見ない日はありません」

博美の呪詛はただの恨み節ではない。相対する者を焼き尽くすような烈しさがある。

「だからこそ奥さんの真意が知りたいんです。わたしが恨むのに値する人間なのか、それともわたしと同じ立場のただの母親なのか」

心が揺れる。

たった二度しか顔を合わせていないにも拘わらず、博美は幣原に対して本音を吐き出している。本音を吐き出している相手には真摯な返事をするのが、真っ当な態度だろう。

だが幣原にはそれができない。秀樹殺害の犯人を誘い出すには、由里子のイスラム国参加が本気であると示さなければならない。今、ここで博美に告げる真実が他に洩れないという保証はどこにもない。

「あなたには申し訳ないが」

そう切り出すと、博美は露骨に失望の色を浮かべた。

「もう、とうに五分が過ぎた。わたしも出勤しなくちゃならない」

「奥さんと話をさせて……」

「拒否します。あなたと息子さんには同情を禁じ得ないが、それでもウチとは何の関係もない。非常に迷惑です。今すぐお引き取りください」

「でも」

「ここには警備の者が常駐しています。わたしに通報させるような真似はやめていただきたい」

厳然と言い放ち、幣原は博美の腕を摑んで外に出る。博美の口が開く前に手を放し、正門を指差す。

「これ以上騒いだら彼らもあなたにマイクやカメラを向けるでしょう。それは亡くなった息子さんが望むことですか」

しばらくの間、博美は幣原を睨んでいたが、やがて肩を落とすと、すごすごと正門に向かって歩き出した。

彼女の背中を見送りながら、幣原はざらつくような空しさと締めつけられるような切なさを覚える。哀しみの置きどころ、憎しみの向ける先を迷う者の背中は皆似ている。重たそうに傾き、足元はふらふらと覚束ない。

秀樹を殺害した犯人が逮捕されたとしても、博美が秀樹や由里子に向ける憎悪は一向に減じないだろう。事件が解決しても、残された人の感情までが解決することはない。

警視庁に向かう足は更に重くなった。

3

出勤した幣原は、まず外事第三課にではなく捜査一課に向かった。

「色々と大変でしたね」

出迎えた綿貫は開口一番そう言った。由里子の声明のことを指しているのは明らかだった。

「あれは幣原さんの差し金ですか」

聞き覚えのある質問だ。どうやら綿貫も、幣原が職務遂行のためなら家族を巻き込むのも厭わない男と思い込んでいる様子だった。

「あれだとマスコミや大使館事件の被害者遺族からの反発が一層激しくなる。真剣に奥さんの護衛を考えねばならなくなりますよ。いや、護衛が必要になるのを見越しての所信表明でしたかね。虎穴に入らずんば虎児を得ず、なのかな」

家族を巻き込んだことを暗に非難している口ぶりだった。言い換えるなら、刑事部の人間はそこまで職務に忠実になれないと吐露しているようなものだ。

「刑事部が気を回してくれなくても、既に外事第三課の方で動いていますよ」

「もう、ですか」

「官舎の前で粘っている報道陣の中に、三課の同僚が何人か潜伏している。それから一階エントランスの管理人室に一人が常駐、宅配やら出入りの業者に扮しているのが数人。元々警察官とその家族しか住んでいないのに、今や一般人の割合は皆無に近くなりました」

喋りながら、出勤直前の状況を思い出す。一階エントランスを出て報道陣が群れを成す正門に向かうなり、たちまち同僚たちの顔を山ほど見つけた。いちいち数えるような真似はしなかったが、外事第三課の捜査員をほとんど投入してきたのかと錯覚するほどだった。

「被疑者やイスラム国のリクルーターを刺激するには格好の演出であることは認めますが、しかしあまりに奥さんを危険に晒していませんか。わたしが幣原さんの立場なら出勤なんかせず、一日中家で身辺警護しますけどね」

イスラム国参加の表明は由里子の独断だったと告げてしまえば楽だったが、どうせ責任転嫁にしか聞こえない。女房に責任転嫁するよりは、家族すら手駒にして捜査に没頭する刑事を演じた方がいくぶんマシな選択と思えた。

「ご心配には及びませんよ。内外にあれだけ警察官を配置させれば、官舎自体が要塞みたいなものですから」

「誰も近寄れないのなら、奥さんが勇気を振り絞った甲斐もないじゃないですか」

「いや。それなりの成果はありました」

思わず過去形で喋ったのを、綿貫は聞き逃さなかった。責めるような視線を浴びせ、先の言葉を無言で促している。だがこちらがしばらく黙っていたので、痺れを切らしたように身を乗り出してきた。

「何か見つけたようですね、幣原さん」

「虎穴に入るまでもなく虎児が飛び出してきたんですよ」

綿貫に打ち明けることに躊躇はない。元より、打ち明けんがために捜査一課を訪れたのだ。ただし綿貫は慎重な姿勢を崩さない。幣原の言葉が誘導あるいは誤導ではないかを見極めようとしている。

「犯人逮捕に結びつく、確かな手掛かりですか」

「わたしは少なくとも、そう確信しています」

「公安部……外事第三課の人間には、もう知らせたんですか」

「いいえ」

「どうして。外事第三課も血眼になって捜査をしているでしょうに」

「誰に何を告げようが、わたしの勝手です」

綿貫は黙って幣原の顔を覗き込む。こちらの意図を図りかねているように見える。

「幣原さん。わたしはあなたを職務に忠実なばかりの公安刑事だと思い込んでいました。どうやら眼鏡違いだったんですかね」

「わたしの信条や姿勢なんぞ、どうでもいいことでしょう。必要なのは被疑者を逮捕した後に供述調書を取り、速やかに送検することじゃないですか」

「手柄は捜査一課がもらってもいいんですか」

「元々、外事第三課に渡すつもりはありません」

綿貫はまだ半信半疑の様子だったが幣原の気が変わるのを怖れたらしく、勢い込んで訊ねてきた。

「被疑者の名前を訊かせてもらえますか」

「もちろん教えますが、被疑者に逃げられるのは嫌でしょう」

返事は分かっていたが、敢えて訊いてみた。

「今から被疑者に会いにいきませんか。わたしと綿貫さんの二人で」

「あなたと二人で?」

「被疑者の身柄確保には二名以上の警察官が必要。ただし所属部署が一緒かどうかまでは規定されていない」

「……相手がテロリストだった場合、二人で足りますか」

「充分ですよ」

「あなた、本気なんですか。いくら息子さんを殺した犯人だからといって自分が逮捕するなんて。公私混同も……」

「一緒に来るのか、来ないのか」

短いやり取りの中で綿貫は肚を決めたらしく、弾かれたように席を立つ。

「逮捕状を請求しなくていいんですか」

「任意で引っ張って供述取ればいいでしょう」

「そんなに簡単に落ちる相手なんですか」

簡単に落ちない被疑者を落とすのが取り調べ担当の務めだろうと思ったものの、口には出さなかった。

「捜一のクルマ、借りますよ」

手柄を捜査一課に渡すのだから文句は出るまい。案の定、綿貫は渋い顔一つ見せず幣原に従うつもりらしい。

「運転しますよ。目的地を言ってください」

「わたしも初めての場所でしてね。ハンドルはわたしが握りますよ」

目的地に向かう車中、綿貫は遠慮がちに訊いてきた。

「しかし本当に我々の手柄にしていいんですかね。わたしが言うこっちゃないが、幣原さんの立場が悪くなりはしませんか」

「わたしの立場が悪くなるのが、捜一にどんな悪影響を及ぼすんですか」

「少なくとも寝覚めが悪くなる」

綿貫は不承不承の体でこぼす。この男なりに手柄を横取りすることへの引け目があるのだろう。

「わたしの立場云々以前に、これは公安部の事件じゃない。犯人はテロリストでも何でもありませんからね」

「ほう」

「もっともテロリストだろうが一般人だろうが、似たようなものだと思いますがね」

「似たようなもの、ですか」

綿貫は聞き咎めるように鸚鵡返しに言う。

「よく分かりませんな。テロリストと一般人を同列に論じるなんて公安部の刑事らしくもない。そもそもテロは国に対する犯罪、一般の犯罪は個人に対する犯罪という風に分類されるんじゃありませんか」

「少し前までは、わたしもそう捉えていました。でもね、綿貫さん。息子のことがあってから考えを変えたんですよ」

「差し支えなければ、その辺の心変わりをお聞きしたいですね」

綿貫は顔を前方に向けたままだったが、ひどく興味ありげな口調だった。幣原の方も語るに吝かではない。奇妙なことにここ一週間のやり取りで、綿貫には外事第三課の同僚よりも親しみを覚えている。

「テロが国に対する犯罪というのは確かにその通りなんです。ただね、テロリストにしろ一般人にしろ、罪を犯す当人の心根というのはそんなに違いがないような気がするんです」

「そうですか。わたしにはずいぶんな相違があるように思えますけどね。思想犯というのは、やはり国士めいた理想なり大義があるものじゃないですか。それに比べれば一般の犯罪者というのは欲や憎悪が動機になっている分、下賤だという見方をする者もいるでしょう」

「刑事部としてではなく、いち刑事として本当にそう思いますか」

いや、と綿貫は首を横に振る。

「物を破壊したり、人を殺す動機に高尚も下賤もないでしょう。被害者から見れば、そして犯人を追う我々から見ても同じ外道であることに変わりはない」

外野からはいささか偏狭と思われるかもしれないが、いかにも刑事らしい意見に幣原も頷かざるを得ない。普段は相容れない刑事部の捜査員と、ようやく気の合った瞬間だった。

「改めて考えてみると思想やら信条なんて、そんなに高邁なものじゃない気がします」

言葉は何の気負いもなく出てきた。

「世界が自分の思うままにならない。自分以外の人間が全て一段下のように見える。権力を嫌いながら、その実自分は無意識に権力を握ろうとしている。どれもこれも幼稚な心理で、しかも相手を説得する言葉を持たないから実力行使に移るなんて、まるで五歳児の発想だ。下手をしたら色・カネ・愛憎で罪を犯す者の方が数段大人なのかもしれない」

「……えらく見下したものですね」

「思想犯の中には、なかなか魅力的な人物もいましてね。敵ながら天晴、時代さえ違っていれば同じ釜の飯を食っていたんじゃないかとも思ったことがあります。しかし振り返ってみれば、わたしは彼らの持つ純粋さに惹かれていただけで、純粋さというのは煎じ詰めれば子供っぽさなんですよ」

我ながらテロリストに対する変節ぶりに苦笑する。何といってもあの秀樹が志願したのだから、テロリストへのハードルはずいぶんと低くなった。あんな未熟者でも一応は採用直前までいっていたのだ。イスラム国の層の薄さ、レベルの低さがそれだけで見て取れる。

また秀樹の逮捕劇から始まった一連の事件の中で、検挙する側からされる側に、監視する側からされる側に移行したことでテロリズムと公安部に対する印象は大きく変化した。

「……ひょっとして、公安部に嫌気でも差しましたか」

「とんでもない。ただ、テロリストに対して過分な思い入れが削ぎ取れた気がします。国賊とか危険分子なんて呼び方をしますが、所詮は自分の矮小さを認めたくない愚か者たちで、ヤツらを取り締まる我々もただの警察官に過ぎません。どっちにしてもプライドが肥大化しただけの話ですよ」

自嘲気味に言うと、胸糞悪さと爽快感を同時に味わった。もちろん今の仕事を辞めるつもりはさらさらないが、今まで強張っていた肩が、すっと脱力したような解放感がある。

やがてクルマは八王子(はちおうじ)市に入った。訪れようとしている被疑者の住所は入力済みなので、道筋はナビゲーションに従っていればいい。

八王子市は駅前こそ瀟洒なビルや店舗が建ち並んでいるが、ものの十分もクルマを走らせれば途端に中低層住宅が広がり始める。多摩ニュータウンに代表されるように住民は多いものの、通勤・通学時を除けば高齢者の目立つ街だ。

「犯人は、ここに住んでいるんですか」

「そのはずです」

「はずですって、そんな幣原さん。あなたも確信がないんですか」

「住所に関しては公安部のデータベースに載っていますから。ただし実際に訪問するのは、これが初めてです」

綿貫は胡散臭げにこちらを見た。

二人を乗せたクルマは団地の中に入っていく。すっかり褪色して元の色が分からなくなった三輪車、荒れ果てて雑草の伸びきった公園、手入れのされていない花壇。荒廃が緩やかに忍び寄る中、幣原と綿貫はクルマを降りた。

頭の中に叩き込んでいたマンション棟に赴き、一階の集合ポストで部屋番号を確認する。D棟404号室――表示されている苗字も間違いない。

ここだ。

「犯人の自宅なんですね」

綿貫の問い掛けに目礼で応え、幣原はマンションの階段を上り始める。築年数が古いためかエレベーターも設置されていない。各戸の玄関ドアは剝き出しの鉄扉で、廊下の天井には蛍光灯一つとてない。おそらく部屋の窓から洩れる明かりが帰宅する者の光源になるのだろう。

404号室の前に立つ。今どき珍しくなったドアチャイムも経年変化で押しボタンが不自然に凹んでいる。幣原が押してみるとドアホンから実物以上に罅割れた声が返ってきた。

『どちら様?』

「幣原です」

向こう側で息を呑む気配が伝わってきた。果たして十秒も待たないうちにドアが開かれ、彼女が顔を覗かせた。

「どうして、ここに」

山際博美はひどく意外そうに、二人の刑事を代わる代わる見つめた。

博美が絶句している隙を見て、幣原は綿貫とともに玄関先に身体を滑り込ませる。背後でドアが閉まった瞬間、微かに腐葉土のような臭いを嗅ぎ取った。不幸な家には独特の臭気が漂っている。山際家もその例外ではなかった。

「いったいどういう料簡ですか、あなたたちはいきなり来て」

「予告なしにお邪魔したのは申し訳なかったですが、ご近所に知られたり聞かれたりするのは、あなたも迷惑でしょう」

幣原が一歩前に出ると、博美は逆に一歩退く。

「何のことですか」

「わたしの息子、幣原秀樹殺害事件に関して山際さんから事情聴取したいと思いましてね。ついては警視庁までご同行いただけませんか」

綿貫の視線を感じる。敢えて振り向きはしないが、多分驚いているか訝しげにしているかのどちらかだろう。当然だ。博美と会うまで、被疑者が彼女であることはひと言も告げていなかった。

驚いたのは博美も同じようだった。一瞬、表情を凝固させた後、非難の目で幣原を睨み据えた。

「息子さんといい、あなたといい、よくよくわたしの神経を逆撫でしてくれますね。どうしてわたしが」

皆まで言わせなかった。

「秀樹が殺された日、あなたは官舎の前で報道陣に交じっていましたね。あの日の午後十時半から十一時半までの間、あなたはどこで何をしていましたか」

一拍おいた後、博美は更に刺々しい視線を投げて寄越した。

「わたしが犯人だっていうんですか。何を根拠に言ってるんですか」

「質問に答えてください」

促されても博美はなかなか答えようとしない。綿貫はと見れば、早速土間に置かれた靴に視線を落としている。

「浩二くんが高校を卒業した年、あなたはご主人を亡くし、そして先の大使館人質事件の際に浩二くんを亡くしてからは、あなたはずっと一人住まいであるのが分かっている。あの日、あなたが何時に帰宅したのか、証言してくれる方はいますか」

「証言してくれる人がいるかどうかの前に、どうしてわたしが疑われなきゃいけないのか説明してください」

「あなたは浩二くんを大使館人質事件で亡くされたことで、秀樹を憎悪していた。浩二くんの死に直接関係がなくても、イスラム国の兵士に志願していたという一点で秀樹を憎んでいた。いや、憎まなければ気持ちの持っていきようがなかった」

「あなたの息子さんは日本全国から嫌われ、憎まれていました。わたしだけじゃない」

「しかし、あの日、あなたは官舎の近くまで来ていた。夜までいたのなら秀樹に遭遇する機会もあった」

「話になりません。警察はたったそれだけのことで、わたしを犯人扱いするんですか」

「秀樹が殺されたのはベルギースクエアの商業ビルの地階に続く外階段です。あなたは足を踏み入れたことがありますか」

「知りません。そんな場所、行ったことも見たこともありません」

博美は興奮気味になるが、じわじわと二人から後ずさる。言葉はともかく身体は逃げたがっているということか。

現場には一度も足を踏み入れていないという言葉を聞き、一層緊張した気配が伝わる。これで靴底からベルギースクエアの土が採取されたら、博美の偽証が証明される。

「いや、あなたは現場に来ている。そればかりか秀樹の死体を見ている」

「見ていません」

「本当に?」

「見てないったら、見てないっ」

「いいや、あなたは確実に秀樹を見ている。わたしに証言したじゃありませんか」

「え……」

「官舎の一階でわたしに詰め寄った際、あなたはこう言った。『人質にされた時も近所のコンビニに出掛けるような服でした。こ、殺される時にはせめてもっと見栄えのする服を着せたかったなんて馬鹿なことを思ったりしました。幣原さんの奥さんもそうなんでしょうけど、母親って、そんなつまらないことをいつまでもいつまでも後悔しているものなんです』。確かに殺害された際、秀樹はジャンパー姿にサンダル履き。あなたの言う通り、近所のコンビニに出掛けるような服装だった。だが、どうしてあなたがそれを知っているんですか」

博美の顔色が変わる。

「あなたは階段の上から秀樹を突き落とした。死体も見下ろした。だからこそあいつの服装を知っていたんだ。違うとは言わせないぞ」

幣原が更に進み出ると、博美はまた一歩後退した。好きなだけ逃げればいい。どうせ集合住宅の四階だから、玄関以外に退路はない。

「テロリスト憎しが昂じてあなたは秀樹を殺した。お門違いもいいところだ。だがお門違いだろうがどうだろうが、あなたが手を下したことに変わりはない。きっちり罪は償ってもらいますよ」

博美は壁に身体を預けたまま、ずるずると腰を落としていった。

意外にも、博美の落ちたさまを目の当たりにしても幣原の気分は晴れなかった。


約束通り博美の身柄を綿貫に預けると、幣原は木津の許に直行した。

「犯人は大使館人質事件の被害者遺族だったか」

木津の声には明らかに落胆の響きがあった。もちろん、悟られるのを憚るような上司ではない。

「捕らえてみれば、母親の妄執が生んだ代償行為でした」

「えらく冷静な寸評だな。いや、冷静に寸評しなければやってられんか」

気遣うようでいながら、木津はまだ残念そうでいる。期待していた策が不発に終わった――そういう顔をしていた。

「まだ自供した訳ではないのだろう」

「突き落とす際に多少は揉み合ったようですから、互いの衣服の繊維が付着しています。彼女の靴から現場の土が採取できれば強力な物的証拠になります。しかし、それには及ばないでしょう。彼女に捜査一課の事情聴取に耐えられるだけの胆力はありません」

博美が自白するであろうことは、推測ではなく確信だった。任意同行に応じた際も、おどおどと怯えきっていた。あの様子では綿貫一人で完落ちに持っていけるだろう。

「息子さんの仇を討って本望かね」

「わたしは捜査一課に協力しただけです」

「それが通常業務を抜け出した言い訳か。そんな些末事で減点するような卑怯な真似はせんよ。被疑者が逮捕されたとしても、依然イスラム国の関係者が接触してくる可能性が残されているしな」

「家内には声明を撤回させます」

予想していたのかそれとも心外だったのか、木津は眉一つ動かさなかった。

「イスラム国への参加云々は息子を殺した犯人を刺激するためのものでした。被疑者の身柄を確保した今、家内が囮になる必要性も消滅しました」

「これ以上、家族を巻き込みたくないか」

「家内は民間人です」

「至極真っ当な意見だ。息子の家庭内監視を条件に、家族の監視解除を迫った男の言葉とは思えんくらいにな」

皮肉な物言いだが、さほど根に持ってはいないように受け取れた。

「君の家庭の問題だ、好きにしろ。もっとも君たちが撤退したくても、先方が食指を動かしてきたら外事第三課としても放っておく訳にはいかんが」

言い換えれば、しばらく幣原家に対する監視は継続するという意味だ。

だが幣原は楽観的だった。いくら広告塔として価値があるとしても、彼らとて馬鹿ではない。いったん旗を降ろしてしまえば公安刑事の妻が勧誘に応じないであろうことは承知しているはずだ。現に由里子が声明を出しても彼らからの接触はなかった。見え透いた罠と見ていたか、さもなければ火中の栗と見ていたか。いずれにしろ、勧誘するメリットと接触するデメリットを比べれば手を伸ばさないに越したことはない。

「ともかくプライベートの問題は、これで全て片がついた訳だな」

「そうありたいものです」

意趣返しではないが、返事が皮肉めいてしまうのは仕方のないことだった。

「そう尖るな。俺としても君の個人的な問題が解決したのは歓迎している。これで外事第三課のエースが惑うことなく任務を遂行できるんだからな。それに何というか、今回の件で君は重心が低くなった」

「……仰る意味がよく分かりません」

「重心の低い人間は転びにくい。公安部の捜査員には不可欠の資質だ」

「わたしには足りていませんでしたか」

「途中から暴走気味になっただろう。高頭とのいざこざを忘れたとは言わさんぞ」

木津は冗談めかして言う。

「重心が低ければ、暴走してもすぐ止まれる。止まった際の衝撃も軽くて済む」

「外事第三課の人間全員が、わたしと同じ目に遭うべきだと?」

「それは極論だが、致命的でないトラブルというのは有用だ。トラブルやアクシデントが発生する度にマニュアルは高度化し、リスクは軽減されていく。人もシステムも同じだ。現存するマニュアルや禁則事項は、以前に発生したトラブルとアクシデントの上に成立している」

では木津の理想とする外事第三課とは、家庭や仕事で傷を負った者の集団なのだろうか。

「しかし課長。わたしは公安部の刑事として別の部分が不適格でした」

「身内からテロリストを出したことかね」

捜査が継続していたため口に出さずにいたが、警察官の身内から犯罪者が出れば責任問題となる。服務規定に触れなくても外聞が悪すぎる。事実、秀樹の事件が終結した時点で自分は依願退職を迫られるものと覚悟していたのだ。

ところが木津は気にするなとでもいうように、頭を振ってみせた。

「本人は、もうこの世にいない。非情な言い方になるが元凶は消滅している。君を責める理由はなく、仮に道義的責任とやらが発生するにしろ、優秀な公安刑事を手放すような理由にはならんよ」

大層有難い慰留の言葉だったが、今の幣原には別の響きにも聞き取れる。このまま生き恥を晒してでも公安の仕事を続けろ。それが出来の悪い息子を持った父親の償いだ――そう詰られている気がした。

いずれにしろ、この場で決めることでもない。幣原は報告を終えると、一礼した後に部屋を出た。

廊下には人影が見当たらなかった。幣原はスマートフォンを取り出して由里子の番号を呼び出す。三回目のコールで本人が出た。

「俺だ。ついさっき、被疑者を逮捕した」

電話の向こう側で溜息が聞こえた。安堵とも落胆とも取れる溜息だった。

『犯人、誰だったの』

「大使館人質事件で息子が犠牲になった遺族だった。秀樹が殺されたのは、完全にとばっちりだった」

返事が途切れた。

「おい、聞いているのか」

『……聞いてる』

「これで事件は終わる。家の前で張っているヤツらも直にいなくなるだろう」

『関係ない』

抑揚のない言葉に胸が締めつけられる。

「関係なくはない。今すぐ、イスラム国への参加は撤回すると表明しろ。それで禍は回避できる」

『秀樹が殺される以上の禍があるって言うの？』

その言葉を最後に、電話は切れた。

4

幣原の予想した通り、事情聴取に臨んだ博美は呆気なく犯行を自供した。その内容は以下の通りだ。

幣原の家族については面識がなかったものの、秀樹本人の顔は見知っていた。会ってひと言、言ってやりたい。日本国民でありながらイスラム国の兵士に志願することがいかに裏切り行為なのかを説諭してやりたい。その思いだけで夜遅くまで官舎の前を張っていた。

だが、いくら待っても秀樹は姿を見せない。そろそろ八王子の自宅にも帰らなければならない。諦めて最寄りの駅に向かったところ、半蔵門駅近くで秀樹らしき人影を目撃した。もしやと思い後を尾行(つけ)てみると、やはり本人だ。

博美はベルギースクエアの敷地内で秀樹を捕まえ、話し掛けたのだという。ところが途中から押し問答となり、博美の方では秀樹がまるで息子を殺した仇のように思え、気づいた時には商業ビルの階段から突き落とした後だった。慌てて階下に下りてみると、秀樹の呼吸は止まっていた。急に怖くなり、一目散に逃げ帰った――。

押収した博美の靴からはベルギースクエアの土が採取されたという。供述も取れており、警視庁はその場で博美を傷害罪の容疑で逮捕、送検に至った。

事情聴取から送検に至る経緯は綿貫から知らされた。これ以降は検事調べの後に公判を待つだけだが、幣原の中では既に事件は終了している。傷害容疑で逮捕したものの、犯行態様は過失致死の適用も可能だ。いずれにしても長期刑の対象とはなり得ない。既に判決が予想できるから、尚更空しい気持ちになる。

博美の逮捕を受け、マスコミはがらりと論調を変えた。大使館人質事件の被害者遺族による的外れな復讐——博美に同情する余地が皆無とは言わないまでも、あまりに的外れ過ぎて擁護しづらい。また、それまで殺されても自業自得と論っていた幣原秀樹は被害者という側面が大きくなり、やがてイスラム国参加の旧悪を声高に攻撃する媒体は激減した。下賤な者たちは絶えず一方向へとなびく。官舎前に屯していた報道陣も、博美逮捕の翌日には一社残らず撤収するという団結ぶりを見せた。

炎上商法で名を馳せた、或るコメンテーターなどは「幣原秀樹は禊を受けたのだ」と評した。マスコミの気分を代弁する言葉として人口に膾炙（かいしゃ）した感があったが、幣原の耳には責任転嫁にしか聞こえなかった。

ともあれ幣原とその家族を巻き込んだ災厄の日々は終息を迎えつつあった。

「今日くらいは定時で帰ったらどうだ」

木津から切り出された時には耳を疑った。内勤を命じられた屈辱の日から、久しぶりに掛けてもらう言葉だった。

「そんな顔をするな。確か今日だろう。娘さんが戻ってくるのは」

騒ぎが一段落したのを見計らい、多英に引き取られていた可奈絵が帰ってくる。それとなく報告しておいたのだが、まさかこんなかたちで反応があるとは思ってもみなかった。

「娘さんだけじゃない。押収物も返却されたんだろう」

秀樹が逮捕された直後に押収された私物も、殺害後に捜査一課の手に渡っていたようで、朝早く綿貫が返却にきた。パソコンやスマートフォン、書籍にノート類。全部合わせても段ボール箱二つに収まる押収物は、形見にしてもあまりに呆気ない分量に思えた。

秀樹の私物と可奈絵が我が家に戻る日。家族団欒とは言わないまでも、この数週間で味わった失意と孤立感を思えば祝いたい気持ちを否定できない。

結局、木津の気が変わらないうちに従うことにした。

午後五時に仕事を終わらせて官舎へ戻ると、由里子は不在だった。今晩は可奈絵のためにご馳走を作ると張り切っていたので、買い出しにでも出掛けているのだろう。

幣原は秀樹の部屋に行き、返却された押収物のうちパソコンとスマートフォンだけを机の上に戻しておいた。書物とノート類は後から宅配便で届けられる手筈なので、到着次第それも戻してやるつもりだった。

パソコンもスマートフォンも捜査官の手によって徹底的に解析されているが、ハードディスクを交換してはいない。原則的には秀樹が使用していた時と寸分変わらぬはずだった。

机上のパソコンとスマートフォンを眺めていると、今にも秀樹が現れて「勝手に触るな」と突っかかってきそうな気がする。

だが、もうそれは叶わないことだ。

冷気にも似た切なさが足元に忍び寄ってくる。秀樹が逮捕された時には怒りが湧き、我が息子ながら絞め殺してやりたいとすら考えた。だが連日報道される中で「親の顔が見たい」と詰られ続けると、父親である自分にも責任の一端があるように思えてきた。社会への不満、なかなか就職先が見つからない不安、そして稚拙な判断力がテロリスト志願に結びついたのなら、忍耐と充足を教えられなかった父親にも非がある。相手は成人になったのだから親の責任は満了したという見方もあるが、所詮精神年齢が未成年なら同じことだ。

もっと自分が家庭に目を向け、背中を後押ししていればあんな馬鹿息子には育たなかったのかもしれない——そう思うと、後悔で身体が押し潰されそうになる。

その時だった。

キッチンで電話の鳴る音がした。

今は各人が携帯端末を持っている。幣原にしても木津や同僚からの連絡はスマートフォンに限られているから、固定電話が鳴るのは珍しい。

三回、四回。呼び出し音は鳴りやまない。固定電話に掛かってきたのならどうせ勧誘絡みだろうと放っておいたが、五回目のコールで受話器を上げた。

「もしもし、幣原です」

『あっ、わたし香川有紗(かがわありさ)という者でクラスメートなんですが、可奈絵さんいらっしゃいますか』

可奈絵と同年代の声だった。

「いいえ。まだ帰っていません」

『すみません、先生から明日復帰と聞いて。何かここしばらく電源切っていてケータイ繋がらないしLINEも既読になってないし、それでお家の方に掛けてみたんです』

「ご心配をかけているようで申し訳ないですね」

声の調子から、可奈絵のことを本気で気遣っている様子が窺える。秀樹の件でイジメに遭っているると聞いたが、ちゃんと味方もいるじゃないか。

ふっと胸に火が点ったように感じた。

『謝らなくちゃいけなくて。お兄さんがあんなことになって、本当だったらわたしたちが支えてあげなきゃいけないのに、あの、他のグループからの口撃が激しくって』

「その気持ちだけで、充分助けになりますよ」

『本当にキツいことを言われたんで……あの子、お兄ちゃん子みたいだったし』

クラスではそんな扱いだったのかと、少し意外だった。家の中では憎まれ口を叩き合っていたが、家族以外には兄貴自慢をしていたらしい。

「六時過ぎには帰っていると思いますので、折り返し電話するように伝えておきましょう」

『あの、わたしたちずっとヒドラ、いや、あの、可奈絵さんが学校に戻ってくるのをずっとずっと待っているからって、そう伝えておいてくれませんか』

待て。

今、何と言った。

「ヒドラと言いましたね。それはいったい」

『あ、すいません。それ、可奈絵さんの綽名(あだな)なんです』

幣原の頭の中で〈ヒドラ〉という名前が渦を巻く。〈ヒドラ〉は秀樹のアカウント名だったはずだ。

「その綽名、いつから使ってたんですか」

『入学してからすぐだったと思います。シデハラって呼び難くって、いつの間にか変な風になまってヒドラって呼ぶようになったんです。可奈絵さん、何となく強いイメージがあったんでその綽名で馴染んじゃったんです』

「……どうもありがとう」

受話器を置くのももどかしく、幣原はスマートフォンで綿貫を呼び出した。

『やあ、幣原さん。先日はどうも』

「急ぎ、確認したいことがあります。息子のパソコンの解析結果、まだお持ちですよね」

『持ってもいますし、大体のところは記憶していますよ』

「息子が〈ヒドラ〉というアカウント名を使い出したのはいつ頃か分かりますか」

『ああ、そのことですか。〈ヒドラ〉は啓雲堂のホームページにアクセスする際、初めて使用したようですね。それまで彼が使っていたのは別のアカウント名でしたから』

つまりヒドラと名付けられたのは、秀樹より可奈絵が先だったことになる。

『もしもし、幣原さん？』

幣原はスマートフォンを握ったまま、しばらく立ち尽くしていた。

「ただいま」

玄関先で可奈絵の声が聞こえた。どうやら由里子とは合流せずに一人で戻ったらしい。

「お母さん、いるの？」

足音がバス、トイレ、キッチンの横を通過していく。狭い家だから、息を潜めていれば足音だけで相手の動きが手に取るように分かる。

やがて足音は廊下の奥で止まり、ドアの開く音がした。

自分の部屋に荷物を置く。ベッドに倒れ込む——しばらく無音が続いた後、ベッドが軋み、また足音が移動する。

再びドアが開く。部屋に侵入し、足音は一点で留まる。

やはり、そうか。

幣原は頃合いを見て自室から出る。秀樹の部屋はドアが開いたままだったので、パソコンを前にした可奈絵の背中がすぐ視界に入った。

「一番気になる形見が、それか」

振り返った可奈絵は目を丸くしていた。

「お父さん」

「お前も不思議だったんだな。いや、お前が一番不思議だったんだろうな。自分がイスラム国兵士の募集に申し込んだつもりが、いつの間にか実の兄の仕業になっていたんだから」

「何、言い出すのよ」

「啓雲堂の募集にアクセスしていたのはアカウント名が〈ヒドラ〉という人間だった。だが秀樹がそのヒドラと認識されたのはＩＰアドレスを辿った先がここの住所であること、そして啓雲堂に立ち寄ったのが秀樹だったからだ。ところがこの家には、〈ヒドラ〉という名前を持つ人間がもう一人いた。しかも去年からそう呼ばれ続けていた」

昂奮を抑えながら話し掛ける。だが可奈絵の方は今にも叫び出しそうな顔をしていた。

「何故、言わなかった。秀樹が連行されていった後、どうして自分がヒドラだと名乗り出なかった」

可奈絵は怯えている様子だった。幣原が問い質す度に、肩をびくりと上下させていた。

「秀樹はテロリストに志願したという、たったそれだけの理由で殺されたんだぞ。もし秀樹に全くその気がなかったのなら、とばっちりどころか間違いで殺されたことになる」

「あたしだったら間違いじゃなかったって言うのっ」

ひどく耳障りな声だった。

「あたしだって何度も打ち明けようとした。だけどテロリストに志願したってだけであんなに叩かれて、選りに選ってお父さんが公安の刑事で、とんでもない犯罪者みたいに扱われて……」

「それで言い出せなくなったのか」

力なく頷いたのを見て、自然に手が上がる。

だが途中で止まる。

まだ十七歳の娘。世間を騒がせた軽挙妄動がどれだけ誹謗中傷を受けるのか、まざまざと目の当たりにすれば名乗り出たくなくなるのも当然だろう。そう言えば可奈絵が自室に引き籠り気味になったのは、啓雲堂の事件が報じられてからではなかったか。

「お兄に悪いと思っていたけど、ずっと警察だったたし、釈放された時にはあたしがお祖母ちゃん家だったたし」

「言い訳はそれだけか」

「怖かった。本当に怖かったのよお」

可奈絵はいきなり泣き出した。そのさまはとてもテロリスト志願者には見えなかった。

「クラスでイジメがあっても誰も助けようとしない、担任の先生も見て見ぬふりをする。そんなクラスも学校も嫌で、そんな人間たちが就職するこの国が嫌になって……」

「それがテロリストに志願した動機か」

あまりにも幼稚な動機だったが、元より幼稚な十七歳だ。今更、怒る気にもなれない。

「秀樹とは話したのか」

「お兄のケータイは警察に押収されたままだったから、一度だけイエ電で話した。でも横にお母さんがいたから、はっきりしたことは話せなくて」

「秀樹はお前に何と言ったんだ」

「心配しなくていい。お前は元の生活に戻ればいいって、それだけ」

「最初はお前が〈ヒドラ〉として啓雲堂の募集にアクセスした。そうなんだな」

可奈絵は力なく頷く。

「それが、どうして秀樹と入れ替わったんだ」

「お兄、自分のパソコンが調子悪くなった時、あたしのパソコン借りたの。きっとその時に履歴か何か見たんだと思う」

「確かなのか」

「だって、思い出してみるとその次の日からだもの。〈ヒドラ〉のアカウントが乗っ取られたのは」

「乗っ取りだって」

メールアドレスとパスワードさえ分かっていればアカウントの成りすましは容易だ。不正ログインすればＬＩＮＥも乗っ取れる。兄妹の関係ならメールアドレスとパスワードを知っていてもおかしくない。

「いったい誰が乗っ取ったんだろうって不思議だった。だって乗っ取ってメリットのあるようなアカウントじゃないもの。お兄が逮捕されてからよ。アカウント乗っ取ったのがお兄だと分かったのは」

可奈絵は嗚咽を洩らし続けている。

急に下半身の力が抜け、幣原は床の上に腰を落とした。

可奈絵は詳しいことを話せなかったと言うが、秀樹がアカウントを乗っ取ってまで〈ヒドラ〉に成りすまそうとした動機は理解できる。

可奈絵を護ろうとしたに違いなかった。啓雲堂の募集にアクセスした段階でジャハルや大滝にはアカウント名も連絡先も知られている。事が明るみになれば可奈絵の名前が出てしまう。大使館人質事件でイスラム国が日本国民を敵に回した今、その兵士に志願することがどれだけ反感を買うのかは容易に想像がつく。秀樹は妹が世間から攻撃されるのを見過ごせなかったのだ。だからアカウントを乗っ取った後、啓雲堂に出向いて自分が〈ヒドラ〉であるかのように印象づけようとした。そして監視の中、通信手段を奪われた秀樹は可奈絵に会おうと脱出を試みたのではなかったか。

幣原は己の馬鹿さ加減に吐き気すら催す。

何が稚拙な判断力か。

何が未成年の精神年齢か。

至らなかったのは己の方だ。目の前の事象ばかりに気を取られ、息子の真意に気づきもしなかった。世間で忌み嫌われ反逆者と罵られた息子は、妹のためなら我が身が汚泥に塗(まみ)れることも厭わなかった優しい人間だった。妹を護るためなら両親を欺いても構わないという毅然とした兄だった。

どんなに謝っても謝り足りない。

申し訳なさに消えてしまいたいと思った。

可奈絵の細く長い嗚咽が続く。

自分も一緒に泣きたい気分だったが、秀樹がそれを許してくれなかった。

「お父さん」

「何だ」

「このこと、お母さんに言う?」

「お前はどうしたい」

「分からない……」

「話したいなら話せ。話したくないなら話すな。自分で決めろ。どんな風になっても、最後には父さんがいるから」

秀樹なら、きっとそう言うだろうと思った。

翌朝、目覚めた幣原がキッチンに顔を出すと、既に着替えを終えた可奈絵がテーブルに着いていた。

「おはよう」

「ああ」

二人は碌に顔も見合わさずに挨拶を交わす。

「はいはい、お父さん、早く食べてよね」

二人の間に漂う気まずさに気づかないのか、由里子は以前よりも陽気に振る舞っている。これ以上、大切なものを失って堪るものかと必死になっているようで、幣原には痛々しく見える。

可奈絵は無表情で咀嚼している。それでいい、と思う。特別な言葉も芝居じみた仕草もなく、可奈絵は以前と同様に振る舞おうとしているらしい。

結局、可奈絵は由里子に何も打ち明けなかった。ぎこちなく多英とのやり取りを報告し、由里子と二人で秀樹の遺影に手を合わせた。それでいい、と思う。何もかも急ぐ必要はなく、何もかもに手を付ける必要もない。十七歳には重過ぎる責務と後悔を背負い込んだのだ。無理をすれば、すぐに本人が潰れてしまう。

親子三人の朝食。しかしテーブルの一辺は空白で、どうしても目がそこにいく。

不意に由里子が話し掛けた。

「学校で何かあったら、必ず知らせるのよ」

「何かって」

「普通じゃないことなら、何でも」

「……うん」

また会話が途切れる。

他の家庭もこんな風なのだろうか、と幣原はふと考える。親子団欒、会話の途切れない時間、何でも相談できる間柄——そういう家庭が皆無とは言わないが、おそらく少数派ではないのか。幸福の色は単一だが、不幸の色は家庭の数だけ存在する。いくら血が繋がっていても、いや、血縁だからこそ打ち明けられない秘密がある。共有できない懊悩(おうのう)がある。

無言の食事が終わり、可奈絵は自分の食器をシンクまで運ぶ。これは以前に見せなかった態度だ。おそらく多英にしつけられたのだろう。

「じゃあ、いってきます」

「はい、いってらっしゃい」

気負うようでも怯えるようでもなく、可奈絵は通学カバンを提げて玄関へと向かう。ああ、またここから始まるのだと幣原が思った時、矢庭に可奈絵が振り返った。

「あのね、母さん」

「なあに」

「今日さ、帰ったら話したいことがあるから」

「今話せばいいじゃない」

「時間がかかるのっ」

言い放って、可奈絵は外に出ていった。

幣原は何事もなかったかのように食事を済ませ、洗面所に向かう。

洗面台には、まだ秀樹の歯ブラシが残っていた。このままにしておくか、それとも早々に片づけるかは由里子の判断に任せるつもりだ。

由里子はもう失くすまいと考えているようだが、幣原は少しだけ違う。

大事なものを失くしたのなら、同じくらい大切なものを新たに手に入れるべきだと思う。そうでなければ失くしたものに申し開きができないような気がする。

背広に着替えて玄関に向かう際、幣原も由里子に振り向いた。

「大事な話らしいから、俺も同席する」

由里子は驚きを隠さなかった。

官舎を出る。

もう報道陣は影も形もなかった。

正直、警視庁に向かう足は重い。公安部を辞めようとは思わないが、かつての職業倫理はずいぶんと変質した感がある。

可奈絵が〈ヒドラ〉であった事実を木津に告げるつもりはない。もし露見しそうになっても自分は最後まで隠し通そうとするだろう。そうしなければ、今度こそ己は護るべきものとそうでないものを見誤ってしまう。

その時、突風が吹いた。

急なことで幣原は一、二歩よろめいたが、気を取り直してまた歩き始めた。

・本書はフィクションであり、登場する人物および団体名は、
実在するものといっさい関係ありません。

・初出　「小説推理」'17年5月号～'18年2月号

中山七里●なかやま・しちり

1961年岐阜県生まれ。2009年『さよならドビュッシー』で第8回「このミステリーがすごい!」大賞を受賞しデビュー。音楽から社会問題、法医学まで幅広いジャンルのミステリーを手がけ、多くの読者の支持を得ている。近著に『翼がなくても』『カインの傲慢』『ヒポクラテスの試練』『毒島刑事最後の事件』がある。

テロリストの家（いえ）

2020年8月23日　第1刷発行

著　者—— 中山七里

発行者—— 箕浦克史

発行所—— 株式会社双葉社

東京都新宿区東五軒町3-28　郵便番号162-8540
電話03(5261)4818〔営業〕
　　03(5261)4831〔編集〕
http://www.futabasha.co.jp/
（双葉社の書籍・コミック・ムックが買えます）

CTP製版— 株式会社ビーワークス

印刷所—— 大日本印刷株式会社

製本所—— 株式会社若林製本工場

カバー印刷 —— 株式会社大熊整美堂

落丁・乱丁の場合は送料双葉社負担でお取り替えいたします。
「製作部」あてにお送りください。
ただし、古書店で購入したものについてはお取り替えできません。
［電話］03-5261-4822（製作部）

定価はカバーに表示してあります。

ISBN978-4-575-24311-6 C0093